Ombre sur un mariage

*

Idylle à Santa Barbara

SARAH MORGAN

Ombre sur un mariage

Traduction française de
EVELINE CHARLÈS

Blanche

HARLEQUIN

Collection : Blanche

Titre original :
THE CHRISTMAS MARRIAGE RESCUE

Ce roman a déjà été publié en 2007

HARPERCOLLINS FRANCE
83-85, boulevard Vincent-Auriol, 75646 PARIS CEDEX 13
Service Lectrices — Tél. : 01 45 82 47 47

www.harlequin.fr

ISBN 978-2-2804-1488-3 — ISSN 0223-5056

Prologue

— Où est-ce qu'on passe Noël, maman ?

Christy abandonna la lecture de sa lettre pour lever les yeux vers sa fille.

— Je ne sais pas. Ici, probablement, avec oncle Pete et vos cousins. Pourquoi cette question ? Noël, c'est dans un siècle.

Et elle essayait de ne pas y penser. Noël était une fête réservée aux familles et la sienne n'existait plus, apparemment.

Et c'était entièrement sa faute. Elle avait été stupide et elle en payait les conséquences.

Katy se pencha au-dessus de la table, pour arracher la boîte de céréales à son petit frère.

— Ce n'est pas dans un siècle, mais dans un mois ! Et je ne veux pas rester ici. J'adore oncle Pete, mais je déteste Londres. Je veux passer les fêtes avec papa, dans la région des lacs. Je veux rentrer à la maison.

L'angoisse serra la gorge de Christy. Comment survivrait-elle, sans les enfants ? Mais si tel était leur désir, il ne lui restait plus qu'à s'incliner.

— Très bien, je vais écrire à votre père et le prévenir. Bien sûr, vous devrez souvent aller chez grand-mère, quand papa sera à l'hôpital, mais…

Katy tendit la main vers le sucre.

— On n'ira pas sans toi ! Je voulais dire qu'on irait tous les trois.

— Qu'est-ce que ça veut dire « tous les trois » ? Arrête de manger du sucre, Katy ! Tu vas t'abîmer les dents.

— Tu auras des trous dedans, intervint Ben. Ensuite, le dentiste les bouchera avec du ciment.

— Quel idiot ! s'exclama Katy en lançant à son frère un regard méprisant. Qu'est-ce que tu en sais, de toute façon, espèce de bébé !

— Je ne suis pas un bébé ! J'ai sept ans !

Se levant d'un bond, il empoigna sa sœur qui entreprit aussitôt de l'étrangler.

— Qu'est-ce que j'ai fait pour hériter d'un tel frère !

— Ça suffit, tous les deux ! Pas la gorge, Katy ! intervint Christy, qui souffrait d'un début de migraine. Tu risques de l'étouffer.

— C'était le but, marmonna Katy. De toute façon, j'étais en train de te dire que nous devions retourner tous les trois à la maison, pour Noël.

Christy se leva pour aller chercher un comprimé de paracétamol.

— C'est ici, notre maison, désormais, ma chérie.

Grâce à sa bêtise, en effet… La jeune femme regarda la rue, par la fenêtre de leur minuscule appartement. Il pleuvait à verse sur les vieux immeubles de briques aux couleurs passées. La circulation était dense et les chauffeurs ne cessaient de klaxonner, quand ils ne se lançaient pas des injures. Sur le trottoir, les gens se bousculaient, le téléphone portable collé à l'oreille. Ils marchaient en parlant, les yeux vides, inconscients du monde qui les entourait.

L'espace d'un instant, la réalité disparut et Christy eut une vision la région des lacs. Elle vit les arêtes aiguës des montagnes se découpant sur un ciel parfaitement bleu, par un matin d'hiver. Elle entendit le heurt du métal et les rires tandis que l'équipe de secouristes se préparait pour une nouvelle expédition.

Dieu du ciel, elle ne souhaitait pas être ici ! Ce n'était pas ainsi que les choses étaient censées tourner.

Comme s'il était contaminé par son état d'esprit, Ben sauta de sa chaise en grimaçant.

— Ce n'est pas la maison, ça sera jamais la maison. Cet endroit est horrible, je le déteste. Je déteste Londres, je déteste l'école et je te déteste encore plus.

Sur ces mots, le petit garçon quitta la cuisine en sanglotant. Bien sûr, il n'avait pas touché à son bol de céréales.

Malade de tristesse, Christy le regarda partir. Elle aurait voulu le suivre et lui faire un câlin, mais elle savait par expérience qu'il valait mieux le laisser se calmer. Elle s'assit à la table et tâcha de ranimer son courage défaillant. Il était 7 h 30, elle devait conduire les enfants jusqu'à cette école qu'ils détestaient et se rendre à son travail, qu'elle détestait tout autant.

Elle avala une gorgée de café et s'efforça de reprendre les commandes de la situation.

— Ce sera très cool, de passer Noël à Londres.

Katy lui lança un regard empreint de commisération.

— N'essaie pas de parler comme moi, maman. Je trouve ça pitoyable, quand les adultes font ça. Moi, je peux dire « cool », mais c'est vraiment ridicule, quand quelqu'un de plus de seize ans le dit. A ton âge, on dit « très intéressant », ou « excitant ».

La fillette repoussa son bol et prit une tartine grillée.

— De toute façon, ça ne sera pas cool. J'aime bien faire les boutiques, mais on s'en lasse, reprit-elle avec toute la supériorité de ses onze ans.

Christy faillit remarquer qu'elle n'avait jamais paru se lasser de cette occupation, mais mieux valait ne pas envenimer les choses.

— Je ne peux pas retourner dans la région des lacs à Noël, déclara-t-elle.

— Pourquoi ? Parce que papa et toi, vous vous êtes disputés ? Ce n'est pas nouveau !

Décidément, Katy grandissait…

— Katy, nous ne nous sommes pas…

— Si ! Et cela n'a rien d'étonnant, tu ne crois pas ?

Il est espagnol, toi à moitié irlandaise, avec des cheveux roux, et oncle Pete dit que la combinaison est explosive. Les choses auraient peut-être été différentes, si tu avais été blonde, dit Katy en mâchonnant rêveusement. Je me demande comment vous êtes restés ensemble assez longtemps pour nous faire.

Christy faillit lâcher sa tasse de café.

— Tu passes les bornes, Katy.

— J'essayais seulement de t'expliquer que ce n'est pas parce que vous ne pouvez pas rester dans la même pièce sans vous entretuer que nous devons habiter à Londres. On déteste cet endroit, maman, même si on aime bien voir oncle Pete. Et je sais que pour toi, c'est pareil !

Etait-ce si évident ?

— J'ai un emploi, ici.

Elle avait de la chance car elle travaillait au cabinet où son frère exerçait en tant que médecin généraliste, et c'était parfait.

— Tu es infirmière, maman. Tu peux trouver du boulot n'importe où.

La candeur de l'enfance était sans limite !

— Katy…

— Juste pour Noël, maman, je t'en supplie ! Papa ne te manque pas ?

L'estomac noué, Christy ferma les yeux et vit le beau visage sombre, le sourire arrogant et cette bouche qui avait le pouvoir de la rendre folle. *Oh, oui !* Oh, oui, il lui manquait horriblement ! Et sa rancune à son égard s'était atténuée avec la distance. Mais la blessure était toujours là. Bien sûr, elle s'était comportée comme une idiote, mais elle ne l'aurait pas fait s'il… s'il n'avait pas aggravé son cas.

— Je n'ai pas à discuter avec toi de mes relations avec ton père.

— J'ai onze ans, maman, je suis au courant de ce qui se passe entre un homme et une femme. Et je sais aussi que vous êtes têtus, tous les deux.

Il ne l'avait pas contactée, et à cette idée, la fierté blessée et le chagrin se mêlaient en elle. Christy serra les dents pour réprimer un sanglot. En principe, il aurait dû la suivre, la ramener de force à la maison. Il était censé lutter, pour conserver ce qu'ils avaient. Mais il n'avait même pas cherché à la joindre, sauf lorsqu'ils avaient pris des dispositions au sujet des enfants. Il se moquait bien qu'elle fût partie.

— Je ne peux pas passer Noël avec ton père, commença-t-elle.

— Maman, si je me dispute avec l'une de mes amies, tu dis toujours : « Assieds-toi, Katy, et discutons calmement. Comporte-toi en grande fille… »

Après cette imitation presque parfaite, Katy leva les yeux au ciel et poursuivit :

— Et toi, qu'est-ce que tu fais ? Tu déménages à l'autre bout du pays ! C'est ce que j'appelle donner le bon exemple !

Christy se raidit et décida qu'il était temps de rétablir un semblant de discipline.

— Je n'apprécie pas ce ton.

— Et moi, je n'apprécie d'être le produit d'un foyer brisé, répliqua Katy en avalant une gorgée de lait. Les conséquences peuvent être graves, tu sais ? On lit ça tous les jours, dans les journaux. Il y a de fortes chances pour que je tourne mal… Délinquance… Grossesse…

Christy posa brusquement sa tasse sur la table.

— Qu'est-ce que tu sais de la grossesse ?

Katy la regarda avec pitié.

— Atterris, maman ! J'en sais tout un rayon !

— Ah bon ?

La jeune femme songea vaguement qu'elle n'était pas capable d'affronter seule cette étape du développement enfantin. Elle avait besoin d'Alessandro. Il lui fallait de l'aide.

— Et ne lui écris pas. Appelle-le, reprit Katy en jetant un coup d'œil à l'horloge murale. On ferait mieux de partir, sinon on va être en retard. La circulation est infernale, dans cette ville affreuse. Je n'ai jamais passé autant d'heures assise sur une banquette dans toute ma vie, et je ne crois pas que je vais pouvoir le supporter encore très longtemps. C'est moi qui l'appellerai, si tu es trop lâche.

— Je ne suis pas lâche.

Mais elle l'était peut-être. Mais lui-même ne lui avait pas téléphoné. Superbe Alessandro, toujours tellement investi dans son travail ou dans sa mission de secouriste, toujours l'objet des fantasmes féminins. Autrefois, elle avait eu les mêmes passions que lui, mais ensuite les enfants étaient arrivés et elle était restée sur le bord de la route.

Et il n'avait plus fait attention à elle. Il n'avait plus eu de temps à lui consacrer.

— Ben est en haut, il pleure. Moi, je suis là, à manger trop de sucre, pendant que tu absorbes une dose mortelle de caféine, remarqua la fillette qui gagna la porte avec dignité, telle une actrice sur les planches d'un des meilleurs théâtres londoniens. Nous sommes une famille en crise, et nous avons besoin de notre père, ou Dieu sait ce qui peut nous arriver.

Christy se demanda s'il valait mieux en rire ou en pleurer.

— D'accord, je vais lui parler, dit-elle. Nous verrons bien ce qu'il en résultera.

Ce ne serait que pour les fêtes, pensa-t-elle. Du moins, les enfants n'auraient-ils pas à pâtir de sa stupidité ou de l'arrogance d'Alessandro.

— Pour de bon ?

— Pour de bon.

— Ouais ! s'écria Katy. On rentre dans la Région des Lacs pour Noël. On aura de la neige, de la pluie, du vent et je vais revoir mes copines ! Merci, maman, t'es la meilleure !

Quand sa fille sortit de la pièce en courant, sans nul

doute pour annoncer la bonne nouvelle à son frère, Christy sentit son moral baisser d'un millier de crans. Maintenant, il ne lui restait plus qu'à téléphoner à Alessandro.

Comment en trouverait-elle le courage ?

1.

— Une urgence, docteur Garcia. On vous demande en salle de réa.

Alessandro posa aussitôt le rapport concernant la dotation de personnel qu'il était en train d'étudier, et se demanda combien de fois par jour il entendait cet appel. On avait toujours besoin de lui, en salle de réa. Il avait parfois le sentiment d'y vivre. Surtout en ce moment, quand près de la moitié de l'équipe médicale avait la grippe.

Il sortit en hâte de son bureau, adressa un signe de tête aux deux infirmières paraissant harassées qu'il croisa, puis il poussa la porte à deux battants de la salle de réanimation.

Il y régnait un parfait chaos.

Billy, un interne, s'efforçait de diriger les opérations.

— Elle saigne, il faut trouver d'où vient l'hémorragie.

A la vue d'Alessandro, il laissa échapper un soupir de soulagement.

— Docteur Garcia ! Dieu merci, vous êtes là. Le Dr Nicholson est déjà sur la brèche, à cause de cet accident de montagne, et…

— Qu'est-il arrivé à cette femme ? l'interrompit Alessandro.

— Son mari l'a amenée en voiture parce qu'elle s'est plainte toute la nuit de douleurs abdominales. Il a roulé trop vite et ils se sont retrouvés dans le fossé. Elle a subi un traumatisme crânien et il semble qu'il y ait une hémorragie, mais nous ignorons où elle est située.

Alessandro prit les gants qu'on lui tendait.

— Est-ce qu'*elle* a un nom ? demanda-t-il doucement.

Billy rougit.

— Megan. Megan Yates.

Alessandro enfila rapidement les gants et se tourna vers la jeune femme, étendue sur le brancard, dont les yeux reflétaient la peur.

— Megan, vous êtes dans un hôpital, maintenant, et nous allons vous soulager dès que possible. Appelez le service de gynécologie, ajouta-t-il à l'intention de Bill, tout en enfilant une combinaison stérile. Nous devons surveiller son pouls et sa tension.

Le pouls était rapide et la tension baissait rapidement, mais contrairement à son collègue moins expérimenté, il n'allait pas exprimer son inquiétude à voix haute.

— Le service de gynécologie ? s'étonna Bill. Je pensais…

— Elle est en âge d'être enceinte et avant l'accident, elle souffrait de douleurs abdominales. Je veux qu'on lui pose immédiatement deux cathéters de gros calibres, s'il vous plaît.

Nicky, l'une des surveillantes du service, poussa un chariot jusqu'au brancard. Elle mit un garrot autour du bras de la patiente puis ouvrit un premier sachet.

— Vous pensez qu'elle peut faire une grossesse extra-utérine ?

— Je l'ignore encore, mais disons que j'ai quelques soupçons, aussi je vais la traiter comme si c'était le cas jusqu'à ce que j'aie des raisons de penser autrement.

Alessandro continua de distribuer les instructions que les membres de l'équipe exécutaient à l'unisson. Ils étaient tellement habitués à travailler ensemble qu'ils anticipaient mutuellement leurs besoins.

Il se tourna vers la patiente.

— Megan, y a-t-il une chance pour que vous soyez enceinte ?

La jeune femme ferma brièvement les yeux.

— Non… Je veux dire que c'est pratiquement impossible.

— Dans ce service, nous affrontons régulièrement l'impossible, répliqua Alessandro avec un petit sourire. Quand avez-vous eu vos dernières règles ?

— Il y a des mois… Je souffre d'endométrite.

Devinant sa souffrance, il posa une main sur son épaule.

— Ce doit être dur pour vous, dit-il doucement. Mais pour l'instant, nous devons savoir si vous avez été blessée pendant l'accident et quelle est l'origine de cette douleur abdominale. Il va falloir que nous vous ôtions vos vêtements et que nous vous examinions de la tête aux pieds. Nicky ?

Nicky maniait déjà les ciseaux avec adresse, de façon à ce que le médecin pût commencer l'examen.

— Où est son mari ? demanda-t-il. Il a été blessé ?

— Il va bien, marmonna Billy qui venait de poser le second cathéter. Nicky l'a installé dans la salle réservée aux parents des victimes.

— Elle a une vilaine plaie à l'épaule, dit Nicky en prenant une compresse stérile.

Alessandro se pencha sur la blessure.

— Il faudra des points de suture, mais ça peut attendre, dit-il en jetant un coup d'œil à l'écran du moniteur. Sa tension continue de chuter. Je veux savoir pourquoi et je veux le savoir tout de suite.

Nicky finissait de découper les vêtements de la patiente.

— Oh !

L'espace de quelques secondes, son visage refléta une émotion qu'elle maîtrisa aussitôt.

— Nous avons une perte de sang par ici, Alessandro, ajouta-t-elle.

C'était un euphémisme…

— Beepez immédiatement Jake Blackwell, ordonna calmement Alessandro. Six unités de sang, dès qu'on connaîtra son groupe. Il faut lui donner de l'anti-D. Que quelqu'un lui mette une couverture, avant qu'elle soit en hypothermie.

Jake Blackwell, le consultant en obstétrique, arriva quelques minutes plus tard.

— Tu as besoin d'un avis, Garcia ? railla-t-il.

L'état de sa patiente inquiétait trop Alessandro pour qu'il mordît à l'hameçon.

— J'ai besoin que tu travailles un peu, pour changer.

Jake examina la patiente à son tour et hocha la tête.

— Megan, on dirait que vous avez fait une grossesse extra-utérine… ce qui signifie que l'œuf s'est implanté ailleurs que dans l'utérus. Dans votre cas, il semble que cela ait produit quelques dommages, c'est pourquoi nous allons devoir vous opérer.

Levant les yeux vers Alessandro, il ajouta :

— On l'emmène tout de suite au bloc. Bon sang ! Il faut que j'appelle l'anesthésiste et que je passe un ou deux coups de fil.

— Fais-le vite, alors. On s'occupe du transfert. Le mari est dans la salle d'attente, si tu veux lui faire signer l'autorisation d'opérer.

— Parfait.

Jake décrocha le téléphone et composa un numéro, pendant qu'Alessandro surveillait l'état de sa patiente, sur l'écran.

— Appelez-les, en bas, dit-il à Nicky, et dites-leur de faire monter le sang au bloc, dès que possible.

Aussitôt, l'infirmière s'empressa de téléphoner, tandis que Jake disparaissait pour parler au mari. Un instant plus tard, la patiente était emmenée en salle d'opération.

Ensuite, Alessandro traita ce qui lui apparut comme un million d'accidentés de la route et un nombre important de grippés.

— Pourquoi les gens ne restent-ils pas au lit ? grommela-t-il quand Jake revint. Pour commencer, s'ils parviennent à se lever, c'est qu'il ne s'agit pas de la grippe. Ensuite, pourquoi viennent-ils encombrer les urgences ?

Jake s'effondra sur la chaise la plus proche, sans se soucier de la pile de dossiers qui s'y trouvaient.

— Parce qu'ils sont généreux ? répliqua-t-il. Bon sang, je suis claqué ! J'ai passé toute la journée au bloc, à sauver des vies. Un drame après l'autre… Tu ne sais pas la chance que tu as de travailler ici…

Alessandro pensa aux deux accidents de la route gravissimes, à l'infarctus et à l'anémie à hématies falciformes qu'il avait eu à traiter depuis le déjeuner. Et s'il avait su que c'était l'heure du déjeuner, c'était parce qu'il avait jeté un coup d'œil à l'horloge murale, mais il n'avait rien mangé depuis des heures.

— C'est vrai. Moi, je passe ma vie assis sur mon derrière.

— Ton derrière ? répéta Jake avec un sourire. Ce n'est pas un mot espagnol, ça, *amigo*.

Fatigué et de mauvaise humeur, Alessandro le foudroya du regard.

— Tu n'as rien de mieux à faire que de venir te plaindre dans mon bureau ?

— Je voulais savoir si tu aurais envie de boire une ou deux bières, après le boulot.

— Pas ce soir.

— Tu travailles tard ? demanda Jake en bâillant.

— Je nettoie la maison, répliqua Alessandro, tendu. Christy et les enfants arrivent demain pour les fêtes, alors je dois jeter les cartons de pizzas qui se sont accumulés pendant deux mois et remplir le frigo de brocolis. Tu connais les obsessions de Christy concernant la nutrition.

Jake le fixait avec intérêt.

— Vous vous remettez ensemble ?

— Non ! marmonna Alessandro. Nous passons Noël ensemble pour le bien des enfants.

— Je vois, dit Jake, pensif. Cela promet d'être paisible. Le Père Noël ferait bien d'enfiler son gilet pare-balles quand il survolera votre maison.

Durant les six dernières semaines, Christy et lui avaient à peine échangé deux mots lorsqu'ils prenaient les dispositions concernant les enfants, songea Alessandro.

Ils ne s'étaient pas disputés, mais l'atmosphère risquait d'être aussi froide que le temps. Il eut une inspiration.

— Pourquoi ne pas te joindre à nous ? Tu es le parrain des enfants.

— Tu sais combien j'adore passer les fêtes à l'hôpital… Je ne peux plus me passer de la dinde froide, arrosée de sauce grumeleuse… Mais au sujet de ce qui se passe, entre Christy et toi…

— Il ne se passe rien. Nous sommes séparés, c'est tout, et je n'ai pas envie d'en parler.

— Vous êtes faits l'un pour l'autre… Christy a été folle de toi dès l'instant où elle t'a vu et c'était réciproque.

— Je t'ai dit que le chapitre était clos.

Alessandro se leva, furieux contre son ami, qui venait de réveiller des souvenirs qu'il avait mis du temps à refouler. Comment aurait-il pu oublier le jour de leur première rencontre ?

— Elle m'a quitté, dit-il, debout devant la fenêtre.

— Je sais, mais je me demande ce qui l'y a incitée.

— Si tu insinues que c'est ma faute, tu te trompes.

— Christy t'adore. Si elle est partie, elle devait être désespérée. Elle doit avoir pensé qu'il n'y avait pas d'autre moyen de t'atteindre.

— C'est absurde ! Elle n'avait qu'à me parler.

— Vraiment ? Tu étais joignable ? railla Jake. Pourquoi est-elle partie, Alessandro ? Tu devrais sérieusement te poser cette question, en évacuant tes cartons.

Puis Jake se leva et quitta la pièce.

Christy s'était changée une douzaine de fois avant de fixer son choix sur une jupe droite, une veste de cachemire bleue et des escarpins à talons hauts. Elle voulait rappeler à Alessandro ce qu'il avait perdu. Non qu'elle voulût le reconquérir, cedi dit !

D'ailleurs, il était clair qu'elle ne l'intéressait plus. Alessandro était un bourreau de travail macho et égoïste qui se suffisait visiblement à lui-même. S'il l'avait aimée, il ne l'aurait *jamais* laissée partir.

A la vue des cimes enneigées, elle se détendit. Le vent hivernal avait arraché les dernières feuilles des arbres, le ciel était gris et menaçant, mais elle était chez elle.

Comment avait-elle pu penser qu'elle s'habituerait à Londres, elle qui ne se sentait jamais mieux que dehors, dans la nature ? Après Noël, elle reviendrait s'installer dans la Région des Lacs. Il devait bien y avoir du travail dans un autre service de l'hôpital.

Il lui fallait construire une nouvelle vie.

Sans Alessandro.

— On est bientôt arrivés, maman ? fit la petite voix de Ben.

— Tu ne reconnais pas les arbres ?

Christy tourna brusquement et s'engagea sur le sentier qui menait à la grange. Ils l'avaient découverte pendant la deuxième année de leur mariage, alors que Katy était bébé, et ils étaient tombés amoureux de la vieille bâtisse en ruines, bordée de champs et toute proche d'une rivière au cours rapide. Ils avaient passé les années suivantes dans un chantier de construction, mais ils édifiaient la maison de leurs rêves.

La fumée qui s'élevait au-dessus de la cheminée ressemblait à un signal d'accueil. Sauf qu'elle n'était pas vraiment la bienvenue puisque Alessandro ne l'aimait plus…

Ce séjour allait être une véritable torture. Mais elle resterait digne, pensa-t-elle en coupant le contact. Elle ne se fâcherait pas et il ignorerait à quel point elle regrettait d'être partie. Elle ne pleurerait pas et, surtout, il ne saurait pas qu'elle pensait à lui nuit et jour.

A la vue d'Alessandro, qui se tenait sur le seuil de la maison, elle retint son souffle. Jamais il ne lui avait paru aussi séduisant et elle ne doutait pas qu'il produisît le même effet sur toutes les autres femmes.

Avait-il une maîtresse ?

Cette idée la rendait tellement malade qu'elle s'empressa de l'écarter.

— Papa !

Les enfants jaillirent hors de la voiture. Elle aussi, elle aurait voulu courir vers lui et le serrer dans ses bras, lui dire qu'il s'agissait d'un malentendu ridicule et l'entendre lui répondre que tout allait s'arranger…

Mais il ne lui accorda pas un regard. Il se contenta d'embrasser les enfants et de plaisanter avec eux. Elle sortit à son tour de la voiture et se dirigea vers eux. Leurs yeux se rencontrèrent au-dessus des petites têtes brunes.

— Christiane, dit-il froidement.

Elle eut envie de le gifler. Comment pouvait-il être aussi indifférent ? Comment pouvait-il s'adresser à elle sur ce ton compassé ? Après tout ce qu'ils avaient partagé…

— Alessandro…

— Vous avez fait bon voyage ?

Il avait encore un léger accent espagnol malgré les douze années qu'il avait passées en Angleterre. Elle avait toujours adoré cet accent, mais soudain, il lui parut souligner leurs différences.

— Très bon, merci. La circulation était assez dense à la sortie de Londres, mais c'est assez normal, à cette époque de l'année.

Elle frémit au son de sa propre voix, si formelle. On les aurait pris pour de parfaits étrangers, non pour des gens qui avaient passé ensemble les douze dernières années. Ils allaient sans doute se serrer la main…

Par bonheur, Katy prit les mains de son frère pour l'entraîner dans une ronde.

— Plus d'école ! chantonna-t-elle sur un ton extasié. Cette horrible école, remplie de profs méchants !

Mais Alessandro ne regardait pas les enfants. Il la fixait de ses yeux sombres et brûlants. Elle les sentit parcourir son corps et se poser sur ses escarpins qui lui avaient paru si jolis en ville lui semblaient maintenant ridicules, avec toute cette neige et ce vent froid. A Londres, on ne sentait pas l'hiver, seulement l'humidité et la tristesse, et cet achat l'avait réconfortée. Il lui avait rappelé qu'elle était une femme.

Sous ce regard méprisant, elle perdit toute assurance, devinant qu'il pensait à tous les gens qu'il avait dû secourir dans la montagne parce qu'ils étaient ridiculement chaussés. Elle aurait voulu se défendre, lui dire qu'elle souhaitait seulement mettre ses jambes en valeur pour qu'il les remarquât.

— Depuis quand la neige est-elle tombée ? demanda-t-elle, nerveuse.

— Depuis une semaine, répliqua-t-il sèchement.

Elle remarqua avec surprise les cernes sombres qui soulignaient ses yeux. Elle connaissait son énergie inépuisable. Pourquoi était-il fatigué ?

— Tu as dû avoir beaucoup de travail, alors.

C'était stupide ! Alessandro était toujours occupé. Le travail était sa vie, ainsi qu'elle l'avait découvert à ses dépens.

— Le temps complique les choses, en effet. Je vais devoir repartir pour l'hôpital quand vous serez installés.

— Oh, non, papa ! gémit Katy.

Il se pencha pour déposer un baiser sur sa tête.

— Désolé, chérie. Nous avons de nombreux malades, parmi le personnel, mais j'aurai certainement davantage de temps la semaine prochaine et nous irons dans la montagne.

— Tu ne vas pas l'emmener par ce temps, Alessandro !

— Il me semble que tu ne t'en privais pas, autrefois.

Ils s'étaient souvent disputés à ce sujet. Lorsqu'elle était jeune et insouciante et qu'il était farouchement possessif. Il ne voulait pas qu'elle prenne des risques, mais elle n'en avait cure. Elle aimait penser qu'il s'inquiétait pour elle et elle se moquait de lui. Jusqu'à ce qu'il sorte de ses gonds.

— Oui, eh bien, je ne fais plus d'escalade, maintenant.

Sa vie était si calme et ennuyeuse qu'elle en aurait hurlé. C'était drôle comment votre existence évoluait tellement subrepticement que vous ne vous en aperceviez pas. Un jour, vous vous suspendiez à une falaise par le bout des doigts et, le lendemain, vous repassiez une pile de linge en écoutant la radio… Que s'était-il passé ?

Il y avait eu une époque où elle pouvait enfiler ses chaussures de marche et gagner les collines sans un regard en arrière. Mais tout avait changé quand les enfants étaient arrivés.

— Peut-être pourrons-nous en parler plus tard, dit-elle en repoussant ses cheveux en arrière. Quand tu rentreras de l'hôpital, par exemple.

L'atmosphère s'alourdit et elle se maudit intérieurement. Elle n'avait pas voulu l'irriter. Elle souhaitait seulement se montrer aussi froide et indifférente que lui.

S'il n'avait pas été indifférent, il l'aurait poursuivie jusqu'à Londres et il l'aurait ramenée de force. Mais il ne cessait de la blesser. Même maintenant, en retournant à l'hôpital, en lui montrant qu'il ne souhaitait pas rester auprès d'elle, il la blessait.

Il se raidit et pinça les lèvres.

— J'emporte vos valises dans les chambres.

Il s'exprimait comme un portier d'hôtel, pensa tristement Christy en le suivant dans la maison. Elle avait craint sa colère et son hostilité, mais elle ne s'attendait pas à une telle froideur. Elle ne savait pas comment se comporter face à la froideur.

Les enfants qui couraient devant poussèrent des cris de joie en retrouvant leurs chambres. Christy les vit disparaître, enviant leur insouciance.

— Ils sont si contents d'être ici ! dit-elle à mi-voix.

— Bien sûr, puisque c'est leur maison, marmonna Alessandro. Ils n'auraient jamais dû la quitter et tu n'aurais jamais dû les emmener !

Elle inspira profondément, secouée par la douleur qui venait de la poignarder. Il avait dit « qu'ils » n'auraient jamais dû partir, mais rien à son propos.

Il ne se souciait que des enfants.

Elle sentit une grosse boule se former dans sa gorge et déglutit difficilement pour résister à l'envie d'éclater en sanglots.

— Tu me reproches cette situation, Alessandro ?

— C'est toi qui as décidé de quitter le domicile conjugal.

« C'était censé n'être que temporaire, aurait-elle voulu crier. Tu devais me courir après. Mais ton orgueil t'en empêcha. »

— Et c'est ce qui fait de moi la fautive ? s'enquit-elle, les yeux étincelants.

— J'ai oublié un fichu anniversaire, dit-il en passant les deux mains dans ses cheveux. Et tu es partie.

Christy se mordit la lèvre inférieure. Il n'avait pas compris pourquoi elle lui en voulait autant. Comment en étaient-ils arrivés là ?

— Tu n'en as même pas parlé avec moi, continua-t-il. Tu t'es contentée d'emmener tout ce qu'il y avait d'important dans ma vie.

— J'ai *essayé* de discuter avec toi, mais tu étais toujours à l'hôpital ou en expédition.

— C'est mon travail, Christy.

— Nous ne communiquions plus. Quand as-tu passé du temps avec moi ?

— Tu étais dans mon lit toutes les nuits.

Cette déclaration la fit rougir.

— Ce n'était que du sexe, marmonna-t-elle. Le seul endroit où nous étions ensemble était le lit.

Dès leur rencontre, ils avaient été incapables d'ôter leurs mains l'un de l'autre ou d'exercer sur eux-mêmes un semblant de self-control. Elle saisit une lueur de passion dans les yeux sombres de son mari, à peine masquée par les cils noirs et épais, et elle se détourna, s'efforçant désespérément de refouler le désir qui enflammait son propre corps.

Cela ne signifiait rien, se rappela-t-elle. Alessandro était un Méditerranéen au sang chaud et la sexualité était importante, pour lui. Cela ne voulait pas dire qu'il l'aimait. On ne résolvait aucun problème en faisant l'amour.

Mais ce pouvait être un point de départ, pensa-t-elle. S'ils partageaient le même lit, cette nuit, peut-être pourraient-ils parler.

— A quand remonte notre dernière discussion, Alessandro ? Est-ce que les étrangers en difficulté t'importent plus que ta propre femme ?

Un muscle de sa mâchoire tressaillit et il laissa échapper un long soupir, mais avant qu'il pût répondre, les enfants sortirent en courant de leurs chambres.

— On va jouer dans la neige ! hurla Katy.

Sa queue-de-cheval volant derrière elle, elle descendit l'escalier quatre à quatre, Ben derrière elle.

— N'oubliez pas vos manteaux ! cria Christy.

Elle ne voulait pas rester seule avec Alessandro ! Elle n'avait pas le courage de l'affronter seule.

— Eh bien... je suis là, maintenant. Si tu veux parler, allons-y.

En le sentant si distant et inaccessible, elle sentit que tout sombrait en elle. Elle savait que les infirmières et certains jeunes médecins trouvaient Alessandro intimidant. Pour sa part, elle avait seulement apprécié le fait qu'il ne tolérât que la perfection, et c'était ce qui faisait de lui un excellent médecin. Alors pourquoi l'impressionnait-il à ce point, tout à coup ?

— On ne peut pas discuter en cinq minutes, alors qu'on t'attend à l'hôpital. C'est bien trop important pour ça.

— Si tu as quelque chose à dire, dis-le... Tu trembles, apparemment. Qu'est-ce qui te rend nerveuse, Christy ?

S'il l'embrassait, elle était perdue.

Elle recula et s'en voulut pour cela.

— Ne sois pas ridicule. Bien sûr que non, tu ne me rends pas nerveuse.

— Tu te sens coupable d'être partie, peut-être ? Ta conscience te chatouille ?

— Je n'ai aucune raison de me sentir coupable.

— Si, évidemment.

— Tu vois les choses d'un seul point de vue, comme d'habitude, et tu as tort.

— Tu oses me dire cela, alors que c'est toi qui es partie ?

Un silence pesant s'installa entre eux l'espace de quelques instants. Quand les yeux sombres d'Alessandro se posèrent sur sa bouche, elle crut y discerner une brusque flambée de désir. Puis elle disparut et il se baissa pour prendre sa valise.

— Tu as raison, ce n'est pas le bon moment pour en discuter. Tu es partie depuis presque deux mois, aussi quelques jours de plus ne nous tueront pas. Je porte ça dans ta chambre.

Sa chambre ? Que voulait-il dire ?

Les jambes flageolantes, elle le suivit jusqu'à la chambre d'amis. Il se tint un instant sur le seuil, les sourcils haussés, comme pour la défier, et elle se mordit la lèvre inférieure, cachant sa peine.

Désormais, inutile de chercher à résoudre leurs problèmes dans les bras l'un de l'autre…

Peut-être espérait-il qu'elle allait le supplier ? Elle était bien trop orgueilleuse pour ça.

— Nous avons bien arrangé cette chambre, tu ne trouves pas ? Tu devrais y être bien.

Oh non ! songea-t-elle tristement. Elle ne fermerait pas l'œil de la nuit, sachant qu'il dormait à quelques mètres d'elle. Nu… Elle sentit une bouffée de chaleur l'envahir, à cette pensée. Il lui manquait tellement !

— C'est certain, merci.

Les prunelles sombres brûlèrent de colère et elle se demanda ce qu'elle avait bien pu dire pour l'irriter. Après tout, c'était lui qui avait choisi de l'installer dans cette pièce.

Elle sentit les larmes lui picoter les yeux, mais par bonheur, Katy choisit cet instant pour faire irruption dans la chambre, les cheveux et la veste poudrés de neige.

— Oh, maman, il y a tellement de neige que… Mais qu'est-ce que vous faites là, tous les deux ?

— C'est ici que je vais dormir, ma chérie, répliqua Christy sur un ton enjoué.

Aussitôt, l'expression heureuse de Katy se mua en moue têtue.

— Vous ne serez pas ensemble ?

Christy réprima un gémissement.

— Ton père et moi avons besoin d'espace…

La fillette les foudroya du regard.

— C'est Noël ! Ensuite, il y aura le nouvel an ! Si vous vous disputez, vous allez bouleverser Ben.

— Nous ne nous disputons pas, dit faiblement Christy.

— Nos arrangements ne te concernent pas, renchérit Alessandro.

Il s'était exprimé calmement, mais il y avait comme une nuance d'avertissement dans sa voix. Katy redressa ses épaules minces et prit un air buté.

— Non. Tu ne vas pas dormir ici, maman. Je veux que vous dormiez dans le même lit, comme tous les autres parents.

— Chérie, de nombreux parents font chambre à part. Regarde la maman et le papa de Rosie. Ils…

— C'est différent. Ils sont divorcés. Toi et papa, vous n'allez *pas* divorcer. Cela n'arrivera pas !

Christy entendit Alessandro prendre une profonde inspiration, mais elle-même ne broncha pas. Le seul fait d'entendre ce mot la rendait malade, mais pour l'instant, tout ce qui comptait, c'était de réconforter son enfant.

— Tu es trop jeune pour comprendre, mon cœur. Ton papa et moi, nous allons régler cette situation à notre façon.

Katy posa ses mains sur ses hanches et leur sourit avec innocence.

— Tu le crois vraiment ?

Puis elle tourna les talons et sortit.

Alessandro émit quelques jurons en espagnol.

— Je vais lui parler…

— Non ! Elle est en colère. Je discuterai avec elle plus tard, quand elle se sera calmée.

— Et qu'est-ce que tu vas lui dire ? Que c'était ton choix ? Bon, je dois retourner à l'hôpital.

Il lui lança un long regard accusateur, puis quitta la pièce. Christy le regarda partir sans bouger, comme engourdie. Il la tenait clairement pour responsable de tout. Quant à lui, bien entendu, il était parfaitement innocent… Elle aurait dû se mettre en colère, elle aussi, mais au lieu de cela, elle se sentait épuisée. Elle l'avait connu furieux, passionné, mais jamais froid…

Il ne lui restait plus aucun espoir.

Les fêtes qui s'annonçaient seraient tout sauf paisibles et heureuses.

2.

Les mains crispées sur le volant de sa voiture de sport, Alessandro conduisait trop vite.

Il avait installé Christy dans la chambre d'amis, espérant qu'elle se jetterait dans ses bras, mais elle n'avait même pas battu des cils.

Jusqu'à leur séparation, deux mois auparavant, ils n'avaient jamais fait chambre à part. Et maintenant, elle se comportait comme si c'était une évidence.

C'était clairement ce qu'elle souhaitait.

Il se gara à sa place dans le parking de l'hôpital, pensant encore à Christy, ignorant le froid mordant et les sirènes qui hurlaient.

Elle était plus belle que jamais. Cette veste bleue rehaussait la couleur de ses yeux et ses cheveux soyeux retombaient sur ses épaules comme pour le tenter car elle savait qu'il adorait y passer les doigts. Et puis, il y avait ses jambes longues et fuselées, sur ces ridicules talons hauts. Elle était sexy, séduisante, et n'avait pas du tout l'allure d'une respectable femme mariée, mère de deux enfants.

Avait-elle pris un amant ?

Découvrant l'incertitude pour la première fois de sa vie, Alessandro sortit de sa voiture avec l'envie de boxer quelqu'un. Franchissant d'un pas furieux les portes des urgences, il faillit heurter un collègue.

— Qu'est-ce que tu fais là ? s'étonna Sean Nicholson,

le doyen des médecins et chef de l'équipe de secouristes. On ne pensait pas que tu reviendrais.

— Nous sommes à court de personnel et l'endroit n'est pas moins attrayant qu'un autre, répondit-il d'un ton sec.

— Ouh ! C'est moche à ce point ?

— Ne m'en parle pas.

— Inutile de fuir les femmes, elles finissent toujours par vous rattraper.

A condition qu'elles le veuillent, songea Alessandro. Mais ce n'était pas le cas de Christy. Elle ne passait les fêtes de Noël à la maison que dans l'intérêt des enfants et elle se moquait pas mal de dormir dans la chambre d'amis.

Sean déposa une fiche dans ses mains.

— Eh bien, je ne me plains pas que tu sois là. On se croirait dans une zone sinistrée, ici.

Un peu comme à la maison, alors, pensa Alessandro en entrant dans le box où l'attendait le patient que lui confiait Sean. Mais ce dernier lui saisit le bras.

— Alessandro ? J'imagine que Christy n'envisagerait pas de reprendre son poste pendant deux semaines ? Jusqu'à Noël, seulement ! Nous avons six infirmières malades, en ce moment.

— Christy ? Elle exerce en cabinet…

— Seulement depuis quelques années. Mais avant, elle travaillait aux urgences… Penses-y !

Alessandro le regarda partir. Christy avait quitté les urgences après la naissance de Ben. Pourquoi Sean s'imaginait-il qu'elle pourrait reprendre le collier ? Elle ne supporterait pas la pression… C'était grotesque !

Ecartant cette perspective, il se plongea dans le travail et ne rentra chez lui que vers 5 heures du matin.

Dans la maison plongée dans l'obscurité, il se glissa dans son lit froid. Le sommeil aurait dû l'emporter immédiatement, mais au lieu de cela, il fut incapable de s'endormir. Son esprit était trop occupé par Christy, qui dormait sans doute paisiblement dans la chambre d'amis.

Les lueurs de l'aube filtraient à travers les volets et il

n'avait pas réussi à trouver le repos. Jurant sourdement, il enfila un survêtement et sortit. La neige crissait sous ses pieds et son haleine formait une buée, tandis qu'il courait sur le sentier qui menait à la rivière. Aujourd'hui, les rochers étaient blancs de neige et l'eau glacée aussi claire qu'un miroir.

Il courut jusqu'à faire éclater ses poumons puis, les muscles douloureux, il rentra à la maison où il trouva les enfants vautrés sur le canapé, en train de regarder des dessins animés à la télévision. Christy était dans la cuisine, préparant des pancakes.

Lorsqu'il pénétra dans la pièce, elle leva les yeux et, l'espace d'un instant, ils se dévisagèrent, puis elle toussota avant de reporter son attention sur la crêpe dans la poêle.

— Tu veux déjeuner ? demanda-t-elle.

Elle portait un jean moulant et la même veste bleue qu'il avait admirée la veille. Avec ses cheveux lâchés sur ses épaules et ses joues rosies, elle était très jolie et paraissait bien trop jeune pour être la mère des deux enfants qui regardaient la télévision dans la salle de séjour.

Alessandro ressentit une brusque bouffée de désir, mais ce n'était que parce qu'il ne l'avait pas vue depuis deux mois, songea-t-il. Dès qu'il serait habitué à sa présence, il parviendrait à se maîtriser. Jusque-là, mieux valait garder ses distances.

— Je dois partir pour l'hôpital.

— Alessandro ! Tu es rentré à l'aube et tu viens de courir deux heures ! Même toi, tu as besoin de te reposer, parfois.

Si elle était au courant de tous ses faits et gestes, c'était sans doute qu'elle n'était pas parvenue à trouver le sommeil, elle non plus. Notant la rougeur qui lui montait aux joues, il éprouva une certaine satisfaction à penser qu'elle n'était pas aussi indifférente qu'elle s'en donnait l'air…

— On manque de personnel, expliqua-t-il. Je reviendrai après le déjeuner.

Si les enfants avaient été à l'école, songea-t-il soudain, il aurait pu la prendre dans ses bras. En cinq secondes, elle serait sur la table de la cuisine, en dix, elle serait nue.

Et il devinait qu'elle ne résisterait pas.

— Si je comprends bien, tu n'as plus le droit de dormir ?

— La grippe sévit, ces temps-ci. Toutes les infirmières sont malades.

— Si tu continues à ce train, tu ne tarderas pas à l'être, toi aussi.

— Tu sais comment ça se passe, aux urgences.

— Certes. J'ai été mariée suffisamment longtemps avec toi pour le savoir.

— Tu « as été » ?

Elle devait avoir décelé la colère qui faisait vibrer sa voix, car elle leva vers lui des yeux tristes. Depuis qu'il connaissait Christy, il ne l'avait jamais vue pleurer. Il l'avait vue hilare ou ivre de colère, mais jamais en train de pleurer, et la vue de ces yeux verts mouillés de larmes le rendait malade.

— Christy…

Le téléphone sonna. Visiblement soulagée, la jeune femme se pencha pour décrocher. La connaissant, il devina qu'elle n'aurait pas supporté de se laisser aller.

Il l'observa tandis qu'elle répondait. Il vit un sourire errer sur sa bouche généreuse, regarda sa chevelure somptueuse glisser sur ses épaules tandis qu'elle penchait la tête comme pour mieux écouter. Il avait toujours adoré ces boucles fauves et désordonnées. Il était tellement absorbé par la courbe de son menton qu'il ne s'aperçut même pas qu'elle avait raccroché.

— C'était Sean, dit-elle.

— Nicholson ? Il voulait me parler ?

— Non. C'est avec moi, qu'il voulait discuter.

— A quel sujet ?

Elle posa les crêpes sur la table.

— Il voudrait que je travaille aux urgences jusqu'à Noël pour remplacer les infirmières absentes.

— Et tu as refusé.

— J'ai accepté, au contraire.

— Mais pourquoi ?

— Pourquoi pas ?

— Eh bien, parce que… Parce que tu n'as pas travaillé là-bas depuis des années, et que…

— Et que tu penses que mon cerveau s'est réduit en bouillie, c'est ça ? Parle franchement, Alessandro ! Tu penses que je ne suis plus dans le coup ?

— Tu n'as pas idée de ce que sont les urgences, aujourd'hui ! Nous recevons quotidiennement du nouveau matériel, qu'il faut apprendre à maîtriser, nous sommes soumis à un rythme épuisant et, chaque jour, nous touchons les limites de nos forces. Et puis, il y a ces alcooliques violents…

— Tu ne me crois pas capable d'affronter un ivrogne ?

Remarquant la lueur qui dansait dans ses yeux verts, il éprouva de nouveau une brusque flambée de désir.

— Tu es une femme forte, *querida*, mais…

— Mais rien du tout ! Crois-le ou non, j'ai un cerveau, Alessandro. Et le fait d'avoir donné naissance à deux enfants n'y a rien changé ! dit-elle en agitant un couteau sous son nez.

— Tu réagis de façon exagérée.

— Excuse-moi, mais cela m'arrive quand on me traite avec condescendance. Et puis, sois honnête un instant, tu veux bien ? Tu ne penses pas à moi, mais à toi. Tu as peur que je te fasse honte. Ou alors tu crains de ne pas trouver ton repas prêt, le soir. Ou encore, que je sois trop fatiguée pour faire l'amour…

— Ça suffit !

Il jeta un coup d'œil en direction de la porte. Par bonheur, les enfants ne semblaient pas les avoir entendus.

— D'accord, Alessandro, ça suffit, mais admets que tu ne penses pas à moi. Simplement, tu ne veux pas que je bouleverse l'organisation parfaite de ta vie.

— Le travail des urgences est difficile, et…

— Je suis une bonne infirmière, on dirait que tu l'as oublié.

— C'est faux ! Tu t'es occupée des enfants et c'était important. Cela me paraît suffisant.

— A tes yeux, oui, mais si cela ne l'était pas aux miens ? répliqua-t-elle d'une voix étrangement douce. Tu as mené ta carrière, grimpé les échelons sans jamais te demander si j'étais heureuse de rester en arrière.

— Je croyais que tu étais bien avec les enfants. Je pensais que ton travail d'infirmière te convenait.

— Ben m'a prise à plein temps pendant trois ans. Quant à mon travail dans un cabinet, c'est une décision que j'ai dû prendre à cause des horaires. Tu le sais parfaitement.

Est-ce qu'il le savait ? S'était-il jamais arrêté pour réfléchir aux choix qu'elle faisait ? Cette pensée le frappa soudain.

— Si tu étais malheureuse, tu aurais dû m'en parler.

— Quand ? Ces dernières années, la seule façon d'avoir un entretien avec toi aurait été d'arriver à l'hôpital sur un brancard. J'ai *essayé* de te parler, Alessandro. Tu n'écoutais pas.

— Je t'écoute, maintenant.

— Et maintenant, ce n'est pas le moment, rétorqua-t-elle avec un petit rire sans joie. Les enfants ! A table !

Alessandro ne bougea pas du seuil de la pièce.

— Il faut qu'on discute, Christy.

— Un jour, sans doute, mais les pancakes refroidissent, alors ça ne peut pas être tout de suite. En tout cas, je prends mon poste à l'hôpital cet après-midi, avec l'équipe du soir. Tu devras t'occuper des enfants.

Il ouvrit la bouche pour répondre, mais les enfants passèrent près de lui en trombe. Christy avait raison : le moment était mal choisi. Mais elle n'avait aucune idée de ce qui l'attendait aux urgences. Il demanderait à Sean et à Nicky de la surveiller discrètement.

Katy faisait couler du sirop d'érable sur ses crêpes.

— Tu travaille à l'hôpital, maman ? Qui va nous garder ?

— Quand papa ne sera pas là, vous irez chez grand-mère.

Les yeux de Katy étincelèrent.

— Cool ! On va faire les boutiques !

— Et son gâteau au chocolat est super, intervint Ben.

— Tu vois, Alessandro ? dit Christy. De toute façon, ce n'est que pour une partie de la journée et il me restera beaucoup de temps à leur consacrer. Ainsi, tout le monde est content.

Sauf lui ! C'était déjà assez dur d'être près d'elle, lorsqu'il rentrait à la maison, mais la côtoyer aussi au travail !

— Réfléchis..., dit-elle en lui adressant un sourire chargé de signification. Tu es toujours à l'hôpital. De cette façon, je pourrai te voir.

C'était justement le problème ! Il ne pourrait pas chasser Christy de son esprit, puisqu'il allait l'avoir sans cesse sous le nez.

Nicky, une surveillante des urgences, embrassa Christy affectueusement.

— Je n'arrive pas à croire que tu aies accepté ! On est toutes ravies que tu reviennes.

Christy lissa la blouse bleue qu'on lui avait donnée.

— Je me sens un peu nerveuse. J'ai peur de me ridiculiser.

— Impossible ! Pour commencer, tu as de l'expérience. Et en cas de doute, tu m'appelles.

— Alessandro ne me croit pas capable de le faire.

— C'est un macho méditerranéen, mais j'imagine que tu le savais, quand tu l'as épousé. Il voit sûrement en toi sa femme et la mère de ses enfants, mais ça va changer dès lors que vous travaillerez ensemble en salle de réa.

A moins qu'elle ne gâche tout... Elle savait exactement comment était Alessandro : intolérant, lorsqu'il s'agissait de fautes professionnelles...

— De toute façon, reprit Nicky, tu as choisi le bon moment. Ton beau mari ne travaille pas, cet après-midi.

Tu pourras donc retrouver tes marques sans l'avoir sur le dos. En plus, on est samedi. Nous allons avoir notre comptant de rugbymen blessé… Des hommes superbes à moitié dévêtus et couverts de boue… Ma conception du paradis !

Christy se mit à rire, prenant conscience à quel point la camaraderie si particulière qui régnait aux urgences lui avait manqué.

— Où veux-tu que je sois, aujourd'hui, Nicky ?

— Avec moi, sur le point stratégique. Tu vas m'aider et ce sera comme au bon vieux temps. Si c'est calme, nous pourrons nous blottir contre le radiateur et potiner.

A cet instant, le téléphone sonna et Christy décrocha sans hésitation. A l'autre bout du fil, quelqu'un lui exposa les traumatismes dont souffrait le patient qu'on amenait. Après avoir raccroché, elle transmit les informations à Nicky.

— Ça a l'air moche. Je préviens Sean ?

— On bat le rappel de l'équipe de trauma. Dommage que ton Alessandro soit absent, c'est exactement son rayon. On va beeper l'orthopédiste de garde.

Les enfants dormaient déjà lorsqu'elle rentra à la maison, épuisée mais satisfaite. *Elle l'avait fait*. Et l'expérience avait été excitante et pleine d'imprévus. Le temps avait même passé si vite qu'elle avait été étonnée quand Nicky lui avait fait remarquer qu'il était temps de partir.

Et maintenant, elle se retrouvait dans la chambre d'amis. L'espace de quelques heures, elle avait oublié ses problèmes, mais la réalité s'imposait de nouveau à elle.

Alessandro ne voulait pas d'elle.

Il ne voulait pas d'elle dans son lit, pas plus qu'il ne la voulait aux urgences. Leur union glissait lentement vers sa fin et elle ne voyait pas comment stopper le processus.

Le lendemain matin, après avoir gratté la couche de givre sur le pare-brise, Christy déposa les enfants chez sa mère et se rendit aux urgences, qu'elle trouva en plein chaos.

La salle d'attente était bondée et l'infirmière chargée de recevoir les patients et d'apaiser leurs craintes semblait tendue.

— Un car dans lequel se trouvait un Père Noël et une bande d'elfes a glissé sur une plaque de verglas, expliqua Nicky qui se hâtait avec du matériel. Beaucoup de passants sont blessés, mais on vient de nous amener le chauffeur qui est grièvement atteint. Tu peux aider, car on est à court de personnel ? Il y a bien Donna, mais elle est fraîchement diplômée, et je crains qu'Alessandro, qui est là, ne lui dévisse la tête si elle est moins que parfaite.

Christy ne discuta pas. Le cœur battant, elle poussa les portes de la réa. Elle ne l'aurait avoué pour rien au monde, mais l'idée de travailler avec Alessandro la rendait nerveuse parce qu'elle savait combien il était exigeant.

Un Père Noël ensanglanté était étendu sur un brancard, gémissant de douleur. Alessandro était en train de l'examiner.

— Trauma thoracique, murmura-t-il. Pas de plaie ouverte ou de blessure, apparemment.

Christy s'approcha du brancard. Levant les yeux, il l'aperçut.

— Il faut te protéger avant de t'occuper du patient, dit-il froidement. Au minimum, des gants en latex et un tablier.

Elle se sentit rougir, prise en flagrant délit d'inattention. Mais la vue de son mari l'avait distraite. Décidée à ne pas se laisser déstabiliser, elle alla chercher ce qu'il lui fallait et revint près du brancard, les mains tremblantes et le cœur battant la chamade.

Alessandro auscultait son patient, le visage impassible. Il se tourna vers une collègue, une jolie blonde qui examinait le fémur du patient.

— Pas de perte de sang ?

— Je maintiens la pression sur cette blessure et tout va bien.

— Parfait. Je veux deux voies veineuses périphériques, numération, groupe, rhésus et gaz du sang. Quelle est sa tension ? Il me faut un électrocardiogramme.

Christy prit la place de l'une des infirmières, qui paraissait submergée et en qui elle reconnut Donna, et fixa les électrode sur la poitrine du patient puis elle leva les yeux vers l'écran.

— La tension chute à 9/5.

Soudain, elle ne tremblait plus. Ses gestes étaient fluides, assurés, presque machinaux. Elle savait ce qu'elle faisait et c'était comme si elle n'était jamais partie.

— Nous commencerons par un litre de sérum, dit Alessandro.

Elle s'affaira, tandis qu'il évaluait les fonctions cérébrales et vérifiait que la colonne vertébrale n'avait pas été touchée.

— Tirez la langue ! Remuez vos orteils !

— La tension chute toujours, dit Christy.

— Augmente le débit de perfusion et donne-lui un analgésique.

— La première voie est posée, annonça la jeune femme blonde en glissant un tube dans la veine.

Christy poussa la potence vers elle pour qu'elle pût commencer la perfusion.

— Posez immédiatement la seconde voie, Katya, ordonna Alessandro. Nous allons vous soulager tout de suite, Derek, ajouta-t-il comme l'homme poussait un gémissement de douleur.

Immédiatement, Christy tendit la main vers le chariot pour y prendre les calmants.

— Morphine et cyclizine ?

Elle lui tendit une seringue, ainsi que les ampoules, puis elle s'approcha du brancard et prit les mains de l'homme entre les siennes.

— Vous allez bientôt vous sentir mieux, Derek.

Les médecins oubliaient souvent le contact. Ils oubliaient combien le patient était anxieux et terrifié. C'était justement ce qu'elle admirait, chez Alessandro. Quelle que fût la tension du moment, il comprenait l'importance de la communication.

— La tension est stable, annonça-t-elle doucement.

— Parfait. Il souffre encore. Je vais lui administrer un bloc fémoral avant de lui mettre les attelles et de l'emmener à la radio.

Immédiatement, Christy lui tendit une seringue et une ampoule de lignocaïne.

Alessandro trouva l'artère fémorale et nettoya la peau du patient avant d'enfoncer l'aiguille perpendiculairement à la peau pour injecter l'anesthésique.

— C'est parfait, murmura-t-il un instant plus tard.

Katya s'était approchée de lui.

— Que se passe-t-il, si vous piquez l'artère ? demanda-t-elle.

— J'abandonne. Mais auparavant, je compresse pendant au moins dix minutes pour stopper le saignement. Et ensuite, je recommence.

Katya se détourna, non sans lui lancer un regard aguicheur.

« Elle le veut », songea Christy, la gorge serrée. Elle était habituée aux regards des femmes sur Alessandro, mais c'était la première fois qu'elle le constatait depuis leur séparation… Est-ce qu'il s'était passé quelque chose entre Katya et Alessandro ?

Le patient ferma les yeux et secoua la tête.

— Nous nous rendions dans une école… pour y distribuer des cadeaux.

Christy chassa de son esprit l'image troublante de Katya et Alessandro enlacés.

— Ne vous faites pas de souci pour cela maintenant, dit-elle doucement.

— Est-ce que quelqu'un peut appeler l'école ? Qu'est-ce que vont penser les enfants, si je n'y vais pas ?

— Une infirmière va s'en charger. Vous pouvez allez voir Nicky, Donna ? Demandez-lui de parler à l'un des elfes et de prévenir l'école.

Visiblement soulagée de pouvoir s'éloigner, Donna s'empressa de quitter la pièce, suivie par les yeux sombres d'Alessandro.

— Elle me paraît bien nerveuse.

— Elle est en apprentissage et tu peux être effrayant, répliqua-t-elle. Tu veux que j'immobilise sa jambe maintenant ?

— Je suis effrayant ?

— Tout le monde n'est pas né avec ton assurance… Derek, nous allons maintenir votre jambe dans une bonne position grâce à une attelle. Pour cela, il faut que je l'examine afin de prendre des mesures.

Elle écarta la couverture et mesura la partie supérieure de la cuisse.

Donna se glissa auprès d'elle.

— C'est fait, murmura-t-elle. Ils ont prévenu l'école.

— Vous pouvez cesser de vous faire du souci, dit Christy en souriant au patient. Le Père Noël lui-même peut être retenu, lorsqu'il distribue ses présents.

Le patient eut un faible sourire.

— Vous devez me croire fou, de m'inquiéter ainsi, alors que je suis à l'hôpital avec une jambe cassée. Mais je n'aime pas décevoir les enfants. J'ai un peu moins mal.

— L'attelle va vous soulager encore davantage.

Se tournant vers Donna, Christy lui remit les mesures qu'elle avait prises.

— Nous allons utiliser une attelle de Thomas. Allez m'en chercher une, s'il vous plaît.

Quelques minutes plus tard, elle enveloppait le membre fracturé de gaze, depuis la cheville jusqu'à mi-cuisse, tout en expliquant à Donna ce qu'elle faisait. Puis Alessandro exerça une traction sur la jambe, tirant la cheville d'une main, tout en maintenant le genou de l'autre.

Katya se tenait près de lui, plus près qu'il n'était nécessaire.

— Vous pouvez voir qu'il aligne la jambe correctement, Donna, expliqua Christy, essayant de rester concentrée sur sa tâche et en aidant le médecin à installer l'attelle.

Alessandro et elle travaillaient calmement et en parfaite harmonie, observés par Donna et Katya.

— Maintenant, nous allons soulever la jambe, nous la poserons sur un oreiller et surveillerons les pouls distaux.

— Parfait ! dit Alessandro, qui se tourna vers Katya. Vous pouvez le faire passer à la radio avant de l'envoyer en orthopédie ? Je veux des radios du bassin, de la hanche et du genou.

La jeune femme lui adressa un sourire rayonnant.

— Bien sûr, Alessandro.

Donna lança un coup d'œil interrogateur à Christy qui cessa d'observer Katya pour lui fournir les informations dont la jeune infirmière avait besoin.

— Dans les cas de fracture du fémur, nous devons vérifier s'il n'y a pas d'autres dommages qui y sont associés, expliqua Christy.

Il n'avait pas couché avec Katya… Alessandro ne ferait pas cela ! se dit-elle fermement. Il était un homme d'honneur.

Mais s'il considérait que leur union était brisée, le ferait-il ?

3.

Pendant que Katya et Donna s'occupaient des radios, Christy nettoya le box, espérant que cette activité soulagerait son anxiété.

— Si j'ai bien compris, travailler aux urgences, c'est comme le vélo, cela ne s'oublie jamais, fit la voix grave d'Alessandro, derrière elle.

Aussitôt, son cœur s'emballa. Il n'y avait aucune raison pour cela, se raisonna-t-elle. Ils venaient de prouver qu'ils formaient une équipe efficace et elle n'avait commis aucune erreur.

— Tout m'est revenu d'un coup, dit-elle.

— Je m'en suis aperçu. Cela t'a manqué, n'est-ce pas ?

Elle retint son souffle. Elle avait quitté les urgences depuis des années, pourtant c'était la première fois qu'il lui posait cette question.

— Oui, beaucoup, murmura-t-elle.

— Tu ne me l'as jamais dit.

— Tu ne me l'as jamais demandé.

Leurs yeux se rencontrèrent, et Christy éprouva une brusque flambée de désir. Pourquoi lui paraissait-il toujours aussi irrésistible ? L'attirance, entre eux, était si puissante qu'elle occultait tous les autres aspects de leur relation. C'était sans doute la raison pour laquelle ils n'avaient jamais réglé leurs problèmes.

— Nous aurions dû parler davantage, reprit-il d'une voix rauque.

— Ce n'est pas toujours facile de discuter avec toi.

— Tu me trouves vraiment effrayant ?

Comme il fronçait les sourcils, elle comprit que la réflexion qu'elle lui avait faite un instant auparavant l'avait sincèrement étonné.

— Tu peux être intimidant, oui, mais c'est en partie à cause de ta compétence et de ton expérience. Tu ne peux attendre d'une infirmière fraîchement émoulue de l'école qu'elle réagisse comme toi, dans une situation d'urgence.

— Si elle en est incapable, sa place n'est pas ici, grommela Alessandro.

— Tu es dur, avec les gens. Dans un monde idéal, tu aurais sans doute raison. Mais nous ne vivons ni ne travaillons dans un monde idéal. La meilleure façon d'apprendre est de se tenir au chevet du patient et d'acquérir de la pratique tout en bénéficiant d'une supervision appropriée.

Elle vérifia qu'elle avait bien replacé sur le chariot tout le matériel dont ils pouvaient avoir besoin.

— Toutes les études du monde ne te préparent pas à affronter la tension et les exigences du service, quand un patient saigne sous tes yeux, ajouta-t-elle.

Alessandro l'observait pensivement.

— Tu t'es vraiment bien comportée, avec cette jeune novice.

Il dispensait si rarement les compliments qu'elle sentit une douce chaleur se répandre en elle.

— Merci.

— Est-ce que je te fais peur ?

La seule chose qu'elle craignait, c'était de le perdre...

Elle allait le lui dire lorsqu'elle se rappela qu'il la faisait dormir dans la chambre d'amis. Ce n'était sans doute pas le moment de lui avouer ce qu'elle éprouvait.

— Tu ne me fais pas peur, mais tu es parfois difficile à atteindre. Il m'arrive d'abandonner plutôt que de m'acharner.

Il murmura quelques mots en espagnol avant de l'attirer vers lui d'un geste possessif.

— Je ne veux pas divorcer, Christy, que ce soit bien clair.

Elle leva les yeux vers lui, fascinée par l'intensité de ce regard sombre. C'étaient les mots qu'elle avait attendus pendant trois mois et il choisissait de les prononcer aux urgences, sous la lumière violente des néons.

— Et si moi, je veux divorcer ?

Elle se rappela trop tard qu'il valait mieux ne pas le provoquer. L'enlaçant de son bras libre, il la serra contre lui.

— Tu ne le veux pas.

Sentant sa force et sa puissance, elle cessa de respirer.

— Alessandro…

Cette proximité l'empêchait de réfléchir.

— Tu veux que je te le prouve ? murmura-t-il contre ses lèvres. Tu veux que je te prouve que tu as toujours envie de moi ?

— Non, je…

La bouche d'Alessandro s'empara de la sienne et elle fondit immédiatement, parce qu'elle était incapable de lui résister. Elle s'agrippa à lui, submergée par un désir tellement intense que plus rien n'existait autour d'elle.

Il la libéra soudain et s'écarta, l'air très froid.

— Les enfants ont besoin de leurs deux parents. Nous formons une famille, Christy, et cela n'est pas prêt de changer.

Aussitôt, la timide lueur d'espoir qui venait de naître en elle s'éteignit.

— Alessandro…

— Nous ne parlerons plus jamais de divorce, Christy. Et ne prétends plus que tu ne me désires pas.

Comment aurait-elle pu affirmer le contraire ?

Elle le désirait, mais comment lui expliquer que la sexualité n'était pas tout et ne résolvait pas tous les problèmes ? Il avait le sang chaud, elle l'avait compris dès la première seconde, et elle avait aimé l'idée qu'il ne se lasserait jamais d'elle. Mais maintenant, il venait de lui faire comprendre qu'il ne resterait avec elle que pour le bien des enfants et cela lui faisait mal.

Pourrait-elle en faire autant ? Pourrait-elle vivre avec lui, sachant qu'il ne l'aimait plus ?

— Nous ne pouvons pas discuter de tout ça ici, Alessandro.

— Quand, alors ?

— Je ne sais pas. Bientôt… Je dois rentrer pour préparer le dîner, dit-elle en se détournant de lui. Maman dépose les enfants à la maison dans une heure.

— Très bien… Je te rejoins, *querida*. J'ai envie de dîner avec mes enfants.

Les enfants… Il ne se préoccupait que des enfants. En tant que couple, ils n'existaient plus.

S'étant assurée que ses parents étaient encore à table, Katy prit la main de son frère et l'entraîna au premier étage, dans la chambre d'amis.

— Il est temps d'intervenir, dit-elle.

— C'est quoi, « intervenir » ?

— C'est quand tu aides les gens à faire ce qui est bon pour eux. On va sauter sur le lit.

— Mais je veux aller jouer avec mon avion !

Katy soupira.

— Tu joueras plus tard, mais pour l'instant, fais ce que je te dis.

— On n'a pas le droit de sauter sur les lits.

— Depuis quand tu fais ce qu'on te dit ?

— Maman va me gronder.

— Et si tu ne le fais pas, tu vas voir ce qui va t'arriver !

Ben regarda le lit avec une sorte d'envie.

— J'aime bien rebondir sur les lits. D'accord ! Tu veux que je saute comment ?

— Juste assez pour casser le lit, murmura Katy entre ses dents, tout en ôtant ses chaussons. Je vais t'aider. On y va.

Elle se plaça au centre du lit et se mit à bondir de plus en plus haut, sa queue-de-cheval virevoltant autour de sa tête. Gloussant de plaisir, Ben la rejoignit.

— Vas-y ! l'encouragea-t-elle.

En bas, un silence tendu régnait dans la cuisine où Christy et Alessandro terminaient leur repas quand, soudain au-dessus de leurs têtes, il y eut un craquement sinistre, suivi d'un cri plaintif.

— Oh non !

Se précipitant, Christy grimpa l'escalier quatre à quatre, suivie de près par Alessandro.

Dans la chambre, ils trouvèrent Ben en train de sangloter sur la moquette. Agenouillée près de lui, Katy le consolait. Elle leva les yeux vers ses parents.

— Pauvre Ben ! Il sautait sur le lit et…

— Le lit est cassé ? s'exclama Christy. Mais comment…

Et puis, elle vit le sang sur la joue de son fils.

— Alessandro, il saigne ! s'écria-t-elle.

— C'est ce que je vois, répliqua-t-il calmement.

Prenant son fils dans ses bras, il s'assit sur une chaise.

— Qu'est-ce qui s'est passé ? demanda-t-il.

— Katy m'a dit de sauter, expliqua Ben, le visage rougi par les pleurs. Alors, c'est ce que j'ai fait, mais quand le lit a craqué, je suis tombé et je me suis fait mal.

Les doigts habiles d'Alessandro couraient sur les membres de l'enfant, cherchant la source du saignement.

— Là, dans la paume… Ce n'est rien. Juste une écorchure.

Christy ne bougeait pas, le cœur battant, soulagée par la présence de son mari, prenant conscience à quel point sa force lui avait manqué.

Tout en câlinant son fils, Alessandro jeta un coup d'œil au lit.

— Il est bel et bien brisé. Tu ne pourras pas dormir là, cette nuit.

— Je vais prendre la chambre de Ben, dit-elle. Ton frère dormira avec toi, Katy.

— Pas question ! Il ronfle et il parle dans son sommeil.

— Nous n'avons pas le choix, Katy.

— Si ! Tu n'as qu'à dormir avec papa ! Vous êtes mariés, non ?

Puis la fillette sortit de la chambre d'un pas martial, suivie des yeux par un Alessandro visiblement éberlué.

— Ce sont les hormones ? demanda-t-il.

— Sûrement pas ! répliqua Christy. Elle n'a que onze ans.

— Pourtant, elle se comporte comme une adolescente.

— Elle traverse une période difficile…

Christy se tut. Ils savaient tous les deux que c'était probablement leur faute.

— Mais en dehors de tout autre considération, continua-t-elle, elle n'a sans doute pas à partager sa chambre avec son frère. Elle arrive à un âge où le besoin d'intimité est important.

Alessandro hocha la tête.

— Tu vas prendre la chambre. Je dormirai sur le canapé du rez-de-chaussée.

— C'est très gentil de ta part, merci, murmura-t-elle, la gorge serrée par la déception.

Elle s'en moquait ! décida-t-elle. Elle se moquait qu'il préférât le canapé à sa compagnie…

— Comment le Père Noël fera pour déposer nos cadeaux, si papa reste en bas ? fit la voix anxieuse de Ben. Il n'entre pas dans les maisons, si quelqu'un peut le voir.

— Je fermerai très fort les yeux toute la nuit, assura son père.

— Ça marchera pas ! Si tu dors pas, il le sait !

— Papa subit une forte tension, ces temps-ci, grommela Alessandro. Je suis bien certain que je dormirai.

De quelle tension parlait-il ? Il semblait si détendu, si froid ! songea Christy en observant le beau visage de son mari. Peut-être, cependant, que ces yeux sombres étaient plus las que d'habitude, cette bouche attirante déformée par un léger rictus…

C'était parce que sa présence le gênait, pensa-t-elle tristement. Il ne la tolérait que pour le bien des enfants.

— C'est d'accord, en ce cas ! déclara-t-elle gaiement. Papa couchera sur le canapé. Et maintenant, tout le monde au lit ! Il commence à se faire tard.

Elle fut réveillée de bonne heure par un fracas de vaisselle, dans la cuisine, accompagné de quelques jurons bien sentis. S'efforçant d'ignorer qu'elle avait eu moins de quatre heures de sommeil, elle enfila un peignoir et descendit au rez-de-chaussée.

Torse nu et uniquement vêtu d'un jean, Alessandro s'affairait dans la cuisine.

— Que se passe-t-il ?

Il lui lança un regard furieux.

— C'est le matin et je déteste les matins. Surtout, quand j'ai passé la nuit dans une boîte à chaussures.

Elle s'efforça de ne pas regarder ce torse musclé et tentant…

— On a payé ce canapé un bon prix.

— Crois-moi, tu ne sais pas ce que c'est, que de dormir dessus. J'ai mal dans des endroits de mon corps dont j'ignorais l'existence.

Amusée, elle porta la main à sa bouche pour dissimuler un sourire naissant.

— Est-ce que tu te moques de moi ?

— Je m'en garderais bien !

Une lueur dangereuse au fond des yeux, il posa sa tasse de café et s'approcha d'elle.

— Parce que si cela te fait rire, *querida*, tu peux passer la nuit sur le canapé, la nuit prochaine.

Elle recula, le cœur battant la chamade.

— Je ne me moque pas de toi, Alessandro.

Elle ne comprenait pas qu'il pût encore lui faire cet effet après douze ans de vie commune.

— Tu y seras bien mieux que moi… Tu es plus petite, plus délicate.

— Je dormirai sur le canapé, si c'est ce que tu veux.

C'est à cet instant qu'elle fit l'erreur de lever les yeux vers lui et elle sut immédiatement à quoi il pensait… Machinalement, elle passa la langue sur ses lèvres desséchées. Il fixa immédiatement sa bouche et, levant la main, il lui caressa doucement la joue.

— Christy…

Il allait l'embrasser. Au bout de deux longs mois désertiques, il allait enfin l'embrasser.

Elle ferma les yeux, le corps déjà embrasé, et puis il y eut une grande agitation, des rires tandis que les deux enfants faisaient irruption dans la cuisine.

Aussitôt, Alessandro recula, abandonnant Christy en proie à la frustration.

— Bonjour, maman, dit Katy en s'asseyant à la table. Tu as bien dormi, papa ?

— Merveilleusement bien. Vous aimeriez peut-être sauter sur le canapé ? suggéra Alessandro avec un sourire sarcastique. Ainsi, il serait hors d'usage.

Ben fronça les sourcils.

— Je croyais qu'on n'avait pas le droit de sauter sur les meubles ?

— Papa plaisante, précisa calmement Katy. Il est de mauvaise humeur parce qu'il a mal dormi. Il ferait mieux de dormir dans son lit, cette nuit.

Jetant à sa fille un coup d'œil exaspéré, Alessandro se tourna vers Christy.

— Comment se fait-il qu'elle en sache autant, tout à coup ?

— Elle grandit. Mais ne t'inquiète pas, je dormirai sur le canapé, la nuit prochaine. Chacun son tour.

*
* *

En arrivant aux urgences, la première personne que Christy aperçut fut Jake Blackwell, l'obstétricien.

— On m'a dit que tu étais revenue, mon chou ! s'écria-t-il en la serrant dans ses bras.

Fermant les yeux, elle se blottit un instant contre Jake, leur plus vieil ami.

— Je suis contente de te voir.

Il s'écarta d'elle pour la regarder.

— Ça ne va pas, on dirait ?

— Tout va très bien, au contraire, mentit-elle.

Jake émit un petit rire.

— En ce cas, mon ange, pourquoi Alessandro nous évite-t-il tous et tourne-t-il en rond ? On dirait un volcan sur le point d'entrer en éruption.

— Il m'en veut parce que je suis partie avec les enfants.

— Vraiment ? C'est ce que tu crois ?

— Pour quelle autre raison serait-il fâché ?

— Eh bien… J'en vois une autre, mais ce n'est sans doute pas le moment d'en discuter. Est-ce que tu comptes m'inviter à dîner, un de ces jours ? N'oublie pas que je suis un pauvre célibataire affamé et que je n'ai pas goûté à ta cuisine depuis des semaines.

— Bien sûr, répliqua-t-elle en souriant. Tu sors avec quelqu'un, ces temps-ci ?

— Tu me connais… J'attends la femme de ma vie.

Christy soupira. Sa réputation de don Juan n'était un mystère pour personne.

— Tu devrais te ranger, Jake.

— Je me rangerai quand j'aurai trouvé l'amour. Alessandro et toi me servez d'exemple, en la matière.

— Nous ? Mais nous sommes séparés !

— Vous avez toujours été fous l'un de l'autre, mais vous êtes tous les deux passionnés et exigeants. Vous vous êtes égarés un instant, pourtant vous vous retrouverez, j'en suis certain.

Tout à coup, Christy eut envie de dire à Jake qu'Alessandro ne s'intéressait plus à elle puisqu'il la faisait dormir dans la chambre d'amis, mais le lieu était mal choisi. Comme pour la conforter dans cette idée, le beeper de Jake se mit à sonner. Il le sortit de sa poche et vérifia le numéro qui s'affichait sur l'écran.

— Tu vois ? Les femmes ne peuvent pas se passer de moi !

— Tu n'as pas changé.

— Toi non plus. Pas plus qu'Alessandro. Souviens-t'en, Christy, et à plus tard.

Elle le regarda partir. Il avait tort… Elle avait changé.

— Christy ? fit la voix de Nicky, qui surgit dans le couloir. L'ambulance nous amène une femme qui s'est évanouie sur un court de tennis. Tu peux t'en occuper ? Nous ignorons si c'est sérieux. Sa sœur suit en voiture et je vais l'installer dans la salle d'attente avec une tasse de thé, mais n'oublie pas de la mettre au courant, quand tu en sauras davantage.

La femme arriva sur un brancard, toujours vêtue de sa tenue blanche.

— Elle s'appelle Susan Wilde, dit l'ambulancier. Elle jouait au tennis et elle s'est plainte de violents maux de tête avant de s'évanouir.

Christy recouvrait la femme d'une couverture, quand Billy arriva et commença l'examen.

— Madame Wilde ? Vous vous rappelez ce qui est arrivé ?

La femme tourna lentement la tête et posa sur lui des yeux vides, comme si elle avait du mal à se concentrer.

— Je ne sais pas… Mal, gémit-elle. Cou, tête.

Elle ferma les yeux, tandis que Christy procédait aux premières observations.

— Le pouls est faible, mais la tension élevée, dit-elle calmement. Je vous sors un cathéter pour que vous puissiez lui faire une injection le cas échéant, docteur. Ensuite, nous la mettrons sous oxygène.

Billy se passa une main dans les cheveux.

— Euh… oui, bonne idée. Je devrais appeler M. Garcia.

— Je vais m'en charger, dit Christy en plaçant sur la poitrine de la patiente les électrodes destinées à l'électrocardiogramme. Posez d'abord le cathéter parce que c'est ce qu'il voudra que vous fassiez. On dirait qu'elle a fait une hémorragie de la subarachnoïde.

— Vous avez raison.

Lui prenant des mains le garrot, il le serra autour du bras de la patiente, trouva la veine et posa le cathéter. Comme Christy lui tendait une sélection de flacons, Billy fronça les sourcils.

— Qu'est-ce que c'est ?

— Numération sanguine, recherche de toxiques, groupe, rhésus.

Elle sortit les formulaires et les remplit. Il ne manquait plus que la signature du médecin.

— Je vais m'occuper de la radio du thorax parce qu'il est évident que vous en aurez besoin.

Comme elle se dirigeait vers le téléphone, elle vit qu'Alessandro était entré et son regard reflétait un étonnement mêlé d'admiration. Lorsqu'elle revint, il examinait la patiente, qui était maintenant tellement somnolente qu'elle répondait à peine aux questions. Soudain, elle roula sur le côté et se mit à vomir. Christy était déjà auprès d'elle, une bassine à la main.

— On va lui donner de la morphine et un anti-émétique, dit Alessandro, les sourcils froncés. Christy, occupe-toi de la faire passer au scanner et contacte le neurochirurgien.

— Pour le scanner, c'est déjà fait, et le neurochirurgien descend.

Billy la fixait d'un air ahuri.

— Vous avez pensé à tout ! Mais quand… ?

— En même temps que je m'occupais de la radio du thorax. Cela semblait évident, dit Christy en désignant l'écran. Elle montre tous les symptômes d'une forte pression intracrânienne. Je sors le mannitol ?

— Nous en discuterons avec le neurochirurgien après

le scan, dit Alessandro, une étrange lueur dans les yeux. J'avais oublié ce que c'était que de travailler avec toi.

— Vraiment ? Tu as besoin d'autre chose ? Parce que je dois parler avec sa sœur qui est dans la salle d'attente.

— Vas-y et dis-lui que je la tiendrai au courant dès que j'en saurai davantage.

4.

— Alors ? demanda Jake. Qu'est-ce que ça fait, d'avoir sa femme sous son nez dans le service ?

Tout en parlant, il avait mis une tonne de beurre sur ses pommes de terre et déposé deux barres de chocolat sur son plateau.

— C'est étonnamment bien, admit Alessandro. Au moins, elle sait ce qu'elle fait. Je ne peux pas en dire autant de la moitié des gens avec qui je travaille en ce moment. Blackwell, est-ce que tu réalises que ce que tu t'apprêtes à manger pourrait te valoir un infarctus avant demain matin ?

Jake haussa les épaules.

— Les pommes de terre et le chocolat sont les seuls aliments mangeables, dans cette cafétéria. Et je ne comprends pas pourquoi tu es surpris. Christy a toujours été une infirmière brillante. La meilleure de toutes, autant qu'il m'en souvienne…

— J'ignorais qu'elle avait travaillé avec toi.

— Elle a fait un stage en obstétrique. Tous les médecins étaient fous d'elle.

— Tu parles de la mère de mes enfants, dit froidement Alessandro.

— Et alors ? Cela ne l'empêche pas d'être superbe. De toute façon, j'avais cru comprendre que tu ne voulais plus d'elle.

— Qui a dit cela ?

— Tu ne l'as pas suivie à Londres.

— Elle était partie pour mettre de la distance entre nous. J'ai présumé que si je la suivais, j'envenimerais la situation.

— Ah bon ? Tu ne comprends rien aux femmes, dis-moi !

— Parce que toi, tu les comprends ?

— Evidemment. Je suis obstétricien, on me paye pour les comprendre.

Ils arrivaient à la caisse et Jake sourit à la femme potelée et avenante qui contemplait son plateau d'un air désapprobateur.

— Où est la diététique, dans ce déjeuner, docteur Blackwell ?

— J'ai besoin d'énergie, pas de diététique. Il me faut plus que des carottes pour tenir jusqu'à minuit. Ce pull vous va très bien, Délia.

— Vous remarquez toujours tout ! C'est un cadeau de ma fille qui habite au Canada.

— Gillian ? Celle qui a un bébé de deux ans ?

Délia s'épanouit, ravie.

— Vous n'oubliez jamais rien, Jake.

Lorsqu'ils gagnèrent la première table libre, Alessandro leva les yeux au ciel.

— Est-ce que tu es obligé de flirter avec toutes les femmes que tu rencontres ?

— Sans doute que oui. Crois-le ou non, Garcia, les femmes apprécient que tu les remarques. Tu devrais cesser de te comporter en macho méditerranéen et essayer de leur accorder un peu d'attention de temps à autre. Dans leurs fantasmes, elles rêvent peut-être d'un homme des cavernes, mais lorsqu'elles atterrissent, elles veulent un homme qui leur parle.

— Qu'est-ce que tu insinues ?

— Rien.

— Si ! Tu es en train de me dire que je ne parle pas avec Christy. Mais elle est partie pour Londres sans me laisser le temps de réagir et maintenant qu'elle est là, je ne parviens pas à communiquer avec elle.

— Evidemment, répliqua doucement Jake.

— Selon toi, Christy était-elle heureuse de travailler dans un cabinet ?

— Les horaires l'arrangeaient, sans nul doute, à cause des enfants. Mais le rythme effréné des urgences lui manquait.

— Quand t'en a-t-elle parlé ?

— Je ne sais pas, dit Jake en repoussant son assiette pour prendre une barre de chocolat. Nous en avons discuté au cours des années. Christy était une excellente infirmière. Elle en savait invariablement davantage que les médecins, lorsqu'elle travaillait avec nous. Je comprends qu'elle se soit sentie frustrée lorsqu'elle s'est retrouvée dans un cabinet. C'est à peu près comme si tu enfermais un pur-sang dans un centre équestre.

Alessandro prit soudain conscience qu'il ne s'était jamais demandé si sa femme s'épanouissait dans son travail, mais il n'appréciait pas qu'elle se fût confiée à Jake. Apparemment, son ami en savait davantage sur son épouse que lui-même…

Après s'être assurée que sa mère était occupée dans la cuisine, Katy se rendit dans la salle de séjour, où son frère avait organisé un combat entre des dinosaures et des soldats de plomb.

— Il y a du jus de cassis, Ben. Je t'en ai apporté un verre.

— Je n'ai pas soif.

— Tant mieux, parce que je ne veux pas que tu en boives, mais que tu en renverses un verre sur le canapé.

— T'as qu'à le faire toi-même !

— Impossible ! J'ai onze ans et j'ai passé l'âge de renverser du jus de fruits sur les canapés. Tu dois t'en charger.

— T'es folle ! Ça va faire une grosse tache !

— C'est le but.

— Pourquoi ?

— Parce que malgré nos efforts, nos parents ne dorment toujours pas dans le même lit, répliqua Katy avec impatience. Et si ça continue, ils ne se remettront jamais ensemble. Tout le monde sait que les grandes personnes doivent coucher ensemble s'ils sont mariés. C'est comme ça qu'ils s'accouplent.

— Qu'est-ce que ça veut dire, s'accoupler ?

— Tu es trop jeune pour comprendre. Fais-moi seulement confiance.

— Je vois pas à quoi ça sert de renverser du jus de cassis sur le canapé.

— Parce que comme ça, il sera collant et humide, espèce de bébé stupide !

— Je ne suis pas un bébé stupide !

— Alors, fais ce que je te dis.

— Maman va être fâchée.

Katy foudroya son frère du regard.

— Tu as envie de rentrer dans ce vieux Londres puant ? Tu veux que maman et papa vivent de nouveau ensemble, oui ou non ?

— Bien sûr, mais…

— Alors fais-le et cesse de poser des questions idiotes.

— D'accord, d'accord !

Prenant le verre des mains de sa sœur, Ben traversa la pièce en courant, trébucha sur un jouet et renversa tout le jus de cassis sur le canapé.

— C'est mieux que ce que j'espérais ! commenta Katy en regardant la tache pourpre. Bravo, petit frère !

Les lèvres tremblantes, Ben contemplait le désastre.

— Maman va être fâchée.

— C'est possible, mais elle ne dormira pas là cette nuit et c'est tout ce qui importe. Ne t'inquiète pas, je te défendrai.

*
* *

— Tu n'aurais pas dû boire un jus de fruit dans la salle de séjour, dit Christy sans élever la voix.

— Katy m'a dit de le faire, hoqueta Ben entre deux sanglots, juste au moment où son père entrait dans la pièce.

— Qu'est-ce qui se passe, ici ?

— Je n'ai pas encore eu le temps de préparer le dîner, soupira Christy. Ben a répandu du cassis sur le canapé qui est fichu.

— C'est une bonne chose, dit Alessandro. Tu viens de me faire une faveur, Ben.

Katy parut sur le seuil de la pièce, un yaourt dans une main et une petite cuillère dans l'autre.

— C'est décidé, alors ! Tu n'as plus qu'à dormir dans le lit avec maman.

Alessandro jeta à sa fille un regard soupçonneux.

— C'est toi qui es derrière tout cela, Katherine ?

Katy recula de quelques pas.

— C'est pas la peine de me regarder comme ça. C'est mal, de faire peur à ses enfants.

Les sourcils noirs d'Alessandro se haussèrent.

— Depuis quand je te fais peur ?

Ben se mit à sangloter plus fort.

— C'est sa faute ! Elle m'a dit de renverser mon verre et…

Christy le prit dans ses bras et le câlina un instant.

— Chut ! dit-elle. Je ne suis pas fâchée contre toi, mon chéri. Ne pleure pas, s'il te plaît. Ce n'est pas important, ce n'est qu'un canapé.

Alessandro passa une main dans son épaisse chevelure noire avec un soupir de lassitude.

— Ma maison est en train de se transformer en zone sinistrée, marmonna-t-il. Puisque tu n'as rien préparé pour le dîner, on va aller au restaurant.

Le visage de Katy rayonna.

— Chic ! Vous allez avoir besoin d'un baby-sitter. Je vote pour oncle Jake !

Christy tressaillit.

— Papa voulait dire que nous allions tous au restaurant.

— Oh non ! On est bien trop fatigués pour sortir, dit Katy en bâillant ostensiblement.

Haussant les épaules, Alessandro se tourna vers sa femme.

— Eh bien… il ne nous reste plus qu'à sortir tous les deux.

— Mais Jake ne sera peut-être pas disponible.

— Il l'est… J'ai déjeuné avec lui, déclara Alessandro en décrochant le téléphone.

— Très bien, soupira Christy. Je vais me changer.

— Mets ta robe noire, maman, dit Katy.

— Quelle robe noire ?

— Quand tu la portes, papa ne peut pas s'empêcher de t'attraper par-derrière.

Christy rougit. Depuis quand sa fille remarquait-elle ce genre de choses ?

— C'est une robe de soirée, ma chérie.

— Et alors ? Tu es jolie, dedans.

Christy hésita. Bien sûr, elle voulait être jolie, mais pas au point de porter une tenue de cocktail au milieu de la semaine. Pour cela, il fallait être désespérée… et elle était trop orgueilleuse pour montrer à son mari à quel point elle l'était.

Mais elle voulait être séduisante, évidemment.

Elle voulait qu'il l'embrasse. Mais cela suffirait-il ? S'il l'embrassait et qu'ils faisaient l'amour, est-ce que cela résoudrait leurs problèmes ?

Finalement, elle choisit une jupe de velours droite de la couleur des bruyères, ainsi qu'un haut noir et moulant au décolleté plongeant.

Jake franchit la porte d'entrée au moment où elle prenait son manteau. Il marcha immédiatement vers elle et l'embrassa.

— Tu es superbe, murmura-t-il.

Puis Jake prit Ben dans ses bras et se pencha pour embrasser Katy, qui semblait très excitée.

— Oncle Jake !

— Tu m'as apporté un cadeau ? demanda Ben qui avait passé les bras autour des jambes du médecin, tel un petit singe.

— Ben ! s'exclama Christy. Tu ne dois pas poser ce genre de questions aux gens !

Jake sourit.

— Pourquoi pas ? Si seulement les femmes étaient aussi simples que les enfants, la vie serait bien plus facile, dit-il en sortant un sac de derrière son dos. Des bonbons, un DVD et peut-être un petit jouet parce que je ne vous ai pas vus depuis longtemps.

— Enfin un adulte qui nous comprend ! commenta Katy en fouillant dans le sac pour en sortir le DVD. J'ai le droit de veiller jusqu'à minuit, maintenant.

Jake lui adressa un clin d'œil.

— Conduis-moi jusqu'au placard à whisky de ton père, mon ange. J'ai eu une dure journée.

— Nous ne serons pas longs…, commença Christy.

Fronçant les sourcils, Katy poussa ses parents vers la porte.

— Ne revenez pas avant la fin du film, ou bien vous allez tout gâcher.

Christy soupira.

— Ne les fais pas veiller trop tard, Jake.

— Amusez-vous bien, répliqua ce dernier. On va très bien se débrouiller sans vous.

Christy songea qu'elle ne pouvait pas en dire autant.

Alessandro la conduisit dans un bar espagnol à tapas bruyant, situé dans le centre-ville. Déçue qu'il n'eût pas choisi un endroit plus calme et romantique, elle se glissa sur la banquette et elle allait prendre le menu quand, se tournant vers le serveur, Alessandro passa la commande sans la consulter. Elle posa la carte en soupirant. En tant que médecin, il était formidable. En tant qu'époux, elle aurait aimé qu'il se préoccupât parfois de son avis.

— Alors ? demanda-t-il. Tu es contente d'avoir retrouvé les urgences ?

— Euh… oui.

— Tu es une excellente infirmière !

— Cela te surprend ?

Il eut un lent sourire.

— Non. Je suis seulement étonné que tu n'aies rien oublié.

Devait-elle avouer qu'elle en avait été surprise, elle aussi ?

— C'est sans doute une seconde nature. Cela t'ennuie pas que je travaille là-bas ?

— On peut difficilement se plaindre de la présence d'une personne qui vous facilite la vie sur votre lieu de travail. Les patients méritent ce qu'il y a de mieux.

— Tu as raison. Mais les patients ne constituent pas toute ta vie… Notre couple ne mérite-t-il pas les mêmes attentions ?

Alessandro fit la grimace.

— Tu veux qu'on parle de ça maintenant ? Très bien, parlons-en… Nous avons tous les deux des vies bien remplies et…

— Nous ne disposons plus d'un instant à nous consacrer mutuellement, c'est cela ? Sais-tu combien de fois j'ai jeté ton dîner à la poubelle pendant toutes nos années de mariage ? Combien de fois nous nous sommes assis ensemble pour discuter pendant la semaine ?

— A table, rarement, certes. Mais nous dormions chaque nuit dans le même lit.

— Nous n'y partagions que le plaisir sexuel, Alessandro.

— Que le plaisir sexuel, *querida* ?

Elle se sentit rougir.

— Une union durable n'est pas seulement fondée sur la sexualité, dit-elle d'une voix enrouée.

Il l'observa un instant en silence.

— C'est pour cela, que tu es partie ? Tu te sentais négligée ? Je ne t'ai pas demandé assez souvent comment s'était passée ta journée ?

— Je ne pense pas que tu m'aies jamais demandé comment s'était passée ma journée. Tu es un père génial, un médecin formidable et un grimpeur extraordinaire, mais…

— Mais un piètre mari, c'est ça ?

— Non ! Je n'irai pas jusque-là, répliqua-t-elle, les doigts crispés sur son verre. Mais tu es tellement concentré sur ton travail que… J'ai finalement eu le sentiment que tu ne me prêtais plus aucune attention.

Elle aurait voulu lui parler de Katya, lui demander s'il avait eu une liaison avec elle, mais elle n'osa pas.

— Depuis quand détestes-tu ton travail en cabinet ?

Elle le regarda, surprise par cette question.

— Je ne le déteste pas. Mais sans doute le rythme des urgences m'a-t-il manqué. Tu sais ce que c'est… Comme une drogue.

— Tu fais allusion au flot d'adrénaline qui se répand dans nos veines à la pensée de ce qui nous attend derrière la porte suivante ?

— Oui, d'une certaine façon. Quand on travaille dans un cabinet, il n'y a aucun imprévu. C'est la routine et aussi, un peu, la solitude. J'étais enfermée toute la journée dans un bureau, à recevoir un flot incessant de patients. Nous avions des réunions de synthèse, bien sûr, et je pouvais parler aux médecins de mes patients, mais l'équipe des urgences me manquait.

Le serveur déposa les plats sur la table.

— Pourquoi y es-tu restée aussi longtemps, en ce cas ? demanda Alessandro.

— Parce que les horaires correspondaient à ceux de l'école. Mais aujourd'hui, les enfants ont grandi…

— Pourquoi ne m'en as-tu jamais parlé ?

— A quoi bon ? répliqua-t-elle avec un haussement d'épaules. L'un de nous deux devait s'occuper des enfants et cela ne pouvait pas être toi. Je le savais quand je t'avais épousé et j'étais d'accord. Et aussi… tu ne me l'as jamais demandé.

— Je pensais sans doute que s'il y avait eu un problème, tu me l'aurais dit. Je ne suis pas très fort lorsqu'il s'agit de jouer aux devinettes ou de lire dans les esprits. C'est plutôt le talent de Jake.

Elle sourit.

— Il est si gentil ! Je ne comprends pas qu'il n'ait pas encore trouvé une compagne.

— La femme qu'il convoite n'est peut-être pas disponible…, répondit froidement Alessandro.

— Jake ne courrait jamais après une femme mariée !

— Mais si elle ne l'était plus, il n'y aurait pas de mal à cela.

Christy remarqua que son mari semblait crispé. Avait-elle dit quelque chose qui ne lui plaisait pas ?

— Oui… sans doute. Mais pourquoi parlons-nous de lui ?

Il y eut un long silence durant lequel Alessandro pianota sur la table.

— Il a surgi dans la conversation, dit-il enfin.

Christy se servit distraitement. Alessandro n'avait pas l'air d'apprécier sa compagnie, songea-t-elle tristement. Il n'avait pas remarqué sa tenue, pas plus qu'il n'avait eu le moindre geste affectueux.

Autrefois, lorsqu'ils avaient un problème, il la prenait dans ses bras. Maintenant, il semblait ne plus avoir envie de la toucher.

Etait-ce parce qu'elle ne l'attirait plus ?

Ou bien parce qu'il avait une autre femme dans sa vie ?

A la maison, Ben était en train d'enfiler son pyjama, devant la cheminée.

— Qu'est-ce que ça veut dire, « s'accoupler », oncle Jake ?

Manquant de s'étrangler, Jake posa son verre de whisky. Toussotant, il se jura de ne plus jamais jouer les baby-sitters.

— Eh bien, je… Ben, tu n'as jamais posé ce genre de questions, auparavant… Pourquoi le fais-tu quand ta maman est sortie ?

— Parce que Katy l'a dit, tout à l'heure, répliqua Ben d'une voix solennelle. Elle a dit qu'on devait s'arranger pour que papa et maman dorment dans la même chambre et qu'ils puissent s'accoupler. C'est pour ça que j'ai cassé le lit et que j'ai renversé mon verre sur le canapé.

— Tu as fait… quoi ?

— J'ai sauté sur le lit jusqu'à ce qu'il casse, expliqua patiemment Ben. Comme ça, maman ne pouvait plus y dormir, mais ça n'a pas marché.

— Vraiment ?

Ben secoua la tête.

— Papa a dormi sur le canapé, alors j'ai renversé mon verre dessus, avec du sirop de cassis dedans.

Jake posa les yeux sur les serviettes qui recouvraient le canapé.

— Je comprends.

— Et maintenant, papa va être obligé de dormir avec maman, expliqua fièrement Ben.

— Je vois que tu as été très occupée, jeune fille, dit Jake en se tournant vers Katy.

— Tu ne peux pas me gronder. Tu es mon parrain et tu n'es responsable que de mon éducation religieuse.

— Plus de cadeaux, alors ?

— Ce que je viens de dire ne concerne pas les cadeaux.

Jake observa un instant la fillette, notant combien elle ressemblait à son père.

— Tu t'es mêlée de ce qui ne te regardait pas ?

— Juste un peu… On ne doit jamais sous-estimer les enfants.

— Je m'en garderais bien ! Dès que ton frère sera au lit, nous allons avoir une petite conversation, Katherine Isabel Luisa Garcia. Tu vas devoir me fournir quelques explications.

5.

Les bras chargés de linge, Nicky fronça les sourcils à la vue de Christy.

— Tu as l'air claquée ! Tu as passé une nuit torride ? ajouta-t-elle avec un clin d'œil.

Christy eut un faible sourire. Qu'est-ce que Nicky dirait si elle savait qu'elle avait passé la nuit étendue près d'Alessandro et qu'il n'avait pas posé un doigt sur elle ? Le plus terrible, c'était qu'il n'avait visiblement eu aucune difficulté à dormir, tandis qu'elle, crispée et le souffle court, attendait qu'il la prenne dans ses bras. La respiration régulière de son mari avait sonné le glas de ses espérances… Leur union était bel et bien terminée.

Bon sang de bon sang !

Il était clair qu'elle ne l'attirait plus. C'était la seule explication !

A cet instant, Katya entra et se dirigea vers elles. Elle portait un pull à col roulé rose et une jupe bleue qui lui arrivait au-dessus des genoux. Ses cheveux blonds et lisses, parfaitement coiffés, tombaient sur ses épaules. Elle semblait tout droit sortie d'un magazine de mode.

— Bonjour. Vous n'avez pas vu Alessandro ? Il m'a promis de commenter pour moi quelques radios intéressantes.

— Il s'occupe d'un patient victime d'un trauma crânien, dit froidement Nicky. Je voudrais que vous attachiez vos cheveux quand vous êtes dans ce service, s'il vous plaît. C'est plus hygiénique.

Katya fronça légèrement les sourcils puis elle haussa les épaules.

— Pas de problèmes. Je dois avoir des élastiques dans mon sac.

— Parfait.

Katya s'éloigna d'une démarche ondulante, suivie des yeux par Nicky.

— Cette fille ne me plaît pas… Pour qui se prend-elle ? Pour un top-modèle ?

— Elle est ravissante.

— Tu verras comme elle sera ravissante quand un patient aura vomi sur son pull rose. Tu vas bien ? Tu es toute pâle !

— Juste un peu fatiguée.

Nicky posa une main sur son bras.

— Ecoute… Je sais que ce n'est pas facile entre Alessandro et toi, en ce moment, mais je suis certaine que ça va s'arranger. Vous êtes faits l'un pour l'autre.

Vraiment ? Elle commençait à en douter…

— Te voilà ! s'écria Sean en courant le long du couloir. Christy, l'équipe de secouristes vient de recevoir un appel. Un homme, qui a fait une chute dans la montagne, souffre de contusions à la tête et à la poitrine. Nous n'avons pas tous les détails, mais nous voudrions envoyer cinq personnes en avant-garde. Le reste de l'équipe suivra.

Christy le regardait sans comprendre. En quoi était-elle concernée ?

— Il nous manque des gens, en ce moment, reprit Sean, et je me demandais si tu pourrais te joindre à cette avant-garde.

— Moi ?

— Pourquoi pas ? Tu es en forme et tu connais ces montagnes. Tu étais la meilleure alpiniste, dans le temps.

— Oui, mais j'ai eu les enfants et…

— Je n'avais pas conscience que la maternité avait affecté tes compétences dans ce domaine.

Regardant autour de lui, Sean aperçut Alessandro qui s'approchait d'eux.

— Garcia, l'homme qu'il me fallait ! J'essaie de persuader ta femme de partir en avant pendant que je m'efforce de réunir le reste de l'équipe.

— Christy ?

— Pourquoi tout le monde s'étonne-t-il de ma suggestion ?

— Parce que le temps est mauvais. En outre, je ne veux pas qu'elle risque…

— J'y vais ! le coupa Christy. Cela ne te posera pas de problème, Nicky ?

— Je suis habituée, répliqua celle-ci, l'air résigné.

— Mes chaussures de marche sont dans la voiture, mais mon équipement est à la maison.

— Tu prendras celui d'Ally puisque vous êtes de la même taille, intervint Sean. Ma chère femme ne s'est jamais souciée de débarrasser mon casier. Allons-y.

Comme ils se dirigeaient vers la voiture, Christy sentit sa colère contre Alessandro se teinter d'excitation. Devant eux, les montagnes se dessinaient, couvertes de neige, de glace et potentiellement mortelles. Qui donc avait eu l'idée saugrenue de sortir par ce temps ? se demanda-t-elle.

— Tu restes près de moi, ordonna Alessandro lorsqu'ils montèrent dans la voiture.

Elle braqua sur lui un regard furieux.

— Pourquoi ? Tu as peur que je tombe dans un trou ? Je te rappelle qu'à vingt ans, j'étais meilleure que toi, à l'escalade.

Ce n'était pas tout à fait vrai et elle le savait. Elle le vit hausser légèrement les sourcils, mais il ne la contredit pas.

— Tu n'as plus vingt ans.

— J'en ai trente-deux ! Tu me crois trop vieille pour ce genre d'activités ?

— Cela n'a rien à voir avec l'âge, répliqua Alessandro en démarrant brutalement. Tu es la mère de mes enfants.

— Et alors ? Cela signifie que je dois tricoter à la

maison ? Donner naissance à des enfants ne change pas une personnalité. Crois-le ou non, je suis la même femme que celle que tu as rencontrée il y a douze ans.

— Tu ne peux pas te remettre à grimper alors que tu es restée éloignée de la montagne pendant des années.

— C'est faux ! Je ne faisais plus partie de l'équipe, mais je n'ai jamais cessé de faire de l'escalade et de la marche. Je suis en pleine forme.

Puis elle détourna les yeux pour éviter de frapper quelque chose. Ou quelqu'un.

— Très bien. Je te demande seulement de ne pas jouer les héroïnes.

— Les héroïnes ? Depuis quand est-ce que je souffre d'un complexe de supériorité ?

— Tu as toujours pris des risques quand tu grimpais.

— Ce n'est pas vrai.

— Comme tu l'as dit toi-même, tu ne fais plus partie de l'équipe depuis longtemps. Si tu as oublié des choses, ça peut être dangereux et je ne veux pas que ton ego pèse dans la balance. Si tu ne sais pas faire quelque chose, dis-le.

— A mon avis, ce n'est pas moi qui possède un ego surdimensionné, ici. Il n'y a de place que pour le tien, dans cette voiture.

Tout en parlant, elle avait enfilé ses chaussures de marche et tirait si fort sur les lacets qu'elle faillit les casser.

Il n'avait plus confiance en elle ! songea-t-elle avec fureur.

— Je n'avais plus mis les pieds non plus aux urgences depuis des années, mais que je sache, je n'ai tué personne ! poursuivit-elle. Autrefois, c'était ma vie, Alessandro. Mais quelque part en chemin, je l'ai perdue. J'ai perdu les urgences, j'ai perdu l'équipe de secours et maintenant…

Elle avait failli dire : « je t'ai perdu », mais elle s'arrêta à temps. Se maîtrisant à grand-peine, elle se concentra sur le paysage.

— A t'entendre, dit Alessandro, ta vie n'a été qu'une longue suite de sacrifices depuis que tu es mariée.

Certaine de pouvoir de nouveau se contrôler, elle se tourna vers lui et observa un instant le beau profil. Elle l'aimait tant ! En dépit de tout, elle l'adorait.

— Ce n'est pas cela, répliqua-t-elle. Les enfants sont plus importants que tout. Mais lorsqu'ils étaient petits, j'ai fait abstraction de tout ce qui n'était pas eux. Tout ce que j'avais aimé avant eux.

Les mains puissantes d'Alessandro se crispèrent sur le volant.

— J'ignorais que cela te manquait à ce point…

Soudain, la colère de la jeune femme se dissipa. Elle voulait seulement qu'il comprenne son point de vue.

— Si tu avais dû tout abandonner, tu ne regretterais rien ?

— Ce n'est pas la même chose.

— Pourquoi ? Parce que tu es un homme et moi, une femme ? Eh bien, j'ai une bonne nouvelle pour toi, mon cher homme de Neandertal, nous sommes identiques sur ce point ! Aucune loi ne décrète que, dans le mariage, seule la femme doit tout changer dans sa vie.

Alessandro prit une profonde inspiration.

— Tu le savais quand tu m'as épousé. Je ne suis pas le genre d'homme à changer les couches, mais si tu avais voulu une baby-sitter, tu n'avais qu'à le dire.

— Je n'en voulais pas ! Je souhaitais élever mes enfants moi-même ! marmonna-t-elle, en remontant la fermeture Eclair de son blouson. Mais j'ai le droit de dire que certains aspects de mon ancienne vie me manquent. Maintenant que les enfants sont grands, j'ai le droit de dire que je veux retrouver cette vie, du moins pour une part. Est-ce trop demander ?

Alessandro actionna le clignotant et tourna dans le parking du Centre de secours en montagne. Après avoir coupé le contact, il resta un instant assis, à fixer le paysage hivernal.

— Non, dit-il finalement, ce n'est pas trop demander.

— Quand nous nous sommes rencontrés, nous suivions

le même chemin, mais quelque part, tout a changé. Tu as poursuivi ta route en me laissant derrière toi.

Il se tourna vers elle.

— C'est comme ça que tu vois les choses ?

— Non, Alessandro, elles sont comme ça.

Elle aurait voulu lui demander où ils en étaient, tous les deux, mais à cet instant, elle aperçut les membres de l'équipe qui se dirigeaient vers eux.

— Chic ! s'écria-t-elle. Jake est là !

Ouvrant la portière de la voiture, elle se glissa dehors.

Furieux, Alessandro regarda son ami embrasser chaleureusement sa femme.

S'était-elle toujours montrée aussi démonstrative, envers lui ? Il savait que Jake trouvait Christy attirante, mais jusqu'alors, il n'avait jamais eu de raison de s'inquiéter, puisqu'il savait qu'elle *l'adorait.* Il avait toujours tenu cette adoration pour acquise parce qu'ils étaient fous l'un de l'autre. L'idée qu'elle pourrait regarder un autre homme ne l'avait jamais effleuré.

Mais tout semblait avoir changé. Jake savait sur sa femme des choses qu'elle ne lui avait pas confiées à lui, son mari, comme le fait qu'elle regrettait son ancienne vie… Alessandro serra les dents. Il aurait dû le savoir. Pourquoi ne lui en avait-elle rien dit ? Il l'aimait. Il l'aimait désespérément et l'effort qu'il fournissait pour garder ses distances le rendait fou. Mais si elle aimait Jake, il lui rendrait sa liberté.

Christy hissa son sac sur son dos, prenant bien soin de ne pas regarder Alessandro. Elle allait lui prouver qu'elle était capable de le faire… Qu'elle n'était pas seulement la mère de ses enfants.

— Selon mes informations, annonça Alessandro à l'équipe, le blessé fait partie d'un groupe de quatre grimpeurs. L'un d'entre eux possédait un portable et a appelé la police, si bien que nous savons à peu près où ils se trouvent.

— Le temps n'est pas favorable, remarqua Jake. Si l'hélicoptère ne peut pas s'en charger, nous allons devoir le redescendre.

— C'est une possibilité, confirma Alessandro. L'un de ses amis a dit qu'il avait des problèmes respiratoires, on va donc emporter une bouteille d'oxygène. Allons-y !

Il prit la tête du groupe, suivi par Christy, et ils marchèrent pendant des heures avec une visibilité de moins en moins bonne. Enfin, ils entendirent des cris, un peu au-dessus d'eux.

— Bingo ! murmura Jake, tandis qu'ils se frayaient un chemin dans la neige et le brouillard.

L'homme blessé était assis contre un rocher. Du sang maculait son front, ses traits étaient crispés par la douleur et l'une de ses mains était posée sur sa poitrine. L'un de ses compagnons était accroupi près de lui et le réconfortait. Il se leva, son visage fatigué empreint d'un soulagement visible.

— Je suis content de vous voir, les gars ! Il a fait une chute de six mètres et il a du mal à respirer. C'est pour cela que je l'ai fait asseoir. J'espère ne pas avoir fait de bêtise.

— Vous avez eu raison, dit Christy en posant son sac par terre.

Alessandro saisissait déjà la bouteille d'oxygène, le geste précis et sûr, comme d'habitude. Certains médecins n'étaient compétents que lorsqu'ils se trouvaient dans un environnement hospitalier. Alessandro était égal à lui-même dans n'importe quelle situation.

Ignorant ses épaules douloureuses, elle s'agenouilla auprès du patient. Le vent glacé lui faisait venir des larmes aux yeux qui gênaient sa vision, mais elle s'efforçait de l'ignorer.

— Il s'appelle Simon Duke, dit son ami. Il a cinquante-deux ans. Nous amorcions la descente quand Simon a glissé. Je n'aurais jamais cru devoir faire appel un jour à une équipe de secouristes, soupira-t-il. J'ai fait de la montagne toute ma vie.

— Cela arrive aux meilleurs d'entre nous, répondit Jake. Je dois dire que vous avez choisi un temps fabuleux, pour votre promenade.

— Ne l'écoutez pas, il est dérangé ! dit Christy qui tourna le regard vers Alessandro. S'il est tombé de six mètres, il lui faudra sans doute une minerve ?

— Certainement. Nous allons aussi devoir l'abriter pour que je puisse l'examiner, répondit-il en sortant l'équipement adéquat de son sac. Jake, occupe-toi de l'oxygène, pendant que je monte la canadienne. Nous devrons aussi le descendre parce que l'hélicoptère ne pourra pas approcher par ce temps.

Simon ferma un instant les yeux.

— Je suis désolé de vous donner autant de tracas, murmura-t-il. Je n'arrive pas à croire que j'aie besoin d'oxygène.

— Tant mieux, répliqua Jake, parce que si j'avais dû transporter cette bouteille pour rien, je crois que je serais devenu fou.

Tout en parlant, il avait réglé le débit et tendu le masque à Christy qui le posa sur le nez et la bouche du blessé avant de s'approcher d'Alessandro pour l'aider à monter la tente.

Bientôt, Simon fut installé sous l'abri où Alessandro l'examina. Au bout d'un instant, Christy passa la tête par l'ouverture.

— Il a des côtes et une cheville cassées, dit Alessandro en levant les yeux vers elle. En revanche, pas de symptôme de pneumothorax. Je vais lui mettre une attelle et lui donner un analgésique. Ensuite, nous pourrons le descendre avant qu'il soit en hypothermie.

Christy l'aida à stabiliser le patient puis ils l'enveloppèrent dans un sac d'urgence doublé de mouton. Entre-temps, le reste de l'équipe les avait rejoints et ils installèrent le blessé sur un brancard avant d'entamer la descente.

— Comment savoir si vous n'allez pas me lâcher en route ? plaisanta Simon d'une voix faible.

Christy lui sourit.

— Dix hommes vigoureux portent le brancard. S'ils vous lâchent, ils sont virés.

L'homme réussit à sourire.

— Vous êtes tous volontaires ?

— Vous pensez qu'on fait ça pour rien ? intervint Jake, malicieux. Cela ferait de moi un fou, assurément…

Christy hissa son sac sur son dos.

— Eh bien, maintenant que tu en parles…

Comment avait-elle survécu sans cette camaraderie et ces plaisanteries ? Sans ce défi physique de sortir quelqu'un d'une situation périlleuse ?

Pendant la descente, elle sentit le regard d'Alessandro, constamment posé sur elle.

La surveillait-il ?

L'ambulance les attendait au pied de la montagne.

— Dans dix minutes, vous serez à l'hôpital, Simon, dit Christy. Ils vont bien s'occuper de vous.

Il hocha la tête.

— Ma femme va me tuer. Elle ne cesse de me répéter que je suis trop vieux pour crapahuter dans les montagnes.

— Ne l'écoutez pas, intervint Jake. Qu'est-ce que les femmes y connaissent ? ajouta-t-il en clignant de l'œil à l'intention de Christy.

Elle lui sourit faiblement. Grâce à Alessandro, elle avait l'impression de ne plus rien savoir sur rien.

Laissant ses collègues terminer la besogne, Jake l'attira un peu à l'écart.

— Tu vas bien, mon cœur ?

— Bien sûr ! Pourquoi n'irais-je pas bien ?

— Hé ! C'est à moi, que tu parles, pas à un étranger ! Je suppose que ton malaise n'est pas sans rapport avec un lit cassé et un canapé saccagé ?

Elle écarquilla les yeux.

— Tu es au courant ?

Pour une fois, Jake semblait sérieux.

— J'ai parlé à ma filleule. Il est clair que tout ne va pas pour le mieux entre vous deux. Pourtant, je pensais qu'une fois sous le même toit, vous sauriez résoudre vos problèmes.

Réprimant une envie de pleurer, elle jeta un coup d'œil à Alessandro qui parlait à l'un des membres de l'équipe.

— Je le croyais aussi, mais je me trompais. Il ne veut plus de moi, Jake. Il ne m'aime plus.

Comme sa voix se brisait, Jake l'attira dans ses bras.

— Ne pleure pas, dit-il doucement en lui tapotant le dos. Tu te trompes, Christy. Il t'aime vraiment.

Elle s'écarta de lui, honteuse de s'être laissée aller.

— Non, dit-elle en secouant la tête. Je l'espérais, mais je me faisais des illusions.

— Qu'est-ce qui te fait dire ça ?

— Quand je suis partie pour Londres, il ne m'a pas suivie.

— C'est ce que tu voulais ?

— Bien sûr, idiot ! Tu n'es pas censé comprendre les femmes ?

Jake prit un air étonné.

— Moi ? Oh, je fais juste semblant ! Il y a autre chose, qui te donne cette impression ?

— Nous n'avons pas… été proches, depuis que je suis revenue à la maison, et cela ne lui ressemble pas, précisa-t-elle en se sentant rougir.

— Peut-être veut-il te laisser un peu d'espace ?

— Oh non… Quand il veut quelque chose, il le prend.

Tendant la main, Jake lui ôta quelques flocons de neige dans ses cheveux.

— Je suis content que tu sois de retour parmi nous.

— Alessandro n'est pas de ton avis, dit-elle d'un ton amer. Il pense que je suis tout juste bonne à m'occuper des enfants. Il ne me regarde plus en tant que femme.

— Tu crois ça ?

L'espace d'un instant, Jake parut songeur, puis il sourit.

— Tiens bon, mon cœur, tout va s'arranger.

— Tu es gentil, mais je ne vois pas comment.

Il lui adressa le sourire qui faisait se pâmer toutes les femmes.

— Parce que c'est Noël, mon ange. Paix sur la terre aux hommes de bonne volonté. C'est le moment des miracles et des pardons. Pourquoi ne pas être patiente et voir quel cadeau le Père Noël va t'apporter, cette année ?

— Je ne crois pas que le Père Noël s'occupe de sauver les mariages. Merci d'être un si bon ami, Jake.

De nouveau, il posa sur elle un regard songeur.

— Tu es une très belle femme, Christy. Si je t'avais vue le premier, tu aurais été à moi. Mais Alessandro est immédiatement tombé amoureux de toi et le combat était perdu d'avance. Tu ne m'as même pas remarqué.

Elle le fixait en silence, éberluée.

— Jake, je…

— Bats-toi pour lui, Christiane, la coupa-t-il avec une petite grimace. Je me suis retiré de la compétition parce que je voyais la force de ce qui vous unissait. Je l'ai toujours vue et je vous l'ai toujours enviée. Pourquoi penses-tu que je ne me suis jamais marié ? Parce que j'avais vu ce que pouvait être l'amour et je voulais la même chose… ou rien. Cela vaut le coup de te battre, bébé.

Elle resta silencieuse, ignorant la neige qui tombait et le froid. Puis l'ambulance s'éloigna dans un hurlement de sirène, et les portières claquèrent après que les membres de l'équipe eurent rangé leur matériel dans les voitures.

Jake avait raison, bien sûr, songea-t-elle. Au lieu de jouer à ces petits jeux stupides, elle devait lutter pour garder son mari. Elle n'avait jamais été du genre à abandonner la partie quand les choses tournaient mal.

Alessandro était le seul homme qu'elle ait jamais aimé.

Le seul qu'elle aimerait jamais.

Un lent sourire étira ses lèvres. Se haussant sur la pointe des pieds, elle embrassa Jake sur la joue.

— Merci, murmura-t-elle. Tu es le meilleur des amis.

6.

— Maman, on peut aller chercher notre arbre, demain ?

Christy, qui versait du cognac dans le gâteau de Noël qu'elle confectionnait, leva les yeux.

— Je... Oui... Pourquoi pas ? D'habitude, nous allons l'acheter une semaine avant la fête.

— Et papa viendra aussi ?

Comment l'aurait-elle su ? songea-t-elle. Alessandro lui avait à peine adressé la parole depuis leur retour de cette expédition en montagne. Au travail, il se montrait froid, distant, et il rentrait tard pour se coucher longtemps après elle.

— Bien sûr, que je viens ! fit la voix d'Alessandro.

Il fit irruption dans la pièce, encore torse nu après sa douche matinale, le menton pas rasé.

— C'est un rite familial, reprit-il. On choisit le plus gros arbre de la pépinière.

Christy se sentit fondre de désir. Elle brûlait de caresser ce corps musclé et...

— Christy ?

Arrachée à sa rêverie érotique, elle sursauta. Il la regardait bizarrement. Est-ce qu'il savait ? Savait-il qu'elle s'était imaginée dans ses bras, en train de faire l'amour ?

— Pardon, dit-elle d'une voix enrouée. Tu as dit quelque chose ?

— J'ai dit que nous allions au Bal de la Neige, demain soir, dit-il sur ce ton légèrement traînant qui accélérait toujours les battements de son cœur. Ta mère a proposé de garder les enfants.

— Oh !

Elle ne se rappelait plus quand ils étaient sortis ensemble pour la dernière fois, et encore moins pour assister au Bal de la Neige qui réunissait chaque année à la même époque le personnel de l'hôpital. En général, Alessandro travaillait, ce soir-là.

A la perspective d'une soirée avec lui, elle sentit son cœur battre plus vite. Ce serait l'occasion de bien s'habiller et de lui rappeler que la mère de ses enfants était aussi une femme sensuelle.

— Mais ça veut dire que tu vas pas me lire mon histoire ! dit Ben, accusateur.

Katy décocha un coup de coude à son frère.

— Je te la lirai. C'est super ! Une bonne journée en famille, l'arbre de Noël et le Bal de la Neige. Vivement demain !

Les yeux sombres d'Alessandro se posèrent sur sa fille.

— Cela ne t'ennuie pas d'être encore gardée ?

— Pourquoi ça m'embêterait ?

Pendant ce temps, Christy passait mentalement en revue sa garde-robe. La situation méritait quelque chose de neuf. Quelque chose de sexy et de féminin. Il y avait une petite boutique, non loin de l'hôpital. Si elle sautait le déjeuner, elle aurait le temps d'y faire un saut.

Alessandro se servit une tasse de café et passa la main sur son menton râpeux.

— Il faut que je me rase, dit-il. Je te retrouve à l'hôpital.

Quand Christy arriva à l'hôpital, les urgences étaient remplies de patients qui avaient glissé sur le verglas.

— Montre-moi encore une fracture de Colles et je démissionne, grommela Nicky, les bras chargés de radios. Je voudrais seulement que les gens restent tranquillement chez eux, à regarder la télévision.

A cet instant, le téléphone sonna. Nicky décrocha, elle écouta un instant son interlocuteur puis raccrocha.

— Un enfant qui a avalé les comprimés de fer prescrits à sa mère, dit-elle. Temps estimé depuis l'ingestion : cinq minutes. Est-ce qu'Alessandro et toi pourrez vous en occuper ?

Christy hocha la tête. Justement, Alessandro venait d'apparaître à l'autre bout du couloir, vêtu d'un costume sombre qui soulignait la largeur de ses épaules.

— Il revient des services administratifs où il essayait d'obtenir plus de personnel, expliqua Nicky. A en juger à son air lugubre, il a échoué. Il m'intimide toujours, quand il est glacial comme cela.

— Le feu sous la glace, murmura Christy.

— Pardon ?

Christy secoua la tête.

— Rien.

Mais elle savait que sous cette apparence froide et indifférente se cachait une personnalité bouillonnante capable d'exploser avec la force d'un volcan.

— J'ai beau vivre dans ce pays depuis douze ans, dit Alessandro en parvenant à leur hauteur, j'ai du mal à me faire comprendre.

Puis il se mit à parler en un espagnol rapide et incompréhensible pour tous, sauf pour Christy.

— Tu es mariée avec ce type, alors traduis, s'il te plaît, Christy, dit Nicky.

Elle sourit. Elle connaissait suffisamment l'espagnol pour avoir saisi le sens général de la tirade dont certains termes n'étaient pas vraiment polis.

— En gros, il dit qu'il ne les trouve pas très sympathiques. Il leur a dit que nous avions besoin de davantage de personnel, sinon le service devrait fermer.

Alessandro haussa les sourcils.

— On fait de la traduction sélective, *querida* ?

— Mon espagnol laisse à désirer, dit-elle. Il y a plusieurs mots que je n'ai pas compris.

Alessandro la fixa pendant un long instant et, de nouveau, elle sentit son cœur s'emballer.

Nicky toussota.

— Je regrette d'interrompre ce petit interlude multiculturel, mais si vous cessiez de baragouiner dans un langage étranger pour un instant, je vous fournirais les informations qu'on m'a données à propos de cet enfant et je m'occuperais de mes radios avant que des patients ne se plaignent des lenteurs du service. Je ne veux pas me retrouver dans les gros titres des journaux, demain : « Des patients abandonnés par une infirmière ! » Vous pouvez me trouver futile, mais cela ne plairait pas à ma mère.

— Quel enfant ? demanda Alessandro.

— Il a avalé les comprimés de fer prescrits à sa mère, expliqua Christy.

— Combien ?

— On l'ignore, répondit Nicky en consultant ses notes. Je sais seulement que ce gosse a six ans et qu'il a avalé les médicaments de sa mère. Ils sont en route pour l'hôpital. A vous de jouer, les amis. Sauvez des vies, mais faites-le en anglais ou personne ne saura de quoi vous parlez.

Puis Nicky s'éloigna, toujours chargée de ses radios.

— J'appelle le pédiatre et l'anesthésiste, dit Christy à Alessandro qui approuva d'un hochement de tête.

— Je sors pour attendre l'ambulance. On se retrouve en pédiatrie.

Un peu plus tard, dans la salle d'examen, Christy se sentit émue à la vue du garçonnet qui sanglotait misérablement. Instinctivement, elle fit quelques pas vers lui, mais Alessandro l'avait précédée.

— Là, là, dit-il doucement en se penchant vers l'enfant. Tu sais que j'ai de la chance aujourd'hui ? Parce que tu me rends visite dans mon laboratoire de magicien.

Les lèvres du petit garçon continuèrent de frémir, mais il braqua des yeux immenses sur le médecin.

— Tu es magicien ?

— Bien sûr, répliqua Alessandro. Et c'est la pièce dans laquelle je réalise toutes mes expériences.

Il fouilla dans une poche de son pantalon et en sortit une pièce qu'il fit promptement disparaître pour la faire réapparaître derrière son oreille. Ce qui fit glousser l'enfant.

Christy sourit. C'était le tour préféré de Ben.

— Cache autre chose, demanda le petit garçon.

Sa mère eut un faible sourire.

— Luke n'arrête pas de cacher des choses… Je n'arrive pas à y croire, ajouta-t-elle, les yeux emplis de culpabilité. Je ne savais même pas que ces comprimés étaient dangereux puisqu'on les achète sans ordonnance. Mais un de mes amis m'a dit que le fer peut être mortel.

Comme elle couvrait sa bouche de sa main, Alessandro lança à Christy un coup d'œil significatif, et elle entraîna aussitôt la mère à l'écart. Alessandro venait de calmer l'enfant, il était inutile que la mère l'effraye de nouveau.

— Le plus important, maintenant, lui dit-elle, c'est de savoir combien il a avalé de comprimés. Vous avez apporté le flacon ?

— Oh, oui…

La mère sortit une bouteille de sa poche.

— J'ai été stupide de le laisser sur le comptoir de la cuisine… Luke disait qu'ils ressemblaient à des bonbons. J'ai à peine tourné le dos une seconde…

— Tous les médicaments, même les vitamines, doivent être placés hors de portée des enfants, dit Christy. Essayez de vous calmer parce que votre désarroi ne peut que le bouleverser davantage.

Alessandro prit le flacon.

— Vous savez combien il en restait ?

La mère secoua la tête.

— La semaine dernière, le flacon était plein et j'ai pris la dose quotidienne indiquée sur l'étiquette.

— Il a été malade ?

De nouveau, la mère secoua la tête.

— Je vais compter les comprimés restants, dit Christy. Cela nous donnera une idée de ce qu'il a pu avaler.

A cet instant, Billy entra dans la pièce, suivi de près par le pédiatre, et Christy compta les comprimés, pendant qu'Alessandro exposait la situation aux deux hommes.

— Il en manque huit, dit-elle.

C'était beaucoup, mais Alessandro resta impassible.

— Très bien, dit-il calmement en ôtant sa veste. Nous allons devoir vérifier le taux de fer, de glucose, et je voudrais une numération sanguine. Il me faudra aussi une radio de l'abdomen.

Billy le fixa avec étonnement.

— Une radio ?

— Le fer est opaque, à la radio, expliqua Christy. On peut donc le repérer facilement.

Mais tandis qu'elle observait l'enfant, une idée lui vint brusquement à l'esprit.

— Luke, quel goût ont les comprimés ?

Alessandro fronça les sourcils, visiblement pressé d'entamer la procédure, mais elle leva la main et attendit la réponse du garçonnet.

— Un goût de bonbons, répondit-il sans croiser son regard.

— Luke… Est-ce que tu les as mangés, ou bien est-ce que tu les as cachés ?

Pour toute réponse, il battit des paupières.

— Personne n'est fâché contre toi, mon cœur, reprit-elle, son intuition renforcée. Mais nous avons besoin de connaître la vérité. Ils sont dans tes poches ?

Il y eut un long silence, puis Luke hocha la tête.

— Je les gardais pour plus tard.

Ignorant le cri de la mère, Christy tendit la main vers lui.

— Montre-les moi.

L'enfant hésita brièvement puis il plongea la main dans sa poche et en sortit une poignée de comprimés couverts de duvet et mêlés à des emballages de bonbons.

Il les déposa dans la paume de Christy, qui les compta rapidement.

— Il y en a huit, dit-elle calmement. Ils sont tous là, Alessandro.

Poussant un soupir de soulagement, le pédiatre se détourna et sortit. Comme la mère commençait à gronder son fils, Christy l'interrompit.

— C'est bien, Luke. Tu nous as dit la vérité.

— Mais pourquoi ne pas l'avoir fait plus tôt ? demanda la mère.

— Vous hurliez, ensuite l'ambulance est arrivée, et il trouvait que c'était vraiment bien, la sirène, le gyrophare…

Se tournant vers Alessandro, elle vit une lueur d'amusement dans ses yeux. Lui aussi, il pensait à Ben…

Luke fut sermonné, la mère mise en garde à propos des accidents domestiques, puis tous deux purent rentrer chez eux.

Billy lança à Christy un coup d'œil admiratif.

— Comment avez vous deviné ?

— L'instinct maternel, sans doute, répliqua la jeune femme en préparant la salle pour le patient suivant.

Quand Billy fut parti, elle se tourna vers son mari.

— Ben aussi adore cacher les choses !

— En effet ! Une fois, il a fait disparaître mon beeper pendant vingt-quatre heures !

— Je l'ai trouvé dans le panier à linge…

Alessandro hocha la tête.

— Sans toi, dit-il doucement, cet enfant aurait subi des tests déplaisants. Tu es une excellente infirmière urgentiste et tu ne devrais pas gâcher tes talents ailleurs. Reviens !

Elle le fixa, le souffle coupé. Il lui demandait de retravailler aux urgences, ou de lui revenir ? Leurs regards se croisèrent et elle sentit une grande chaleur se répandre en elle. C'était toujours là ! Le lien qui les unissait n'était pas mort…

— Alessandro ?

La silhouette élancée de Katya apparut sur le seuil.

Ses cheveux étaient remontés sur le sommet de son crâne, mais plusieurs mèches lui tombaient sur les tempes, lui donnant un air langoureux et sensuel.

— Je rentre chez moi, dit-elle, mais on se retrouve au bal. Rappelez-vous que vous m'avez promis une danse.

Christy se figea. En elle, la douce chaleur venait de se muer en un bloc de glace.

Etait-ce pour cette raison qu'il l'avait invitée au Bal de la Neige ? Parce que Katya s'y rendait ?

Elle devenait paranoïaque ! Se concentrant sur ses rangements, elle s'efforça de ne pas écouter la réponse d'Alessandro.

Peu importait ce qu'il pensait de Katya, se dit-elle, parce qu'elle allait porter une robe à tomber par terre.

Il allait regretter ce dont il se privait.

7.

Christy se tourna vers les enfants, assis sur la banquette arrière de la voiture.

— Il fait froid, aujourd'hui. Vous avez pris vos bonnets et vos gants ?

— Arrête de t'inquiéter, maman, répliqua Katy en bâillant.

Ben, quant à lui, continua de jouer sans répondre. Le navire spatial qu'il tenait à la main fendit l'air et frôla dangereusement les cheveux de sa sœur.

— Nous sommes arrivés à la pépinière ! s'écria Christy, prévenant l'altercation qui allait suivre.

Une minute plus tard, toute la famille descendait de la voiture. Les enfants coururent en avant pour regarder les arbres.

— Je veux celui-ci ! hurla Ben.

— Sûrement pas ! dit sa sœur. Il est tout de travers. Celui-là est bien plus beau.

— C'est pas vrai !

Alessandro les départagea en en choisissant un troisième.

— Je le prends, dit-il au vendeur.

Christy réprima un sourire. Il décidait toujours de tout, même lorsqu'il s'agissait du sapin de Noël. Ne semblant pas s'en formaliser, les enfants sautaient de joie, tandis qu'Alessandro payait et chargeait l'arbre dans la voiture.

Une fois à la maison, Christy glissa un hachis Parmentier dans le four puis elle sortit les boîtes de décorations qu'ils utilisaient depuis des années. Les enfants, qui avaient mis des chants de Noël dans le lecteur de CD, dansaient tout autour de la pièce en gloussant de plaisir.

Comme n'importe quelle famille normale, pensa Christy en tendant un autre renne de bois à Ben pour qu'il le suspende à l'une des branches les plus basses.

Elle songea à la robe, cachée au fond de sa garde-robe. Elle avait coûté une fortune, mais cela en vaudrait la peine, si elle rappelait à Alessandro qu'elle n'était pas seulement la mère de ses enfants.

Est-ce qu'il l'aimait encore ?

Elle ne voulait pas que ses enfants assistent à la mort de leur relation ! C'était inconcevable, décida-t-elle. Elle allait faire une dernière tentative pour sauver leur couple, mais si cela ne marchait pas, ils devraient se séparer.

Elle s'esquiva pendant qu'Alessandro lisait une histoire à leur fils. Se rappelant la beauté impeccable de Katya, elle mit beaucoup de temps à parfaire son maquillage et à se coiffer avant d'enfiler sa robe.

Lorsqu'elle jeta enfin un coup d'œil au miroir, elle ne put réprimer un sourire satisfait. C'était fabuleux. La robe, coupée dans un tissu argenté et scintillant, la moulait divinement.

— Pas trop mal, pour quelqu'un de ton âge, dit Katy en entrant dans la chambre. Tu as besoin d'un bijou pour aller avec.

— Je n'en ai pas.

Alessandro ne lui en avait jamais offert. Ce n'était pas son genre, se rappela-t-elle en baissant les yeux vers la simple alliance en or qui ornait sa main gauche. Ils s'étaient mariés tellement vite qu'ils n'avaient pas eu le temps de s'embarrasser d'une bague de fiançailles.

— Attends !

Katy sortit en courant et revint avec un collier en argent.

— Essaie ça.

— Où l'as-tu eu ?

Souriante, Katy sauta sur le lit où elle s'assit, jambes croisées.

— Je l'ai eu dans un magazine, mais ne t'inquiète pas, le toc est aussi bien que le vrai. Vas-y, maman.

En riant, Christy passa la chaîne autour de son cou et recula pour juger de son effet dans le miroir. C'était parfait.

Souriant à sa fille, elle glissa ses pieds dans les chaussures extravagantes qu'elle avait achetées, puis elle prit son sac.

— Eh bien ? Quel est ton verdict ?

— Tu ressembles à une décoration du sapin, murmura Ben depuis le seuil de la pièce. On dirait une vraie princesse vivante.

— Ce qui est mieux qu'une princesse morte, dit sèchement Katy. Viens, Ben… Il faut veiller à ce que papa ne porte pas cette affreuse veste en velours côtelé qu'il avait cet après-midi.

— Je me suis changé, intervint Alessandro en arrivant à son tour.

Il avait revêtu un habit de soirée noir et il était si beau que Christy en eut le souffle coupé.

Et il la fixait, lui aussi.

Son regard glissa de ses yeux à sa bouche, puis il s'attarda sur ses seins révélés par le décolleté, pour se poser finalement sur le bas de la robe, qui s'arrêtait largement au-dessus des genoux.

— Tu ne vas pas sortir comme ça !

Le bonheur de Christy explosa en mille morceaux.

— Pardon ?

— Cette robe… n'est pas convenable.

La jeune femme sentit la moutarde lui monter au nez. Cette robe lui allait merveilleusement bien, elle le *savait*. Toute la journée, elle avait anticipé avec délice l'instant où il la verrait. Il venait de tout gâcher.

— Pourquoi n'est-elle pas convenable ?

Alessandro arpentait la pièce de long en large, le regard sombre et menaçant.

— Tu es une épouse et une mère. Dans cette tenue, tu as l'air d'une…

— D'une femme ? Tu pensais que je ne m'en tirerais pas aux urgences, et je t'ai prouvé que tu te trompais. Tu pensais que je ne pouvais pas participer efficacement à une expédition de secourisme, et je t'ai prouvé que tu te trompais. A tes yeux, j'ai cessé d'être une personne à part entière. A tes yeux, je suis seulement une épouse et une mère. Mais j'ai une bonne nouvelle à t'annoncer : oui, je suis une épouse et une mère, mais je suis aussi une femme, Alessandro Garcia, et il est temps que tu t'en souviennes et cesses de te comporter comme un homme des cavernes.

Sur ces mots, elle sortit de la chambre le plus dignement possible, étant donné les talons ridiculement hauts des chaussures qu'elle avait choisies.

Alessandro resta au milieu de la pièce, les épaules raides, tâchant de maîtriser sa colère.

— Bravo ! fit la voix de sa fille, dans son dos. Je dirai que tu as vraiment tout gâché.

Il se tourna vers sa fille.

— Je ne te demande pas ton avis.

Katy posa les mains sur ses hanches.

— Peut-être que non, mais je fais partie de cette famille. Je ne vois pas pourquoi je resterais assise sans rien faire, à vous regarder vous disputer. Maman a acheté cette robe et elle est très jolie dedans… pour quelqu'un de son âge, évidemment.

Alessandro fronça les sourcils.

— Ta mère n'a que trente-deux ans !

— Tant que ça !

A un autre moment, Alessandro aurait éclaté de rire. Mais pour l'instant, la réaction de sa fille suscitait en lui quelques réflexions… Trente-deux ans. A cet âge, bien des femmes n'étaient pas mariées. Christy était encore jeune. Lorsqu'il l'avait rencontrée, elle sortait à peine de l'adolescence et ils avaient tout de suite eu un enfant.

Et Katy avait raison. Elle était ravissante, dans cette robe. Plus que ravissante. Superbe. Sexy. Stupéfiante.

Fermant les yeux, il évoqua les longues jambes, les courbes tentantes. Christy ne s'était pas trompée, à son propos, il s'était bel et bien comporté en homme des cavernes. La vérité était qu'il ne supportait pas qu'un autre homme pose les yeux sur elle. Surtout maintenant, quand leur relation était si fragile.

Elle ne lui avait rien dit de ses projets. Il ignorait ce qu'elle ferait après Noël, si elle partirait ou si elle resterait. Elle se confiait à Jake, mais pas à lui…

Il prit une profonde inspiration. Jake… Il savait que son ami avait été fou de Christy durant une courte période.

Quoi qu'il en soit, Christy avait vingt ans lorsqu'il était tombé amoureux d'elle. S'il l'avait pu, il l'aurait enfermée dans une pièce pour ne plus jamais l'en laisser sortir…

Elle était restée avec lui pendant presque toute sa vie d'adulte. Pouvait-il la blâmer de vouloir se faire belle pour sortir ? Passant une main dans ses cheveux, il laissa échapper quelques jurons en espagnol.

— Merci de m'avoir fait donner tous ces cours d'espagnol, dit calmement Katy. J'ai tout compris.

— Je te dispense de tes commentaires.

— Je m'en doute.

Christy enfilait tristement son manteau, partagée entre l'envie d'ôter sa robe et de passer la nuit dans la chambre d'amis malgré le lit cassé, et celle de montrer à Alessandro ce qu'il ratait.

Elle décrocha finalement le téléphone et appela un taxi.

Une minute plus tard, Alessandro la rejoignit dans l'entrée.

— Christy…

— Il est l'heure de partir, dit-elle froidement. J'ai appelé un taxi.

— *Por Dios !* Il faut qu'on discute !

— De quoi ? Du fait que tu ne vois en moi que la mère de tes enfants ? C'est inutile, tu as été très clair.

Ouvrant la porte, elle fut soulagée de voir que le taxi arrivait. Il restèrent silencieux pendant le trajet jusqu'au manoir où se tenait le Bal de la Neige. Christy gardait les yeux obstinément fixés sur la vitre, craignant de s'effondrer si elle le regardait.

« Joyeux Noël, Christy », pensa-t-elle lorsque le taxi arriva devant la demeure ancestrale, mais il était difficile de se réjouir quand votre couple se désintégrait.

Lorsqu'ils entrèrent, la réception battait déjà son plein et la piste de danse était bondée, mais Christy aperçut tout de suite Nicky, en robe verte moulante et accrochée au bras de son mari.

— Tu es superbe !

— Merci, dit tristement Christy.

— Elle est incroyablement sexy, reprit Nicky en regardant Alessandro.

Ce dernier parut s'assombrir encore davantage et Christy en conclut qu'il ne partageait pas l'opinion de leur amie commune.

— Viens danser, proposa Nicky.

Christy la suivit sur la piste et, l'espace d'un instant, elle s'efforça de tout oublier, hormis la musique et le rythme. Au bout d'un instant, la chaleur et la soif l'incita à aller chercher une boisson et à sortir dans le parc pour prendre un peu l'air. La neige épaisse crissait sous ses pieds, et elle regretta de ne pas avoir pris son manteau.

Comme elle faisait demi-tour, elle faillit percuter Jake.

— Hé, que vois-je ici paraître ? Cendrillon, je présume ?

— Salut ! Où est ta cavalière ?

— Je ne sais pas exactement. Quelque part à l'intérieur, sans doute. La dernière fois que je l'ai vue, elle se dandinait sur la piste de danse d'une façon très embarrassante. Il est temps de passer à la candidate suivante, certainement.

— Tu es incorrigible !

Enlevant sa veste, Jake la posa sur les épaules de la jeune femme.

— Qu'est-ce qui se passe ?

— Tu vas attraper froid, Jake.

— Moi ? Tu oublies que je suis grand, fort et viril, dit-il en lui prenant le menton pour la forcer à le regarder. Que se passe-t-il, Christy ?

— Rien du tout.

— Christy, il faut qu'on fasse le point rapidement avant d'attraper une pneumonie tous les deux. Pourquoi restes-tu là toute seule, laissant ton mari à la merci de cette doctoresse russe aux griffes acérées et aux yeux méchants ?

— Katya ? Je ne fais pas le poids contre elle.

— Tu dis des bêtises ! Je croyais que tu devais te battre ?

— C'était le cas, et voici mon arme, dit Christy en baissant les yeux vers sa robe. Mais ça n'a pas marché. Il était censé tomber à la renverse, en me voyant. Au lieu de cela, il a dit que je ne devais pas sortir dans cette tenue.

— Vraiment ?

— Que je suis la mère de ses enfants…

— Dans cette robe couleur argent ? Crois-moi, tu incarnes plutôt les fantasmes masculins. Mais je ne suis pas surpris qu'il ne souhaite pas te voir sortir ainsi. C'est un homme possessif, mon ange. Et c'est ta faute, si tu as épousé un Espagnol maussade. Tu aurais pu choisir un Anglais tranquille, comme moi.

— Tu te trompes, dit tristement Christy. Il ne veut plus de moi.

— Tu crois ça ?

A cet instant, l'attention de Jake fut attirée par quelque chose, derrière elle, mais avant qu'elle ait pu se retourner, il marmonna quelques mots inintelligibles puis l'attira dans ses bras et l'embrassa sur la bouche.

Le baiser ne dura que quelques secondes, car Jake fut brusquement tiré en arrière.

— Ote tes mains de ma femme…

— Alessandro…, commença Christy.

— Ne me parle pas pour l'instant, coupa-t-il rudement. Ce n'est pas ta faute, tu n'as aucune expérience des hommes, mais Jake est…

Ce dernier le regardait tranquillement, les mains dans les poches.

— Oui ? Qu'est-ce que je suis ?

— Tu l'as toujours voulue, murmura Alessandro avec une fureur glaciale.

Jake eut un curieux sourire.

— C'est exact.

— *Por Dios,* tu le reconnais ?

Puis Alessandro lui décocha un crochet du droit qui l'expédia sur le sol enneigé.

— Jake ! hurla Christy. Arrête, Alessandro ! Je n'arrive pas à croire que tu aies fait ça !

— Je défends ce qui est à moi.

Les yeux encore étincelants de fureur, Alessandro frottait son poing tout en regardant Jake qui se relevait péniblement et portait la main à sa lèvre tuméfiée.

— Je l'ai mérité, dit-il doucement. Et maintenant, Garcia, tu vas m'écouter. Il vrai que j'ai désiré Christy tant que j'ai pensé que son cœur était à prendre. Malheureusement, cela n'a duré que vingt-quatre heures. Ensuite, elle t'a vu et je n'avais plus une chance. Tu étais le seul homme qui existait à ses yeux. Tu l'es encore, mais avec ton caractère de cochon, tu n'es même pas fichu de t'en apercevoir.

Voyant le sang qui coulait sur son menton, Christy fit un pas vers lui, mais il leva la main pour l'arrêter.

— Je vais bien. Je vais rentrer, maintenant, et retrouver ma cavalière. Il n'y a rien de mieux que les bleus pour réveiller l'instinct maternel d'une femme.

Malgré ses meurtrissures, il réussit à cligner de l'œil.

— Tu me rendras la veste la prochaine fois que nous nous verrons, mon ange ?

Les yeux pleins de larmes, Christy le regarda s'éloigner. Puis elle se tourna vers Alessandro.

— Je n'arrive pas à y croire. Il est ton plus vieil ami !

— Il t'embrassait !

— Au moins, il m'avait remarquée, lui !

— Je t'ai remarquée.

Ses doigts s'emparèrent du poignet de la jeune femme qu'il entraîna dans le parc jusqu'à un labyrinthe de feuillage.

— C'est ridicule, Alessandro, dit-elle, cherchant en vain à se libérer.

Les flocons de neige tourbillonnant autour d'eux, ils parvinrent au centre du labyrinthe et atteignirent un jardin entouré de murs au centre duquel coulait une fontaine.

— Tu penses que je ne t'ai pas remarquée, *querida* ? dit-il en la poussant contre un mur. Tu crois que je n'ai pas conscience de ton corps étendu près du mien, la nuit ? Tu t'imagines que je n'ai pas remarqué ta robe argentée ? Eh bien, je vais t'apprendre quelque chose, *gatita* : je remarque tout.

Puis il s'empara de sa bouche et elle fondit sous la pression de ses lèvres. Personne n'embrassait comme Alessandro, pensa-t-elle dans un vertige, se noyant dans un monde de sensualité où tout se brouillait.

Son cœur battait à grands coups, des langues de feu s'insinuaient en elle. Elle noua ses bras autour de sa nuque pour le retenir au cas où il aurait eu l'intention de mettre fin à ce baiser magique.

Apparemment, ce n'était pas son intention.

Sans lâcher ses lèvres, il lui releva sa robe, et la chaleur de ses paumes sur ses cuisses offrait un tel contraste avec la fraîcheur de la nuit qu'elle gémit.

— Je te veux, *querida. Por Dios*, je ne peux pas attendre plus longtemps.

D'un mouvement souple qui en disait long sur sa force physique, Alessandro la souleva et elle oublia tout, hormis le désir farouche qu'ils avaient l'un de l'autre qui les mena rapidement à un plaisir violent.

Finalement, quand leurs respirations s'apaisèrent, il la reposa doucement sur le sol. Pendant un instant, ils se regardèrent, liés par l'expérience unique qu'ils venaient de partager.

Et elle attendit.

Elle attendit qu'il prononce les mots qu'elle attendait : « Je t'aime ». Ensuite, tout irait bien. Ils repartiraient de zéro.

— Tu es à moi, dit-il en déposant des baisers brûlants dans son cou. A moi et à aucun autre homme.

— Pardon ? dit-elle d'une voix enrouée. Tu peux répéter ?

— Nous nous appartenons et je ne t'accorderai pas le divorce.

— Si je comprends bien, nous n'avons fait l'amour pour la première fois en trois mois que parce que tu voulais affirmer ton droit de propriété ?

— Bien sûr que non…

— Jusqu'à ce que Jake m'embrasse, tu ne m'as pas touchée. Tu ne l'as fait que parce qu'il m'embrassait.

Il se raidit.

— J'ai le droit de faire l'amour avec ma femme.

— Pendant toute la semaine, j'ai dormi près de toi à moitié nue… Pas besoin d'être un génie pour deviner que Jake a été l'unique raison pour laquelle tu m'as arraché mes vêtements dans un lieu public et par un froid mortel.

— Nous avons fait l'amour…

— Il s'agissait seulement pour toi d'effacer de mon esprit les pensées qu'un autre homme aurait pu m'inspirer.

Il la toisa avec arrogance.

— Et ça a marché… Dis-moi que tu éprouves la même chose avec un autre homme, je saurai que tu mens.

Incapable de se maîtriser, elle le gifla.

— Tu es peut-être un brillant médecin, Alessandro Garcia, mais tu es un homme possessif et grossier !

Si elle voulait une preuve qu'il ne l'aimait plus, elle l'avait désormais, pensa-t-elle en réajustant sa robe avant de s'enfuir en courant sans qu'il fasse un geste pour la retenir.

*
* *

Maudissant l'inconséquence des femmes, Alessandro sortit du labyrinthe peu après elle. Il vit ses longues jambes disparaître dans un taxi qui démarra et disparut bientôt au bout de l'allée enneigée.

Il laissa échapper quelques jurons en espagnol, puis il se détourna et vit Jake qui l'observait. Il lui lança un regard accusateur.

— C'est toi qui l'as mise dans le taxi ?

— Pourquoi ? Tu comptes me donner un autre coup de poing ?

— Non. A condition que tu ne l'embrasses plus jamais.

— Je pensais que cela te donnerait un coup de fouet, dit Jake en frottant son menton endolori. Apparemment, ça a marché.

Alessandro lui lança un coup d'œil incrédule.

— Tu aimes vivre dangereusement. J'aurais pu te tuer.

— J'espérais que ce serait suffisant pour te galvaniser et que tu lui avouerais tes sentiments pour elle. Mais si j'en crois ses larmes, tu n'as pas réussi.

— Des larmes ! Christy ne pleure *jamais*.

— Eh bien, elle pleurait à l'instant. Qu'est-ce que tu lui as fait ?

— Je lui ai fait l'amour, marmonna Alessandro. Sur le moment, j'ai pensé que c'était ce qu'il y avait de mieux à faire.

— Si j'en crois cette marque, sur ta joue, ce n'était pas une bonne idée.

— Les femmes sont incompréhensibles !

— Tu crois ça ? Christy pense que tu ne l'aimes plus, Al.

— Elle pense que je ne l'aime plus ? s'écria-t-il, exaspéré. C'est elle, qui a quitté la maison en emmenant les enfants avec elle.

— Elle s'attendait à ce que tu la suives.

— Tu te trompes ! Si elle voulait que je la suive, pourquoi m'a-t-elle quitté, pour commencer ? Ensuite, pourquoi n'est-elle pas revenue ? C'est absurde.

— Tu vois les choses de ton point de vue masculin. Elle attendait un signe, la preuve que tu l'aimais toujours.

— Si tu dis vrai, je viens de la lui donner. Mais elle m'a giflée et s'est enfuie en taxi.

Jake soupira.

— Votre timing est décalé. Si tu lui avais fait des avances avant que je l'embrasse, vous n'en seriez sans doute pas là.

— Inutile de me rappeler que tu as embrassé ma femme, Blackwell.

— Tu es celui qu'elle veut, reprit calmement Jake, mais si tu continues à tout gâcher, tu vas finir par la perdre.

La perdre ?

Perdre Christy ?

Confronté à cette éventualité inconcevable, Alessandro se sentit complètement démuni pour la première fois de sa vie.

— Qu'est-ce que je peux faire ? demanda-t-il d'une voix rauque. Que faire pour la convaincre que je l'aime ?

— Essaie de le lui dire.

— Elle ne me croira pas, après ce qui s'est passé ce soir.

— Alors montre-le-lui… Montre-lui que tu l'aimes, Al, mais fais vite.

8.

Insupportable, arrogant, misérable, vil, sale type…

Le visage sillonné de larmes, Christy jetait ses affaires en vrac dans sa valise tout en gratifiant Alessandro de tous les qualificatifs qui lui venaient à l'esprit.

Quant à elle… elle laissa échapper un grognement de frustration, puis elle s'assit sur le bord du lit et enfouit son visage dans ses mains.

Etait-elle incapable de se contrôler ?

Lorsqu'elle pensait à la façon dont elle s'était comportée, elle aurait voulu disparaître à cent mille lieues sous terre. Il ne l'aimait pas, pourtant elle s'était jetée dans ses bras comme une folle affamée de sexe, une pauvre groupie. Elle s'était offerte à lui dans un lieu public, où n'importe qui aurait pu les surprendre.

Alors que lui n'était mû que par un instinct de propriétaire !

Elle ferma la valise en reniflant, puis elle se tourna vers la porte et le vit. Ses cheveux noirs étaient parsemés de neige et sa mâchoire ombrée par une barbe naissante. Il avait défait son nœud papillon et le col de sa chemise était ouvert, révélant une peau bronzée.

— Tu ne partiras pas.

Elle ferma les yeux pour ne plus voir cette incarnation parfaite de la virilité.

— Ça ne marchera pas, Alessandro. Je vais dormir chez ma mère, cette nuit.

— Ça marché pendant douze ans, dit-il en fermant la porte derrière lui.

Elle ouvrit les yeux et fut surprise de découvrir une âpre souffrance dans ceux d'Alessandro.

— Alessandro…

— Je me suis dit que si tu aimais Jake, je te laisserais partir, mais je m'aperçois que j'en serai incapable.

— Je n'aime pas Jake !

— Tu l'as embrassé. Tu t'es toujours confiée à lui.

— C'est lui qui m'embrassait. Et si je me confie à lui, c'est parce qu'il m'écoute.

— Et pas moi ?

— Non. Tu ne t'intéresses plus à moi en tant que femme.

Inspirant profondément, il arracha le nœud papillon qui pendait à son cou et le jeta sur le lit.

— Je reconnais que j'ai fait des erreurs en ce qui nous concerne, mais j'estime avoir le droit à une seconde chance.

Elle le fixa avec étonnement. Etait-il en train de s'excuser ? En douze ans, ce n'était jamais arrivé.

— Tu admets que tu as eu tort ?

— Tu n'aurais pas dû partir avec les enfants, mais oui, je te concède que mon comportement était loin d'être parfait.

Elle faillit rire. Pour des excuses, c'était plutôt pathétique, mais de sa part, c'était un pas immense.

— Qu'est-ce que tu suggères ?

Sa veste rejoignit le nœud papillon, sur le lit.

— Dans une semaine, c'est Noël. Donne-nous jusque-là… Nous devons au moins cela aux enfants.

C'était pour cette raison qu'il agissait ainsi ? Pour les enfants ?

— Très bien, répliqua-t-elle, le cœur battant. Mais il y a des règles.

— Des règles ?

— Je continue de travailler aux urgences, de sortir avec l'équipe de secouristes et tu arrêtes de froncer les sourcils et de me foudroyer du regard.

— Je ne fais ni l'un ni l'autre.

— Bien sûr que si !

— Très bien… Je m'y efforcerai. Tu es une excellente infirmière urgentiste, je me demande comment j'ai pu l'oublier. Cette semaine, ta présence nous a tous soulagés, dans le service. Je ne suggérerai certainement pas que tu t'en ailles.

Une délicieuse chaleur se répandit en Christy, stupéfaite et ravie par le compliment.

— Il y a autre chose ? demanda-t-il.

— Oui. Si je reste ici, nous devrons passer du temps ensemble. Plus de gardes de nuit, Alessandro. Tu ne vivras pas à l'hôpital pendant que je mène ma propre existence à la maison. Quelques initiatives romantiques seraient les bienvenues.

— Des initiatives romantiques ? répéta-t-il sans comprendre.

Elle faillit lever les yeux au ciel. Ce n'était pas dans la nature d'Alessandro, se rappela-t-elle, et elle le savait en l'épousant. S'ils pouvaient seulement retrouver ce qu'ils avaient autrefois partagé, elle pouvait vivre sans initiative romantique.

— N'y pense plus, ce n'est pas important.

Il y eut un bref silence, durant lequel il l'observa. Enfin, il hocha la tête.

— Très bien. De mon côté, il n'y a qu'une seule règle.

Christy ouvrit de grands yeux.

— Laquelle ?

— Plus de baiser, sauf si j'en suis l'heureux bénéficiaire.

Une étrange lueur dans les yeux, il s'approcha d'elle, tellement près qu'elle sentit la chaleur de son corps puissant, et elle cessa soudain de respirer.

— Je ne l'embrassais pas.

— C'est parfait, parce que je ne partage pas. *Jamais.*

La tension, entre eux, était presque palpable.

— Tu te comportes encore en homme des cavernes.

— Un homme des cavernes qui se maîtrise parfaitement… Que je sache, je n'ai pas fermé la porte à clé, je ne t'ai pas jetée sur le lit ou fait tout ce que je brûle de te faire. En réalité, *gatita*, je fais preuve d'un remarquable self-control.

Elle s'attendait à ce qu'il l'embrasse, mais au lieu de cela, il l'observa un long moment, les yeux plissés. Enfin, il recula et gagna la salle de bains.

— Ne m'attends pas pour te coucher, lança-t-il en retirant sa chemise blanche qu'il jeta dans le panier à linge. Je suis sûr que tu es fatiguée.

Sidérée et frustrée, Christy le regarda fermer la porte derrière lui.

Des initiatives romantiques ?

Sous la douche, Alessandro réfléchissait aux mystères de l'âme féminine. Il venait de faire l'amour avec elle. Qu'est-ce qu'un homme pouvait faire de plus romantique que cela ? Et ensuite, elle l'avait encore accusé d'être trop possessif.

Ce n'était que parce qu'il voulait éviter une nouvelle dispute qu'il ne lui avait pas arraché ses vêtements et qu'il ne l'avait pas jetée nue sur le lit pour terminer ce qu'ils avaient commencé au manoir. Une bonne douche froide calmerait ses pulsions…

Elle avait dit qu'ils ne passaient pas assez de temps ensemble et il entendait bien rectifier le tir. Et il aurait tant d'initiatives romantiques qu'elle ne pourrait plus faire un pas sans en avoir la preuve.

Du moins, quand il saurait ce que c'était…

Le lendemain, Christy se retrouva au côté de Jake qui avait été appelé pour examiner une jeune femme qui saignait.

Elle posa les yeux sur sa bouche tuméfiée.

— Ça a l'air douloureux, dit-elle d'une voix douce.

— C'est plus embarrassant que douloureux, plaisanta

Jake. L'hôpital tout entier fait des paris à propos de la femme que j'ai séduite hier soir.

— Tu leur as dit la vérité ? s'enquit Christy en rougissant.

— A ton avis ?

— Je pense que tu es un trop bon ami pour colporter des commérages. Je t'en suis très reconnaissante, ainsi que de bien d'autres choses.

Il lui sourit et tendit la main pour prendre les notes qu'elle avait rédigées.

— Très bien. Où est la femme que je dois voir ?

— Dans le box numéro 1. Je t'accompagne.

La journée passa très vite et Christy se demandait comment elle avait pu sauter une fois de plus le déjeuner quand le téléphone sonna.

Elle décrocha au moment où Alessandro arrivait.

— Ce soir, annonça-t-il, nous dînons au restaurant. J'ai retenu une table pour 20 heures.

N'étant pas en position de discuter, Christy écouta son interlocuteur en griffonnant quelques notes. L'ambulance leur amenait un homme de cinquante-cinq ans, souffrant d'hémorragie gastro-intestinale. Apparemment, il avait vomi du sang une demi-heure auparavant.

— Nous ferions mieux de prévenir les chirurgiens, dit Alessandro quand elle raccrocha. Tu penses que je ne pourrai pas venir à notre rendez-vous de ce soir, c'est ça ?

— Eh bien…

Elle s'interrompit en voyant son lent sourire sensuel.

— Tiens-toi prête, parce que je serai là.

Elle se sentit fondre et maudit sa faiblesse. Il faudrait plus qu'une soirée pour sauver leur mariage…

Quand le patient arriva, Christy enfila des gants et mit un tablier, puis elle aida les infirmiers à l'étendre sur un brancard.

— Il s'appelle Duncan Finn, dit l'un d'entre eux. Il s'est mis brutalement à vomir et il a remarqué le sang.

Katya se glissa dans le box à l'instant où Alessandro s'avançait pour questionner son patient.

— Vous n'avez jamais souffert de douleurs abdominales, monsieur Finn ? demanda-t-il en lui prenant le pouls radial et le pouls capillaire.

— Je pose une voie veineuse ? demanda Katya.

— Deux. Christy vous montrera le calibre.

Christy poussa le chariot qu'elle avait déjà préparé et tendit à Katya le matériel dont elle avait besoin.

— Je veux une numération sanguine, une hématocrite, un taux d'hémoglobine, le rhésus et le groupe. Christy, tu as demandé des chirurgiens ?

— J'ai appelé le service quand l'ambulance est arrivée. Ils seront là d'une minute à l'autre.

— Il faut lui administrer 50 grammes de ranitidine, diluée dans une solution saline, dit Alessandro, les yeux fixés sur l'écran. Donne-lui de l'oxygène, Christy.

Tout en murmurant des mots d'apaisement au patient, la jeune femme posa un masque sur son visage et régla le débit.

— J'ai tellement soif, marmonna-t-il. Je peux avoir à boire ?

— Pas pour le moment, répondit-elle.

A cet instant, les chirurgiens entrèrent dans le box. Après avoir examiné le patient et écouté le rapport d'Alessandro, ils décidèrent de pratiquer une endoscopie et prirent les dispositions pour le faire transférer au bloc. Christy l'y accompagna, puis elle revint aux urgences et retourna dans la salle de soins pour la nettoyer.

A sa grande surprise, Alessandro et Katya s'y trouvaient encore et discutaient. La jeune Russe se tenait tout près de lui, plus près qu'il n'était nécessaire, les yeux fixés sur le visage d'Alessandro.

— Vous pensez donc que les différents diagnostics sont le syndrome de Mallory-Weiss, les varices œsophagiennes, une gastrite érosive, un cancer de l'intestin ou des problèmes de coagulation ?

— Ce peut-être aussi un simple ulcère gastro-duodénal, répliqua sèchement Alessandro. Rien de ce que vous voyez dans ce service n'est rare ou sortant de l'ordinaire, rappelez-vous cela.

— Bien sûr, dit Katya. J'espère ne pas vous ennuyer par mes questions.

— Pas le moins du monde.

Le sourire encourageant d'Alessandro fit pester intérieurement Christy. Il était tellement patient, avec elle ! Et pourquoi ? La patience ne faisait pas partie de ses qualités.

— Vous voulez boire un verre avec moi, ce soir, Alessandro ? murmura Katya.

Alessandro posa sur la jeune Russe un regard songeur.

— Pas ce soir… Une autre fois, peut-être ?

Une autre fois ? Qu'entendait-il par là ?

Furieuse, Christy manifesta bruyamment sa présence, faisant claquer son pied sur le levier qui actionnait la poubelle, déversant dedans le matériel usagé puis refermant brutalement le couvercle.

Quel culot !

Il frappait Jake parce qu'il l'avait embrassée, et maintenant, il flirtait ouvertement avec Katya !

Consciente qu'il l'observait, elle lui adressa un sourire suave.

— J'ai presque terminé. Ensuite, je vous laisserai à vos occupations.

— Tu nous laisseras à quoi ?

— A ce que tu es en train de faire, Alessandro, dit-elle dans un espagnol parfait.

Puis elle se détourna et quitta la pièce.

En rentrant chez elle, elle avait acquis la certitude que son mari resterait à l'hôpital. A quoi bon se changer, dans ce cas ?

Elle sortait de la douche, enveloppée dans un grand drap de bain, lorsqu'elle le trouva dans la chambre, un gros bouquet de roses rouges à la main.

— En quel honneur ? demanda-t-elle.

— C'est pour toi.

— Pour moi ? Tu as quelque chose à te faire pardonner ?

Ce ton glacial parut l'étonner. Comme il murmurait quelques mots en espagnol, elle le foudroya du regard.

— Tu ne m'offres *jamais* de fleurs.

— Une omission que je tente de réparer. Tu voulais que je sois plus romantique, *gatita.*

— Tu trouves qu'il est romantique de voir mon mari flirter sous mes yeux ?

— Quand ai-je flirté ?

— Est-ce la peine de le demander ? Elle se pend à tes basques !

— Qui cela ?

— Katya !

— Tu m'accuses d'avoir une liaison avec Katya ? dit-il d'une voix amusée.

— Tu trouves ça drôle ?

— Elle travaille pour moi et je dois la former, c'est tout…

— Et tu as besoin d'un contact physique pour atteindre cet objectif ?

— Tu es ridicule, *querida.*

— Vraiment ? Je te rappelle qu'hier, tu as frappé Jake.

— C'était différent. Il t'embrassait.

— Et Katya se frottait contre toi comme une chatte.

— Cela t'ennuie ? Mais c'est très bon, cela ! La jalousie est une preuve d'amour.

— Tu n'étais pas de cet avis quand tu as envoyé ton poing dans la figure de Jake.

— Touché. Et maintenant, si tu mettais ces fleurs dans un vase, que nous sortions dîner ?

Il lui adressa un sourire tellement sensuel qu'elle se sentit chavirer.

— Tu veux qu'on discute ?

— Je crois qu'on a assez discuté pour aujourd'hui. Tu ne crois pas, *querida* ?

Lui posant une main sur la nuque, il l'attira contre lui et s'empara de ses lèvres. Les jambes tremblantes, elle dut s'accrocher à lui pour ne pas tomber. Au bout d'une éternité, il releva la tête.

— Mieux vaut que nous sortions…

Elle leva vers lui un regard embrumé.

— Qu'est-ce que tu veux dire ?

— Si nous restons là, je vais te séduire. Ensuite, tu m'accuseras encore d'être possessif, ou de ne pas m'intéresser à toi en tant que personne. Je déteste l'idée que Jake en sait davantage sur toi que moi, alors nous allons sortir et tu me diras tout.

Elle faillit éclater de rire. C'était typique d'Alessandro que de commander une conversation.

— Très bien, murmura-t-elle. Sortons et je te dirai tout.

Il l'emmena dans un minuscule restaurant, au bord du lac. Ils prirent place à une table isolée, ornée de branches de houx. Alessandro prit le menu, puis il passa la commande, après quoi il posa sur elle un regard soucieux.

— Pourquoi me fixes-tu de cette façon ?

— Est-ce que tu te rends compte que tu ne me demandes jamais ce que je veux ?

— Très bien, répliqua-t-il en haussant les épaules. Qu'est-ce que tu aurais commandé ?

— Du saumon fumé et du canard.

Il lui sourit.

— Parfait… C'est justement ce que j'ai demandé pour toi. Cela fait de moi un génie, non ?

— Cela fait de toi un tyran.

— Je te connais bien, c'est tout.

— Et tu ne me donnes pas le choix.

Laissant échapper un long soupir, il tendit la main vers son verre de vin.

— Très bien, à partir de maintenant, tu commanderas toi-même tes plats. Je n'y vois pas d'objection.

— Il ne s'agit pas seulement de nourriture, Alessandro. Je veux que tu tiennes compte de mon opinion. Que tu me considères comme une personne à part entière.

— C'est ce que je fais.

— Pourtant, tu ne voulais pas que je travaille aux urgences.

— C'était une erreur et je le reconnais. Nous ferons en sorte que tu aies des horaires compatibles avec l'emploi du temps des enfants.

— Tu vois ? Tu recommences ! Essaie de me demander ce que je veux, Alessandro… Crois-le ou non, j'ai mes propres avis.

Il allait répondre, mais à cet instant, le serveur apporta le premier plat. Il attendit que ce dernier ait posé les assiettes devant eux et soit reparti.

— Très bien, dit-il. Je te demande ce que tu veux.

— Je veux faire mes propres choix, dit-elle doucement. Je veux pouvoir décider de ce qui est bon pour moi autant que pour la famille. Bien sûr, je serai là pour les enfants. C'est encore plus important maintenant qu'ils grandissent, qu'ils ont des devoirs à faire et des amis avec qui jouer. Mais je peux facilement m'arranger pour faire quand même partie de l'équipe de secouristes.

— Je voudrais savoir pourquoi tu t'es confiée à Jake, plutôt qu'à moi, demanda Alessandro en commençant à manger. Suis-je tellement intimidant ?

— Non, mais tu es très sûr de toi et très autoritaire.

— Mais j'ai toujours été ainsi, non ?

— C'est vrai, répliqua-t-elle avec un sourire.

— Tu te rappelles notre première rencontre ?

— Bien sûr, dit-elle, se sentant rougir.

— Tu parlais avec Jake, à la cafétéria. Au premier regard, j'ai su que tu serais à moi.

— Tu m'as prise par la main et tu m'as emmenée de l'autre côté de la rue, dans ce petit restaurant…

— Ensuite, tu es venue chez moi, et nous n'avons pas quitté mon lit pendant trois jours.

— Nous avons conçu Katy, ce week-end-là, dit Christy, les joues encore plus brûlantes.

— J'en ai été ravi… Cela m'a donné une raison de t'épouser sans avoir à supporter de longues fiançailles.

Elle baissa les yeux vers la simple alliance qui ornait sa main gauche. A cette époque, elle avait été emportée par l'ardeur de leur passion, et cet amour n'avait fait que croître au cours des années, à mesure qu'elle découvrait quel homme étonnant il était.

— Toutes les femmes te poursuivaient.

— Mais je ne voulais que toi.

Et maintenant ? aurait-elle voulu lui demander. Mais elle ne voulait pas gâcher la soirée en entendant quelque chose qu'elle ne voulait pas savoir…

— J'admets que je suis autoritaire, reprit Alessandro avec une franchise désarmante. A l'hôpital, je n'ai pas le temps de demander à chacun son avis et j'ai pris cette habitude de prendre seul des décisions rapides.

Christy savait qu'il avait ainsi sauvé de nombreuses vies. Il était un médecin extraordinaire et la sûreté de son diagnostic, son assurance, constituaient des facteurs importants de sa réussite.

— Pourtant, reprit-il, je dois apprendre à être moins autoritaire à ton égard. Je te promets de m'y efforcer.

Et il tint sa promesse.

Pendant les semaines qui suivirent, il lui demanda son avis sur tout et l'écouta attentivement. Pourtant, les doutes de Christy n'étaient pas entièrement dissipés.

Pourquoi, depuis le soir du bal, n'avaient-ils plus jamais fait l'amour ? Sur ce plan, elle n'avait jamais eu à le solliciter, mais elle commençait à se demander si elle ne devrait pas faire le premier pas.

Mais s'il la repoussait ?

Ce matin-là, elle préparait le déjeuner des enfants, qui devaient passer l'après-midi à faire les achats de Noël avec leur grand-mère, quand Alessandro entra dans la cuisine, le téléphone à l'oreille.

A ses réponses, elle devina qu'il parlait avec Sean

d'une expédition en montagnes, et lorsqu'il raccrocha, elle leva vers lui un regard interrogateur.

— Des ennuis ?

— Un groupe d'adolescents grimpait dans la ravine et il y a eu une avalanche.

Christy tressaillit. Elle savait combien cette escalade pouvait être dangereuse pour l'avoir tentée elle-même plusieurs fois lorsqu'elle était plus jeune.

— Combien sont-ils ?

Alessandro sortait déjà l'équipement du vestiaire.

— Deux d'entre eux ont réussi à remonter. Le troisième est coincé sur une corniche.

— Il nous faudra donc passer par l'arête sud-est pour nous trouver au-dessus de lui. C'est l'endroit idéal pour descendre en rappel.

Alessandro lui lança un regard noir.

— J'ai toujours détesté que tu fasses cette ascension.

— C'était amusant.

— C'était dangereux, et maintenant, tu as deux enfants.

Elle fit la grimace. C'était vrai, évidemment, et elle ne prendrait pas de risques inutiles, mais parfois elle aurait voulu qu'il pensât à *elle*, et non aux enfants.

— Nous partons en avant-garde ?

— Oui, mais nous devrons être nombreux, s'il est gravement blessé.

— Au moins, le temps est favorable, dit Christy en jetant un coup d'œil dehors. Peut-être pourrons-nous avoir recours à l'hélicoptère.

Katy arriva en sautillant.

— Quand est-ce qu'on va chez grand-mère ?

— Tout de suite, répliqua Alessandro en prenant le reste de l'équipement.

Ils déposèrent Katy et Ben chez la mère de Christy, puis ils prirent la direction de la ravine. Christy fronça les sourcils à la vue de la neige qui étincelait au soleil.

— Ce n'est pas le temps idéal pour une telle ascension, murmura-t-elle. La neige est peu sûre avec ce soleil.

— Ils ont de la chance qu'il n'y en ait qu'un seul de blessé, grommela Alessandro.

Ils parvinrent à l'endroit où les attendaient les membres de l'équipe. Aussitôt, Sean et Jake s'approchèrent de la voiture.

— Nous disposons de quatre heures avant la nuit, dit Sean, l'air sombre. Allons-y.

Ils marchaient vite et atteignirent l'arête en une heure et demie. Alessandro descendit immédiatement en rappel, pour examiner le blessé, attentif à ne pas faire tomber des rochers. Christy pouvait voir tout en bas l'amas de neige qui avait dégringolé le long du flanc abrupt.

— Ils ont eu de la chance, dit-elle à Jake, qui était maintenant auprès d'elle et fouillait dans son sac pour en sortir des cordes. Ils auraient pu être enfouis là-dessous.

En bas, Alessandro nouait une corde autour du blessé puis elle le vit prendre sa radio. Ensuite, il parla avec Sean à qui il exposa les détails des dommages corporels subis par son patient.

— Nous allons devoir le mettre sur un brancard et le descendre en bas de la ravine.

La manœuvre n'était pas facile. Il leur fallut une heure de travail intensif pour descendre le brancard, bien arrimé au moyen de cordes solides, puis pour y mettre le blessé et le déplacer afin qu'il ne coure plus le risque d'être enseveli sous d'autres avalanches. Après avoir installé les trois adolescents sous une canadienne, Alessandro put examiner le patient pendant que Sean communiquait avec le pilote de l'hélicoptère.

Un quart d'heure plus tard, ils entendirent le grondement familier des pales. Alessandro fut le premier à être hissé dans l'hélicoptère, puis ce fut le tour du brancard. Les yeux levés vers le ciel, Christy le vit disparaître dans la cabine.

— Et nous voici seuls, abandonnés dans la nuit et le froid, commenta Jake. Comment Alessandro s'arrange-t-il toujours pour repartir par les voies aériennes ?

— C'est parce qu'il est un médecin urgentiste brillant, dit Christy en réunissant le matériel.

— Serait-ce le culte du héros ?

— C'est possible, mais je crois plutôt qu'il s'agit d'amour, malheureusement.

— Pourquoi, malheureusement ?

— Je ne sais pas… Sans doute parce que je ne sais pas vraiment pourquoi je reste avec lui.

— Vous avez essayé de discuter ?

— J'ai peur de lui parler franchement. Peur de le pousser à me dire quelque chose que je ne veux pas entendre.

— Comme par exemple : « Je ne t'aime plus, mais je suis prêt à faire un effort pour le bien des enfants » ? Tu es montée jusqu'ici sans un battement de cils et maintenant, je dois croire que tu as peur de discuter avec ton mari ?

— Exactement. C'est moi… On m'appelle Miss Poltronne.

— Cela ne me semble pas le surnom approprié, en ce qui te concerne.

9.

Christy passa prendre les enfants chez sa mère. Leurs yeux étincelaient, ils étaient surexcités et chargés de nombreux sacs, ainsi que de rouleaux de papier cadeau.

Dans la voiture, Ben chantait à pleins poumons.

— « Petit Papa Noël, quand tu descendras du ciel… »

Katy fit la grimace.

— Si tu arrêtes de chanter, je te donnerai tout mon argent de poche. C'est affreux ! Si le Père Noël t'entend, il fera un détour parce que ce bruit est vraiment horrible.

Christy jeta un coup d'œil dans le rétroviseur.

— Vous avez acheté beaucoup de choses, avec grand-mère ?

— Des tonnes ! s'écria gaiement Katy.

— On t'a acheté…, commença Ben.

— La ferme ! lança Katy. On ne dévoile pas leurs cadeaux aux gens, idiot !

— Ne dis pas « la ferme » à ton petit frère, Katy, soupira Christy. Ce n'est pas gentil. Et ne le traite pas d'idiot.

— Ce n'est pas gentil non plus d'avoir un petit frère qui fiche en l'air tous tes secrets, et il est vraiment idiot !

Après s'être garée, Christy coupa le contact. Elle se demandait à quelle heure Alessandro rentrerait. Pas trop tard, espérait-elle. Elle voulait passer la soirée avec lui. Ainsi que la nuit.

Peut-être était-il temps qu'elle prenne des initiatives, songea-t-elle en défaisant sa ceinture de sécurité. Tout bien considéré, c'était elle qui s'était enfuie après leur échange passionné, au Bal de la Neige. Il avait peut-être ses raisons de garder ses distances.

Une fois à la maison, les enfants se lancèrent dans une partie de Monopoly. Christy se dépêcha de faire dorer des oignons émincés dans du beurre, puis elle y ajouta la viande, le vin, les condiments, et glissa le plat dans le four.

Puis avant d'aller se doucher, elle regarda les enfants et sourit. Ils se disputaient, mais ils s'aimaient, sans aucun doute. Ils étaient formidables, se dit-elle avec fierté.

Estimant qu'elle pouvait s'éclipser sans risque de voir la guerre se déclarer entre eux, elle monta dans sa chambre, se déshabilla rapidement et gagna la salle de bains. Après s'être douchée, elle retourna dans sa chambre et ouvrit sa penderie, en quête d'inspiration.

Qu'allait-elle porter si elle voulait susciter l'intérêt d'Alessandro ? Il ne fallait pas que ses intentions fussent trop évidentes, ou bien elle serait ridicule.

A cet instant, Katy entra dans la chambre, vêtue d'un jean, d'un pull trop large et de socquettes rayées.

— Mets du rouge ! conseilla-t-elle. Papa te regarde toujours d'un drôle d'air quand tu es en rouge.

Tout en se demandant depuis quand sa fille était devenue si observatrice, Christy sortit de la penderie sa robe rouge taillée dans un jersey très doux et qui moulait étroitement son corps. Elle la portait le soir de leur anniversaire de mariage. Le soir où tout avait mal tourné. Le fameux soir où elle avait décidé de quitter son mari, histoire de le réveiller.

Où en étaient-ils, maintenant ?

Certaines choses s'étaient considérablement améliorées. Ils travaillaient ensemble et, à bien des égards, leur relation ressemblait à ce qu'ils avaient vécu avant l'arrivée des enfants. Mais elle ignorait toujours s'il faisait tous ces efforts pour elle, ou pour préserver l'unité familiale.

Elle enfila la robe, glissa ses pieds dans des chaussures à talons qu'il aimait et fronça les sourcils… Comment allait-elle se coiffer ? Ses cheveux, qui avaient la couleur de châtaignes dorées, tombaient sur ses épaules en boucles désordonnées. Parfois, elle avait tenté de les discipliner, mais, pour finir, ils ondulaient immanquablement.

« Tes cheveux sauvages et passionnés », lui avait souvent dit Alessandro.

Se rappelant ses préférences, elle renonça au brushing.

— Maman ? demanda Katy qui paraissait moins assurée que d'habitude. Est-ce qu'on va rentrer à Londres après les vacances ?

Christy s'immobilisa, pétrifiée. Elle n'en savait rien. Elle voulait qu'Alessandro lui demande de rester. Elle voulait entendre de sa bouche qu'il la voulait. Bien sûr, il était fâché parce qu'elle était partie, mais cela ne signifiait pas pour autant qu'elle lui manquait…

— Je ne sais pas, Katy, mais ton papa et moi, nous nous efforçons de résoudre nos problèmes.

— Si je devais faire un souhait, pour Noël, ce serait que papa et toi, vous vous remettiez ensemble et qu'on vive comme avant.

La gorge serrée par l'émotion, Christy se promit de rester pour le bien de ses enfants. Comment pourrait-elle agir autrement ? Ses propres désirs ne comptaient pas vraiment, songea-t-elle en plaquant sur ses lèvres un sourire rassurant tandis qu'elle attirait sa fille dans ses bras.

— Tu n'as pas à t'inquiéter, murmura-t-elle. Tout va s'arranger, en ce qui vous concerne.

Mais tout s'arrangerait-il pour elle ?

Elle ne le saurait qu'avec le temps.

Le rôti était cuit et elle était en train de faire la purée de pommes de terre quand, finalement, elle entendit la clé d'Alessandro tourner dans la serrure.

— Papa ! hurlèrent les enfants en se précipitant vers lui.

Les serrant contre lui, il les embrassa, et ce spectacle fendit le cœur de Christy qui les observait depuis la cuisine. Quoi qu'il arrivât, elle ne partirait pas. Elle ne priverait pas les enfants du droit de vivre avec leur père.

Alessandro souleva Ben dans ses bras, puis il le posa sur le tapis et le chatouilla sans merci.

— Tu es en train de l'exciter, et juste avant l'heure du coucher, intervint Christy.

— N'est-ce pas ce que les pères sont censés faire ?

D'un mouvement souple et athlétique, il se redressa et la regarda vraiment pour la première fois. Ses yeux glissèrent sur elle.

— Je suis très fatigué, dit-il. J'ai bien envie de me coucher de bonne heure, pas toi ? ajouta-t-il en faisant quelques pas dans sa direction.

Notant la petite lueur au fond des prunelles sombres, elle frémit.

— Je suis assez fatiguée, moi aussi…

— Bon, ben avant que vous tombiez endormis, tous les deux, est-ce que vous pourriez nous nourrir ? demanda Katy. On a très faim.

Christy s'arracha difficilement à la contemplation de son mari.

— Oh, oui… Le dîner est prêt.

Retournant en hâte dans la cuisine, elle retira le plat chaud du four.

— Asseyez-vous !

Elle aurait voulu que le repas soit terminé pour être seule avec Alessandro.

— Tu me lis une histoire, papa ?

— Bien sûr.

Alessandro sourit à sa fille et jeta un coup d'œil en direction de Christy.

— Tu n'y vois pas d'inconvénient ? Tu ne préfères pas que je t'aide à débarrasser ?

Espérant qu'elle refuserait… Il détestait nettoyer la

cuisine, après le repas. Sa femme ne l'ignorait pas sans doute, car elle sourit et secoua la tête.

— Occupe-toi des enfants, je termine et je te rejoins.

Suffoqué par une brusque bouffée de désir, Alessandro suivit à regret sa fille dans sa chambre rose.

— Juste une histoire courte, ce soir, dit-il.

Il parcourut la bibliothèque des yeux, en quête du livre le plus mince de la collection. Katy tendit la main vers un énorme volume.

— Je lis celui-là, en ce moment, mais tu n'es pas obligé de le finir, alors détends-toi.

— J'avoue que je suis soulagé.

Katy se glissa sous les draps.

— Tu as acheté quelque chose, pour maman ?

Alessandro, qui réfléchissait à la façon de s'esquiver le plus vite possible, la considéra avec étonnement.

— Bien sûr !

— Je peux savoir quoi ?

— Mais non, voyons ! C'est une surprise !

Se redressant, Katy noua ses bras autour de ses genoux relevés sous son menton.

— Il faut que tu me le dises, papa. Les cadeaux sont importants pour les femmes.

— J'ai choisi pour ta maman quelque chose qui lui fera plaisir.

— C'est quoi ?

Alessandro soupira.

— Très bien, je vais te le dire, mais promets-moi de ne pas en parler à ta mère.

La fillette leva les yeux au ciel.

— J'ai onze ans, papa, je sais garder un secret. C'est Ben, le gros bavard !

— Très bien. Je lui ai acheté un robot ménager.

Katy le fixa d'un air effaré.

— Tu lui as acheté… quoi ?

— Un robot ménager, répliqua Alessandro en haussant les épaules. Elle s'en sert tout le temps et le sien est cassé, alors…

— Je sais à quoi ça sert, merci, coupa Katy en jetant un coup d'œil du côté de la porte. Mais papa, *ce n'est pas le bon cadeau* !

— J'ai pris le plus cher du magasin.

Katy secoua frénétiquement la tête.

— Il faut trouver quelque chose que les filles aiment.

Se demandant comment il s'était retrouvé assis sur un couvre-lit rose, à écouter les conseils de sa fille de onze ans, Alessandro soupira.

— Comme quoi, par exemple ?

— Quelque chose de plus personnel, comme un bijou.

— Je n'ai jamais offert de bijou à ta mère, elle n'en porte pas.

— Evidemment, puisque tu ne lui en as pas donné ! remarqua Katy avec une certaine logique.

— C'est une dépense inutile.

— Tu es vraiment lourd, papa ! A quoi sert d'avoir de l'argent, si c'est pour ne pas le dépenser ?

— Elle n'aime pas les bijoux.

Katy se laissa aller sur son oreiller, l'air soucieux.

— Très bien. Donne-lui ton robot ménager et voyons ce qui arrivera.

Alessandro hésita, puis il se pencha pour l'embrasser.

— Ne t'inquiète pas, chérie, tout va s'arranger.

Se tournant sur le côté, la fillette remonta sa couette sur ses épaules.

— Pas si tu lui offres un mixer. Et c'est notre Noël qui va être réduit en purée ! Tu ferais bien d'y réfléchir avant d'emballer ton cadeau. Quand je serai grande, je publierai un livre qui s'appellera « Comment comprendre les femmes », et tu seras mon premier client.

Tout en gagnant la chambre, Alessandro songea que c'était un comble ! Sa fille de onze ans venait de lui laisser entendre qu'il ne connaissait rien aux femmes !

Devait-il s'en amuser ou s'en indigner ?

Christy ne se souciait pas des objets clinquants, pensa-t-il en se déshabillant rapidement avant d'entrer dans la cabine de douche. Elle ne se souciait que de ce qui avait de l'importance, comme leur relation, ou les enfants. *Por Dios…*

Fermant les yeux, il offrit son corps au jet d'eau chaude… Ils s'étaient mariés tellement vite qu'ils n'avaient pas envisagé des fiançailles, ni la bague qui allait avec. En revanche, il avait fait des dépenses utiles. Christy avait une belle maison, une voiture fiable…

Lorsqu'il noua la serviette autour de sa taille, il s'était convaincu lui-même qu'il lui avait prouvé son amour de toutes les façons possibles.

Et puis il aperçut Christy, assise sur le bord du lit, les yeux baissés sur son alliance qu'elle faisait tourner autour de son doigt.

A quoi pensait-elle ?

Sa gorge se serra. Envisageait-elle de la retirer ? Ils n'avaient pas encore parlé de l'avenir et il craignait, en abordant cette question, de précipiter l'inconcevable : le départ de Christy pour Londres.

— Je t'ai acheté cet anneau dans une minuscule boutique de l'East End, à Londres, où nous travaillions à cette époque, lui rappela-t-il.

Elle leva les yeux vers lui et lui sourit.

— C'est vrai. On était pressés, tu te rappelles ?

Il l'observa un instant, cherchant à déchiffrer son expression.

— Trop pressés, *querida* ?

L'espace d'un instant, elle ne répondit pas, puis elle haussa légèrement les épaules.

— Peut-être. Nous étions jeunes, nous ne savions pas exactement à quoi nous nous engagions.

Insinuait-elle que si elle avait réfléchi davantage, elle ne l'aurait pas épousé ?

Mû par le besoin intense de la protéger et de lui prouver son amour, Alessandro s'approcha d'elle. Il vit ses yeux s'assombrir et il reconnut leur expression : elle le désirait autant qu'il la désirait.

Traversant la pièce, il l'attira dans ses bras et l'embrassa farouchement. Oubliant qu'il avait voulu la laisser respirer, il ne savait plus qu'une chose : elle était à lui et il la voulait.

Maintenant.

Et elle avait aussi faim de lui que lui d'elle.

Avec un doux soupir, elle noua les bras autour de son torse et il sentit ses mains tirer sur la serviette qui lui ceignait la taille. Sans interrompre leur baiser, il la déshabilla rapidement, puis il la souleva dans ses bras et la déposa au centre du lit.

Elle avait la peau douce. Savourant la saveur de ses lèvres, il lui caressa les cuisses et étouffa de sa bouche le sanglot de plaisir qui la secouait. Il s'écarta pour la regarder. Elle avait les joues roses, ses yeux étaient brillants et fiévreux, sa bouche gonflée. Jamais elle ne lui avait paru aussi belle.

Et c'est alors qu'il vit dans son regard tout ce qu'il cherchait. L'amour. La passion.

Alors, rien ne compta plus que le plaisir qui les emportait tous les deux.

Christy préparait le petit déjeuner, quand le téléphone sonna. Avant qu'elle ait eu le temps de décrocher, Alessandro entra dans la cuisine et s'empara du récepteur tout en l'observant, un sourire aux lèvres.

Se sentant rougir, elle se détourna avec la sensation de se conduire comme une adolescente.

Elle était tellement perdue dans ses rêves qu'elle n'écouta pas les propos d'Alessandro. Elle ne s'aperçut même pas qu'il avait raccroché avant de se servir une tasse de café.

— C'était ton frère, dit-il sur un ton si froid qu'elle le fixa avec inquiétude.

— Tout va bien ? Il n'est rien arrivé de grave ?

Un instant auparavant, son mari la regardait comme

s'il avait l'intention de prendre un jour de congé et de l'entraîner au lit. Maintenant, il paraissait distant et inabordable. Il n'avait plus rien à voir avec l'homme qui l'avait aimée pendant la nuit.

— Tout va bien, dit-il d'une voix douce, sauf que ta collègue infirmière a glissé sur le verglas et s'est brisé le poignet. Il se demande si tu pourrais revenir immédiatement après Noël.

Le cœur de Christy battit plus vite. C'était sûrement le moment où il allait lui dire de rester. Il allait dire qu'il ne la laisserait pas repartir.

— Eh bien, je n'avais pas envisagé de repartir aussi vite.

Elle hésita, s'attendant à ce qu'il l'interrompe, mais il demeurait impassible et la fixait avec intensité.

A quoi pensait-il ?

— Je vais rappeler Peter, dit-elle, et en discuter avec lui.

— Parfait.

Sa bouche formant une ligne sévère, il reposa sa tasse sur la table, mais si brutalement que le liquide jaillit sur le bois, puis il sortit de la pièce à grandes enjambées, évitant tout juste une collision avec Katy.

L'air surpris, elle suivit son père des yeux puis elle remarqua la tache de café, sur la table. Prenant un chiffon, elle l'essuya.

— Maintenant, je comprends de qui tient Ben. Faire des éclaboussures est apparemment génétique. Rappelle-moi de faire passer un test à l'homme que je voudrai épouser, maman… Je ne veux pas passer ma vie à éponger derrière lui.

Christy se sentait trop malheureuse pour sourire.

Et maintenant, qu'allait-il se passer ?

Elle repensa à la conversation qu'ils avaient eue, la veille, lorsqu'il était sorti de la douche. Il avait évoqué leur rencontre… N'avait-il pas laissé entendre qu'ils s'étaient mariés trop vite ?

Il devait regretter de s'être montré si pressé.

Maintenant, peut-être souhaitait-il retrouver sa liberté

pour pouvoir sortir avec des femmes comme Katya, mais il était trop respectueux des conventions pour prendre l'initiative, alors, il attendait qu'elle s'en charge.

Pourquoi ne lui avait-il pas dit qu'elle pouvait s'en aller ? Des larmes lui piquèrent les yeux, tandis qu'elle allumait le gaz et versait des flocons d'avoine dans les bols des enfants.

— Maman… On n'est pas dans l'histoire de Boucles d'Or, tu sais, et je ne suis pas un ourson. Il m'en faudra un peu plus pour affronter une froide journée.

Prenant conscience qu'elle n'avait servi à sa fille qu'une seule cuillerée de flocons, Christy eut un faible sourire et rectifia son erreur.

— Tu vas bien, maman ?

Elle réprima un gloussement hystérique. Non, elle n'allait pas bien parce que son couple était bel et bien détruit. Ce n'était pas ce qu'elle voulait. Elle ne l'avait jamais voulu… Tout avait mal tourné et c'était en grande partie sa faute, puisque c'était elle qui était partie.

Elle l'adorait, mais il ne semblait plus vouloir d'elle.

Bien sûr, la nuit dernière, il avait été amoureux et attentif. Et les jours précédents, il l'avait écoutée, avait eu des attentions et des gestes tendres, mais cela ne changeait rien au fait qu'il ne voulait pas la retenir…

Et Alessandro n'avait jamais, *jamais* eu le moindre problème pour dire les choses. Donc, s'il ne lui avait rien dit, il n'y avait qu'une explication : il espérait la voir rentrer à Londres.

10.

Elle passa la veille de Noël avec les enfants, et ils se promenèrent dans la forêt, imprimèrent l'empreinte de leurs pas dans la neige vierge, rompirent le silence de leurs hurlements excités.

Après l'inévitable bataille de boules de neige, ils rentrèrent à la maison, trempés mais heureux. Christy mit les vêtements à sécher et prépara le dîner.

Etait-ce la dernière fois ?

Etait-ce leur dernier Noël en famille ?

Les larmes lui brûlèrent les yeux.

— Maman, pour le Père Noël, je peux laisser un petit pain au chocolat devant la cheminée à la place d'une tartelette aux fruits secs ? Tout le monde lui laisse des tartelettes de Noël et il doit en avoir marre, tu ne crois pas ?

Elle se retourna pour voir ses immenses yeux bruns braqués sur elle. Aussi essuya-elle prestement ses larmes puis elle tendit la main vers un panier rempli de petits pains au chocolat.

— C'est une bonne idée, dit-elle d'une voix enrouée. Ecris-lui un petit mot, je suis sûre que cela lui fera plaisir.

— Et des carottes pour les rennes ! Pourquoi tu pleures, maman ?

— Moi ? Pleurer ? Jamais ! Je viens juste d'éplucher des oignons.

— Je déteste les oignons. Quand est-ce que papa va arriver ? Je voudrais qu'on suspende les chaussettes à la cheminée, comme tous les ans.

Encore une tradition familiale… En baissant les yeux vers le visage innocent de son fils, Christy sentit son cœur se fendre. Pourquoi tout tournait-il si mal ? Etait-ce sa faute ?

A son tour, Katy fit irruption dans la cuisine.

— J'adore Noël. J'adore encore plus la veille de Noël !

Christy parvint à sourire.

— Et pourquoi cela ?

— Parce qu'on est tout content à l'idée du lendemain ! s'écria Katy en sautillant. Et je trouve que la veille de Noël, tu sens plus que c'est la fête que le jour même de Noël. Mais demain, ça va être super, hein, maman ?

— Oui.

Katy cessa de s'agiter pour l'observer.

— Tout va bien se passer, hein, maman ?

Comment expliquer à sa fille de onze ans, qui pensait que la vie était une partie de plaisir, que rien n'allait pas toujours comme on voulait ?

Aussi Christy fut-elle presque soulagée quand Alessandro rentra. Au moins, l'attention des enfants était-elle détournée d'elle.

Pendant le dîner familial, elle se réjouit du bavardage des enfants, ce qui lui évitait d'avoir à parler avec son mari qui restait distant et glacial.

Non seulement il ne voulait pas qu'elle reste, mais à en juger par son expression, il avait hâte de la voir partir.

Après le repas, il aida Ben à suspendre une grande chaussette rouge au-dessus de l'âtre puis à écrire sa lettre au Père Noël. Enfin, les enfants furent couchés et le silence régna dans la maison.

Lorsqu'elle fut bien certaine que Katy et Ben étaient endormis, Christy descendit au rez-de-chaussée sur la pointe des pieds et remplit les bas de cadeaux. C'était un rituel qu'ils accomplissaient ordinairement ensemble, Alessandro et elle, soutenus dans l'effort par une coupe de champagne et du saumon fumé.

Les souvenirs tournoyaient dans sa tête. Combien

d'années avaient-ils terminé la soirée en faisant l'amour sur le tapis, devant la cheminée ?

Mais pas ce soir.

Ce soir, Noël avait perdu sa magie.

Incapable de dormir, elle resta longtemps devant la fenêtre, à regarder les flocons de neige danser dans la nuit.

— Tu ne viens pas te coucher ? fit la voix d'Alessandro, derrière elle.

Elle se raidit sans oser se retourner.

— Tu ne voudrais jamais redevenir petit pour croire au Père Noël ? murmura-t-elle. C'est ce que l'enfance nous donne de plus extraordinaire… La foi en l'impossible.

— Que voudrais-tu qu'il t'apporte ?

Elle demeura silencieuse un moment.

— L'amour, dit-elle doucement. C'est la seule chose qui importe, finalement. Le reste n'existe pas sans amour.

— Alors, j'espère que tu le trouveras, répondit-il d'une voix rauque.

Puis il s'éloigna, la laissant seule avec sa tristesse.

— Maman, on peut se lever, maintenant ?

La voix excitée de Ben fut le premier son qu'elle entendit, le lendemain matin, après deux heures de sommeil.

— Ça fait trois heures qu'il essaie de soulever mes paupières, se plaignit Katy en sautant sur le lit de ses parents. Il n'arrête pas de répéter : « C'est l'heure, maintenant ? » Un vrai perroquet !

Christy risqua un coup d'œil en direction d'Alessandro qui se redressait. Il semblait épuisé, lui aussi.

— Allons-y, alors !

Malgré la fatigue et la migraine, qui lui donnait l'impression que son crâne allait exploser, elle se leva et enfila un peignoir de soie. Les enfants dévalèrent l'escalier à toute allure en poussant des hurlements de joie, et elle les suivit plus lentement, un sourire indulgent aux lèvres.

— Il est venu, *il est venu* ! criait Ben en brandissant

son bas plein de cadeaux. Et regarde ! Il a mangé le pain au chocolat et laissé une empreinte.

En effet, une grosse empreinte de pas, bien poussiéreuse, était visible devant la cheminée. Attendrie, Christy songea qu'Alessandro avait dû redescendre au rez-de-chaussée pendant la nuit. Il l'avait toujours fait, même quand les enfants étaient trop petits pour le remarquer. C'était un père fantastique.

Il entra dans la salle de séjour un instant plus tard, ses yeux sombres soulignés par des cernes violets, le jean à moitié boutonné et le T-shirt froissé. Visiblement, il avait enfilé ce qui lui était tombé sous la main, pourtant il était toujours aussi incroyablement sexy, pensa-t-elle avec une sorte d'exaspération.

— Le Père Noël a encore oublié de s'essuyer les pieds ? demanda-t-il d'une voix faussement fâchée.

Ben gloussa.

— Tu crois qu'il a amené son renne ?

— Dans ma salle de séjour ? J'espère bien que non !

— Dis-nous ce qu'il t'a apporté, Ben, intervint Christy.

Les enfants déballèrent leurs cadeaux tout en prenant leur petit déjeuner, puis ils se rendirent ensemble à l'église pour la messe de Noël.

Enveloppée dans un long manteau, Christy écoutait les voix pures des choristes. D'habitude, c'était le moment qu'elle préférait, mais là, il ne faisait qu'accentuer sa tristesse.

— Hé ! fit une voix masculine, dans son dos. J'espère que mon déjeuner n'est pas en train de brûler pendant que tu es ici.

C'était Jake, qui devait passer la journée avec eux. Ce serait une distraction, songea-t-elle en se retournant pour lui sourire.

En rentrant, ils furent accueillis dans la maison par une délicieuse odeur de dinde rôtie.

Katy lui prit la main.

— Viens, maman ! Il est temps d'ouvrir les autres cadeaux, maintenant.

Ses parents arrivèrent un instant plus tard et, soudain, la maison fut en proie à un joyeux chaos, typique de Noël.

— Je dois aller dans la cuisine, annonça Christy.

Mais sa fille secoua la tête.

— C'est pas grave, si on déjeune en retard.

Souriant faiblement, Christy se laissa entraîner jusqu'à la cheminée devant laquelle Jake et Alessandro étaient en train de discuter. Katy s'agenouilla et prit les cadeaux qui étaient sous le sapin.

— Celui-ci est pour papa, de la part de grand-mère.

Christy les regardait tous découvrir leurs présents, s'efforçant de ne pas penser qu'Alessandro ne lui avait rien offert.

Soudain, trop oppressée pour supporter plus longtemps cette tension, elle s'éclipsa dans la cuisine. Quoi qu'il arrive, elle tiendrait bon…

Elle se concentrait tellement sur sa tâche pour ne pas craquer, qu'elle n'entendit pas la porte s'ouvrir et sursauta quand la voix d'Alessandro résonna dans son dos.

— Il faut que je te dise plusieurs choses…

Oh, Dieu du ciel, pas maintenant !

Elle devait préparer le repas pour sept personnes et elle n'y parviendrait pas s'il lui annonçait maintenant qu'il ne l'aimait plus. Le savoir n'était pas la même chose que de l'entendre de sa bouche.

— On pourra parler plus tard, Alessandro, dit-elle très vite en ouvrant la porte du four pour surveiller sa dinde.

— Je me moque du déjeuner ! Tu dois m'écouter.

Traversant la cuisine à grands pas, il la prit par les épaules et la força à se retourner.

— Très bien, dit-elle sur un ton résigné. C'est à propos de mon retour à Londres ? Je m'en irai après-demain.

— Tu n'iras nulle part…

La lâchant, il fit un pas en arrière.

— Je fais tout de travers, mais... j'ai un cadeau pour toi.

Il semblait chercher ses mots et elle s'en réjouit. Du moins ne vivait-il pas très bien la situation, lui non plus.

— Un cadeau ? répéta-t-elle sans comprendre. Pour moi ?

— Evidemment, pour toi.

Il avait dû le lui acheter à cause des enfants, raisonna-t-elle.

— Pourquoi ne me l'as-tu pas donné quand nous étions tous autour de l'arbre ?

— Parce que je ne veux partager cet instant avec personne d'autre que toi.

Fouillant dans sa poche, il en sortit une petite boîte enveloppée dans un papier étincelant. Le cœur battant, elle la prit. Cela ressemblait si peu à Alessandro...

— Ouvre-le, *querida*.

Une grosse boule dans la gorge, elle se demanda pourquoi il l'appelait « chérie », alors qu'ils étaient à deux jours de la séparation définitive. Voulant en finir au plus vite, elle arracha l'emballage et découvrit un petit écrin de velours.

Un bijou.

Ça devait être un bijou.

Elle eut envie de rire. En douze ans, Alessandro ne lui avait jamais offert un bijou et il s'y décidait maintenant !

Pourquoi ?

Levant les yeux vers lui, elle remarqua qu'il paraissait tendu.

— Tu ne comptes pas l'ouvrir ? demanda-t-il avec impatience.

Tendant sa main bronzée, il prit l'écrin et souleva le couvercle.

— Elle te plaît ?

Il paraissait nerveux, comme si son assurance habituelle s'était évaporée.

Nichée au creux d'un lit de soie bleue, un diamant étincelait. Elle le fixa stupidement.

— C'est la bague que j'aurais dû t'offrir il y a douze ans, dit-il d'une voix bourrue. Je te l'offre maintenant. Du moins, si tu acceptes de la porter.

— Mais…

— Je ne suis pas doué pour les grands discours, alors laisse-moi te dire ce que j'ai à te dire…

Il passa une main dans son épaisse chevelure noire, inspira un grand coup et reprit :

— Je suis tombé amoureux de toi le jour où je t'ai vue. Tu étais belle, chaleureuse, et pourtant farouche et passionnée. Je n'avais jamais rencontré une femme comme toi, et après t'avoir vue, je n'en ai plus jamais regardé une autre. Je n'ai jamais cessé de t'aimer. Mais si tu aimes quelqu'un, tu as le droit de t'en aller. Je me suis dit que je te laisserais partir, si c'était ce que tu voulais…

— Alessandro…

— Je me suis promis de ne pas te forcer à rester, mais je suis prêt à te supplier. Est-ce que tu resteras, si je te supplie ?

La supplier ?

Elle le fixa sans mot dire. Tout cela était absurde…

— Mais tu ne m'aimes pas…

— Comment peux-tu dire une chose pareille ? s'exclama-t-il, ses yeux sombres emplis d'incrédulité. Quand t'ai-je laissé entendre que je ne t'aimais pas ?

Elle réfléchit un instant.

— D'abord, tu ne m'as pas suivie à Londres, ensuite, tu m'as installée dans la chambre d'amis. Pour finir, nous avons dormi dans le même lit sans que tu me touches.

— Evidemment ! explosa-t-il, son naturel méditerranéen reprenant le dessus. Quand j'ai fait l'amour avec toi, tu m'as giflé !

— Parce qu'il ne s'agissait que de sexe.

— C'était de l'amour, *querida*, dit-il d'une voix rauque.

— Tu ne m'as jamais dit que tu m'aimais.

— Je l'ai fait.

— Non.

— Eh bien… J'avais d'autres choses en tête… Par exemple, que tu étais incroyablement sexy, que nous n'avions pas été ensemble depuis des semaines et… je suis un homme, la communication verbale n'est pas mon fort, mais je fais des efforts dans ce sens.

— Je croyais que tu ne m'aimais plus.

— Je n'ai jamais cessé de t'aimer.

— C'est vrai ?

— Bien sûr. Je sais que je suis loin d'être parfait…

Il fronça les sourcils, comme s'il lui était difficile de le reconnaître.

— Je me rends compte que je me suis trompé à maintes reprises, poursuivit-t-il. Quand tu es revenue aux urgences, quand tu as participé à des expéditions en montagne, j'ai compris que tes talents étaient inemployés. Tu as fait énormément de sacrifices pour la famille.

— Ce n'étaient pas des sacrifices, murmura-t-elle.

— Tu m'as permis de vivre la vie que je souhaitais, et moi, je t'ai négligée en tant que femme. J'en ai conscience, maintenant.

— Alessandro…

— Laisse-moi finir, dit-il en ôtant la bague de l'écrin. Ces deux dernières semaines, je me suis efforcé d'être moins autoritaire, et j'y travaille encore, mais malgré toutes mes bonnes intentions, je n'accepte pas que tu mc quittes, Christy. Je sais que je te rends folle, mais tu m'aimes. J'en suis certain.

— Bien sûr, que je t'aime, Alessandro ! Et je n'avais pas l'intention de te quitter. Simplement, tu ne m'écoutais pas et c'était la seule façon, pour moi, de me faire entendre. Je pensais que tu viendrais me chercher…

— Tu n'avais pas l'intention de me quitter ? Qu'est-ce que tu veux dire ?

— Je pensais ne partir que pour le week-end. Je m'imaginais que tu me ramènerais de force à la maison.

— Je suis autoritaire à ce point ?

— Oui, mais pas cette fois… C'est ce que j'appellerai

l'ironie du sort. La seule fois où j'aurais vraiment voulu que tu le sois, tu ne l'as pas été.

— Il semble que je ne sois pas le seul qui ait du mal à communiquer. Quand j'ai compris que tu étais partie, j'étais complètement détruit, ajouta-t-il en la prenant par le menton pour l'obliger à le regarder dans les yeux. Je pensais que tu ne m'aimais plus et je ne pouvais pas t'en vouloir puisque j'avais oublié notre anniversaire…

— Ce n'était pas seulement ça ! Nous n'existions plus en tant que couple.

— De mon côté, selon le bon vieux cliché, je tenais ta présence au foyer pour acquise. Mais un jour, je suis rentré et tu n'étais plus là… Ce fut le choc de ma vie.

— Pourquoi ne pas t'être lancé à ma poursuite, dans ce cas ?

— Sincèrement, je n'ai pas compris que c'était ce que tu voulais. Pourtant, après toutes ces années, j'aurais dû mieux te connaître. Pour une fois dans ma vie, je me suis efforcé de penser à toi, et j'ai cru que tu en avais tellement assez de moi qu'il te fallait un peu de temps et d'espace, alors je n'ai pas voulu insister.

— Et j'ai pensé que tu ne voulais plus de moi.

— Et puis tu es revenue, superbe… Et tu t'es empressée de t'installer dans la chambre d'amis.

— C'est toi qui m'y as installée !

— Une autre erreur de ma part… J'imaginais que tu allais refuser.

— Grâce au ciel, les enfants nous ont un peu aidés, ou bien j'y serais encore.

— Sans doute, parce que nous sommes tous les deux emportés et entêtés, *gatita.* Peut-être que si j'étais un Anglais au sang-froid, rien de tout cela ne serait arrivé.

— Si tu étais un Anglais au sang-froid, je ne t'aurais jamais épousé, murmura-t-elle.

— C'est vrai ? J'admets que je ne t'ai pas laissé la possibilité de sortir avec d'autres hommes. Mais je l'avoue, Jake m'a inquiété.

— Jake est seulement notre meilleur ami à tous les deux et je n'ai jamais eu envie de sortir avec d'autres hommes. Mais de ton côté ? ajouta-t-elle, se forçant à poser la question qui la taraudait. Je me suis fait du souci, à propos de Katya. Je pensais qu'elle pouvait t'intéresser…

— T'ai-je jamais donné la moindre raison de ne pas me faire confiance ?

— Non, mais notre couple semblait brisé et…

Il posa un doigt sur ses lèvres.

— Ne dis pas cela, murmura-t-il, parce que c'est faux. Nous sommes tous deux impétueux et notre parcours à travers la vie ne se fera jamais dans des eaux calmes.

— Je croyais que tu voulais que je reste uniquement à cause des enfants.

Il l'attira dans ses bras et la serra très fort contre lui. Un peu étourdie, elle posa la tête sur son épaule.

— Jamais, dit-il d'une voix rauque.

Lui prenant la main, il glissa la bague à son doigt.

— Je t'ai épousée très vite, et depuis, je n'ai jamais cessé de t'aimer passionnément. Je voulais que tu restes pour cette seule raison et parce que je ne peux pas vivre sans toi. Voici la bague de fiançailles que j'aurais dû t'offrir il y a douze ans.

Le cœur battant la chamade, elle contempla le bijou avec une fascination ravie.

— Je n'ai rien vu d'aussi beau de toute ma vie, murmura-t-elle. Mais il y a encore quelque chose que je ne comprends pas.

La bouche d'Alessandro était toute proche de la sienne.

— Laquelle ?

— Si tu voulais que je reste, pourquoi ne pas me l'avoir dit, quand Pete a appelé pour me demander de rentrer plus tôt ?

— Parce que tu m'avais accusé d'être autoritaire. Je te donnais le choix, *querida*. Je m'imaginais que tu n'étais revenue passer Noël à la maison que pour les enfants.

— C'était un prétexte…

— Et vous dites que les enfants sont compliqués ! fit une petite voix, depuis la porte.

Ils se tournèrent et aperçurent Katy qui les observait, les bras croisés. Puis elle fixa la bague de sa mère.

— Joli cadeau, papa.

Alessandro lui sourit.

— Je suis content qu'il te plaise.

— Si je comprends bien, nous formons de nouveau une famille heureuse ?

Jake entra à son tour dans la cuisine et prit sa filleule par les épaules.

— Tu ne devrais pas regarder ce spectacle, mon ange. C'est sûrement interdit aux moins de seize ans.

La fillette leva les yeux au ciel.

— J'en ai presque douze et je sais tout. Maintenant, ils vont sans doute s'accoupler ou quelque chose comme ça. A leur âge, c'est plutôt bizarre, mais c'est comme ça.

Alessandro la considéra avec ahurissement, Christy se sentit rougir et Jake partit d'un grand rire.

— Eh bien, mes amis ? demanda-t-il. Vous avez pu mettre les choses au point ?

A cet instant, Ben les rejoignit, les bras chargés de cadeaux.

— Grand-mère demande un torchon. J'ai renversé mon verre.

— Voilà qui est nouveau ! soupira Katy. Le Père Noël aurait dû mettre un rouleau de papier essuie-tout dans ton bas. Ne t'inquiète pas, maman, et reste avec papa. Je m'en occupe.

Poussant son frère devant elle, elle quitta la cuisine.

— Elle grandit, commenta Jake avec un sourire.

— Ne dis pas cela, répondit Alessandro, les sourcils froncés. Je ne suis pas prêt pour les hormones et les petits amis.

Jake se frotta le menton, les yeux malicieux.

— Je dirai que tu t'y entends pour défendre ce qui

est à toi… Vous êtes faits l'un pour l'autre, ajouta-t-il en reprenant son sérieux. Souvenez-vous-en toujours.

Quand il quitta la pièce, refermant doucement la porte derrière lui, Christy se tourna vers Alessandro.

— La dinde est cuite et les pommes de terre ne vont pas tarder à brûler. Je vais servir.

Il lui sourit avec malice.

— Quand est-ce qu'on s'accouple, mon amour ?

— Plus tard.

Elle ne se rappelait pas avoir jamais été aussi heureuse. Se jetant dans ses bras, elle noua ses bras autour de lui.

— Oh, Alessandro ! C'est cela, le plus beau cadeau ! Tout ce que je voulais, c'était ton amour et que nous formions une famille.

— Tout ce que je voulais, c'était toi, *querida*, dit-il en portant la main de sa femme à ses lèvres. Pour toujours. Joyeux Noël, mon amour, ajouta-t-il, les yeux dans les siens.

LYNNE MARSHALL

Idylle à Santa Barbara

Traduction française de
L. BOULANGER-BEAUQUEL

Blanche

HARLEQUIN

Titre original :
THE CHRISTMAS BABY BUMP

Ce roman a déjà été publié en 2010

1.

En ce lundi matin, poussant pour la première fois les portes du centre médical, Stephanie remarqua que le charme suranné du bâtiment, un élégant manoir victorien, avait été préservé. Parquets en chêne, hauts plafonds ornés de moulures, boiseries… Elle allait facilement s'habituer à travailler dans un cadre pareil.

Un grand blond à l'abondante chevelure ondulée, stylo et bloc-notes à la main, bavardait à la réception avec deux infirmières qui le couvaient d'un regard d'adoration. L'archétype de l'habitant branché de Santa Barbara, se dit Stephanie — professionnel de haut vol en élégant costume-cravate durant la semaine, et amateur de grand air le week-end à en juger par le hâle de sa peau.

— Je serais ravie de vous rendre ce service ! s'exclamait l'une des jeunes et jolies infirmières.

— Excellent ! Je note. Qui d'autre ?

— Inscrivez-moi pour samedi, dit la réceptionniste d'un certain âge assise à son bureau.

— C'est comme si c'était fait, répondit-il joyeusement, joignant le geste à la parole.

Puis il leva les yeux et le sourire chaleureux et accueillant qu'il lui adressa cloua Stephanie au sol.

— Puis-je vous être utile ?

Décontenancée et quelque peu troublée — il était la séduction faite homme —, elle s'éclaircit la gorge.

— Je suis Stephanie Bennett. J'ai rendez-vous avec le Dr Rogers.

— Docteur Bennett, soyez la bienvenue, dit la réceptionniste. Le Dr Rogers vous attend. Je le préviens de votre arrivée.

— Phil Hanson, ajouta l'adonis au bronzage intense bien qu'on fût en novembre. Je suis le pneumologue du groupe. Si vous voulez, je vous conduis au cabinet de Jason.

— Ravie de vous rencontrer, répondit-elle machinalement.

Une sensation depuis longtemps oubliée s'empara d'elle à la seconde où elle lui serra la main, alors qu'une véritable onde de choc se répercutait le long de son bras, la prenant par surprise.

— C'est très gentil, balbutia-t-elle en réponse à sa proposition. Je pense qu'il…

L'apparition d'un autre homme au sommet des marches, un brun légèrement plus âgé mais non moins séduisant, l'empêcha de finir sa phrase. Travailler avec de tels apollons après trois ans de célibat risquait de se révéler quelque peu perturbant. Lorsqu'elle avait pris ce poste de remplaçante, elle s'était imaginé travailler avec des confrères austères et grisonnants, pas avec des mannequins de la revue *Gentleman's Quaterly.*

— Voilà Jason, dit Phil Hanson, un sourire étirant ses yeux bleu océan, après quoi, retenant sa main dans la sienne, il l'entraîna vers l'escalier comme s'ils étaient de vieux amis. Voici Stephanie Bennett qui vient prendre son service, Jason.

— Super ! Montez, Stephanie. Nous allons discuter un peu, puis je vous ferai faire le tour de nos locaux.

Phil posa la main de Stephanie sur la rampe ouvragée et la tapota.

— Merci de vous joindre à nous, Stephanie. Vous allez vous plaire ici.

Compte tenu de la légère ivresse qui l'habitait, elle était encline à le croire.

Elle avait vu ce séjour à Santa Barbara comme l'excuse idéale pour s'échapper de Palm Desert. La fête de Thanksgiving et la période de Noël réveillaient toujours en elle des souvenirs trop difficiles à supporter au milieu de sa famille aimante, et le poste de gynécologue obstétricienne qu'elle allait occuper durant deux mois au sein du Midcoast Medical Group lui offrait une excellente occasion de renouer avec la médecine. Depuis le malheur qui lui avait brisé le cœur, avait détruit sa confiance en elle et sonné le glas de son mariage trois ans plus tôt, elle n'avait exercé que sporadiquement. Une partie d'elle-même était morte ce jour-là. Avec un peu de chance, peut-être ce nouveau travail lui permettrait-il aussi de commencer à reprendre sa vie en main.

Tandis qu'elle gravissait l'escalier, elle entendit Phil reprendre le fil de la discussion qu'elle avait interrompue et déclarer qu'il lui restait un créneau horaire à pourvoir le vendredi soir.

— Je le prends ! dit une voix féminine teintée d'excitation — sans doute celle de l'autre infirmière.

Etait-il imbu de sa personne ? Sa légère ivresse se dissipa.

Assis à son bureau, Phil feuilletait distraitement le dernier numéro du *Pulmonary Physician's Journal* tout en se demandant ce qu'il allait faire avec un petit garçon de quatre ans sur les bras pendant dix jours. Pourtant, il ne pouvait pas laisser tomber son père et sa belle-mère.

Carl, son père, venait tout juste de récupérer d'une rechute du lymphome hodgkinien dont il souffrait et Roma, sa jeune belle-mère, l'avait appelé la veille au soir pour lui exposer son désir de l'emmener se reposer à Hawaii.

Une excellente idée.

Sauf qu'elle devait avoir perdu la tête puisque c'était à lui qu'elle avait demandé de s'occuper de Robbie, l'enfant-surprise du couple, trisomique et débordant d'énergie.

Phil jouait volontiers avec lui lors de ses visites chez ses parents ; ça ne l'ennuyait pas du tout parce qu'il savait qu'il retrouverait ensuite le calme de son chez-lui. Mais le prendre en charge à temps plein, c'était une tout autre affaire.

Toutefois ça n'était que pour dix jours, se répéta-t-il. Et son père méritait ce break après sa pénible chimiothérapie.

« Nous rentrerons juste à temps pour Thanksgiving et je

te promets le repas le plus exquis de ta vie », avait dit Roma pour achever de le convaincre.

Il avait donc fait un planning et commencé à organiser les renforts. Comme il était resté en bons termes avec nombre de ses ex-petites amies, peut-être pourrait-il également demander une faveur à l'une ou l'autre ?

— Tu as déjà fait la connaissance de Stephanie Bennett, la remplaçante de Rosie. Elle nous vient de l'Eisenhower Medical Center de Palm Desert avec une excellente recommandation.

La voix de Jason le tirant de ses pensées, Phil releva la tête. Son collègue se tenait à l'entrée de son bureau en compagnie de la jolie rousse.

Tous ses soucis s'évanouirent tandis qu'il la contemplait. Bien que tendue, à l'évidence, elle ne manquait pas d'attraits… Il se leva immédiatement.

— Re-bonjour. Jason vous fait faire la visite officielle, à ce que je vois. Si vous avez besoin de quoi que ce soit, n'hésitez pas à me le dire, docteur Bennett.

Sous son petit nez légèrement retroussé, elle esquissa un sourire de sa ravissante bouche.

— Appelez-moi Stephanie, dit-elle, repoussant une mèche de ses superbes cheveux mi-longs derrière une oreille. Je vous en prie.

Malgré la cordialité de ses paroles, il percevait chez elle une indéniable réserve.

— Entendu, Stephanie. Bienvenue à bord !

Sa main lui avait paru froide lorsqu'il l'avait serrée, se souvint-il. Le vieil adage « main froide, cœur chaud » lui revenant à l'esprit, il capta son regard et prit plaisir à faire passer une pointe de sensualité dans ses yeux. La ressentit-elle ? Une étincelle brilla dans ses prunelles couleur d'ambre.

— Moi, c'est Phil. Mon numéro de téléphone interne est le 35 — comme mon âge. Si jamais vous avez besoin de moi, je serai ravi de vous venir en aide.

Elle le remercia d'un hochement de tête.

— Maintenant, je vous montre votre cabinet, dit Jason à Stephanie.

Elle s'éloigna aussi vite qu'elle était apparue, sans un regard en arrière.

Phil se rassit et, se renversant contre le dossier de son fauteuil, il la revit en pensée dans sa veste à motifs cuivre et noir, pantalon noir et élégant top ras du cou assorti. Il aimait la manière dont ses boucles souples effleuraient ses joues avant de s'épanouir sur ses épaules. Il aimait la forme presque ovale de son visage, son menton délicat. Il aimait la nuance ivoire de sa peau où n'apparaissait aucune tache de rousseur. Mais peut-être en découvrirait-il quelques-unes sur son nez s'il s'approchait suffisamment près. Juste un léger saupoudrage, peut-être, qui balayerait cette image lisse et la ferait paraître vulnérable sous son armure.

Il en était là de ses réflexions quand l'Interphone sonna.

— Votre père est au téléphone, lui annonça la réceptionniste.

Le voyage à Hawaii.

Robbie.

Comment était-il censé s'y prendre pour impressionner la belle Stephanie tout en s'occupant de son demi-frère ?

Stephanie avait passé la majeure partie de la journée à s'habituer à son nouvel environnement professionnel, à prendre ses marques, à discuter avec son infirmière de la manière dont elles allaient travailler de concert. Dans un souci de faciliter la transition imposée aux patientes, elle était même restée plus tard que prévu devant l'ordinateur du cabinet afin d'étudier les dossiers de celles qu'elle verrait le lendemain.

Le temps de ce remplacement, elle se concentrerait sur la partie gynécologie de sa spécialité — une condition qu'elle avait mise à son entrée en fonction, et à laquelle Jason Rogers ne s'était pas opposé. Par chance, aucune des futures mamans du Dr Munroe n'arriverait au terme de sa grossesse avant son départ et Jason avait apaisé ses scrupules en mentionnant que, de toute manière, il lui aurait été difficile d'obtenir son accréditation à l'hôpital local. Si elle se sentait capable d'assurer le suivi des femmes enceintes, en revanche, elle n'était absolument pas prête à mettre de nouveau des bébés au monde. Rien que l'idée de tenir un petit être vivant dans ses bras la laissait au bord de l'évanouissement.

Elle fut tirée de ses pensées par son estomac qui criait famine. Ressentant le besoin de se changer les idées, elle rassembla ses affaires et quitta son bureau. Comme elle traversait la réception, la porte du centre médical s'ouvrit et Phil Hanson entra en trombe en compagnie d'un petit garçon brun dont les yeux bridés et la racine aplatie du nez indiquaient qu'il était atteint de trisomie 21.

— Attends une minute, Robbie. Il faut que je téléphone, dit Phil, éteignant son biper et saisissant le combiné posé sur le bureau de la réceptionniste.

L'enfant adressa un grand sourire confiant à Stephanie.

— Bonjour, dit-il.

— Bonjour, répondit-elle, la gorge serrée.

Justin, son fils, aurait à peu près le même âge que lui… s'il avait encore été en vie.

Détournant les yeux, elle se força à focaliser son attention sur Phil.

— J'arrive tout de suite, annonça-t-il à son interlocuteur, puis il raccrocha avec un soupir. Super ! Qu'est-ce que je suis censé faire, maintenant ?

C'est alors qu'il la vit. Son regard, à l'expression désemparée, passa d'elle à Robbie pour revenir sur elle.

— J'ai besoin d'un grand service. Je viens de recevoir un appel de l'hôpital. L'un de mes patients a inhalé une couronne dentaire pendant que son dentiste la mettait en place. Je dois effectuer une bronchoscopie qui permettra de l'extraire. Pouvez-vous vous occuper de Robbie pendant ce temps ? Je n'en ai que pour une petite heure.

Elle, s'occuper d'un enfant ?

— Je ne peux pas…

— Je suis vraiment coincé, ajouta Phil d'un ton suppliant. Le personnel des urgences est débordé ; ils ont besoin que je prenne mon patient en charge. Et vous comprendrez qu'il m'est impossible de laisser Robbie dans leur salle d'attente.

Oh, Seigneur ! Si elle refusait, elle passerait pour un monstre d'égoïsme. Et Phil avait paru si sincère, ce matin, lorsqu'il lui avait proposé son aide.

— Entendu, s'entendit-elle déclarer tandis qu'une angoisse indicible s'abattait sur elle.

— Vous acceptez ?

La gorge nouée, elle acquiesça de la tête.

— Merci ! s'écria Phil avant de lui effleurer la joue d'un rapide baiser. Vous êtes la meilleure.

— Que suis-je supposée faire ?

— Juste veiller sur lui. Je reviendrai aussi vite que possible. Sois gentil avec Stephanie, d'accord, Robbie ?

Sans attendre la réponse, Phil disparut, laissant Stephanie en proie à la panique, les jambes molles et le cœur battant. Comment avait-elle pu s'imposer une épreuve pareille ? Elle était incapable de gérer cette situation.

La regardant de ses yeux innocents, Robbie passa la langue sur ses lèvres.

— J'ai faim !

Elle ne pouvait tout de même pas ignorer le pauvre petit.

— Moi aussi, Robbie, mais je n'ai pas de siège-auto dans ma voiture, alors nous ne pouvons aller nulle part.

Elle avait parlé trop rapidement. A l'évidence il n'avait pas compris ce qu'elle voulait dire. Il se balançait d'avant en arrière, une main sur son estomac.

— J'ai *faim !*

Il avait faim et elle était pétrifiée. Que faire ?

Elle réfléchit, et soudain elle se rappela la cuisine-salle de repos du personnel que lui avait montrée Jason. Elle y emmena l'enfant — en évitant tout contact avec lui. Les placards de la cuisine étaient quasiment vides, mais elle découvrit un pot de beurre de cacahuètes dans le frigo et des crackers dans un tiroir.

— Tu aimes le beurre de cacahuètes, Robbie ?

— Oh oui ! Le lait aussi.

— Désolée, je n'en ai pas vu. Mais il y a des jus de fruits. Ça te tente, un jus de raisin ou un jus d'orange ?

— D'accord.

— Que préfères-tu ?

— Orange.

— Très bien, je t'en sers un verre tout de suite.

Elle ferait tout ce qui était en son pouvoir pour l'occuper et lui faire plaisir. N'importe quoi pour l'empêcher de pleurer. Depuis combien de temps Phil était-il parti ? se demanda-t-elle. Dix minutes ? Comment allait-elle parvenir à tenir une heure entière ?

Après leur en-cas, elle ramena l'enfant — toujours sans lui tenir la main ni même l'effleurer — dans la salle d'attente, laquelle était équipée, dans un angle, d'un petit écran de télévision.

— Qu'aimes-tu regarder, Robbie ?

— Des dessins animés !

Pianotant sur la télécommande, Stephanie finit par découvrir un manga, mais il lui parut destiné à des enfants plus grands.

— Ça ! Ça ! s'écria Robbie tout excité.

— Euh... il n'est pas très amusant, celui-là. Cherchons-en un autre...

Les doigts tremblants, la jeune femme poursuivit sa recherche. Qu'allait-il se passer si elle ne trouvait rien d'adapté à l'âge du petit garçon ? Et soudain, apparut sur l'écran précisément ce qu'elle espérait : un spectacle de marionnettes aux visages souriants, avec des voix rigolotes et des couleurs vives. Peut-être l'étau qui lui comprimait la poitrine allait-il se desserrer maintenant.

Hélas, elle s'était à peine assise sur une chaise que Robbie grimpa sur ses genoux. Chaque millimètre de son corps se raidit. C'était trop dur. Elle ne pouvait pas faire ça. Où était Phil ?

Robbie blottit son dos potelé et chaud contre elle et quand il rit, elle sentit son rire résonner dans sa petite poitrine. Dans le même temps, l'odeur familière du shampoing pour enfants parvint jusqu'à ses narines et lui déchira le cœur.

Incapable de supporter cette torture une seconde de plus,

elle souleva le gamin et le transporta à bout de bras jusqu'à un fauteuil plus proche de l'appareil.

— Tu vois, tu es mieux placé ici. Ne bouge plus.

Par chance, il était si absorbé par le spectacle qu'il ne perçut pas sa tension et resta tranquillement assis, les yeux rivés à l'écran.

Au bout d'un moment, il se frotta les paupières, bâilla et bientôt s'endormit, la tête posée sur le bras du fauteuil. Stephanie se mit à arpenter nerveusement l'aire d'attente, alternant regards inquiets dans sa direction et coups d'œil à sa montre. Sa gorge était si serrée que c'est à peine si elle parvenait à avaler sa salive.

Une dizaine de minutes se passèrent ainsi. Soudain l'une des marionnettes du spectacle poussa un hurlement qui la fit sursauter. Robbie releva brusquement la tête, son visage se plissa. Le bruit l'avait effrayé, de toute évidence.

Oh Seigneur, que devait-elle faire, maintenant ?

Après quelques secondes de silence — ce silence qui précède les tempêtes —, il lâcha un cri perçant qui se prolongea tant qu'il eut de l'air dans ses poumons. Puis il inspira en hâte et le processus recommença.

— Tout va bien, Robbie. C'était juste la marionnette de la télé, dit Stephanie de l'autre bout de la pièce, essayant de le réconforter sans s'approcher trop près de lui. Ça faisait partie du spectacle, c'est tout.

Il aurait fallu étreindre le pauvre petit, mais elle ne pouvait s'y résoudre. A l'idée de câliner un enfant, elle sentait un gouffre s'ouvrir en elle. Plus jamais elle ne voulait faire cela.

Des souvenirs de son bébé pleurant et criant sans relâche tandis qu'elle le promenait dans ses bras la submergèrent et elle s'immobilisa, paralysée par la douleur, anéantie.

Robbie pleura si fort et si longtemps que son nez se mit à couler, qu'il toussa et s'étrangla, mais elle restait figée sur place, totalement tétanisée.

En arrivant aux urgences de l'hôpital, Phil avait trouvé son patient prêt pour sa bronchoscopie. La couronne dentaire s'était révélée facile à localiser, juste à l'entrée de la bronche droite. Après l'avoir extraite, il avait pratiqué un rapide examen pour s'assurer qu'elle n'avait endommagé aucun tissu pulmonaire puis, sa mission accomplie, il avait laissé le pauvre homme aux bons soins d'une infirmière.

Poussant la porte du Midcoast Medical Group, il rejoignit en hâte la salle d'attente.

— Que se passe-t-il ici ? s'écria-t-il devant le tableau qui s'offrait à ses yeux.

Blotti dans un fauteuil, Robbie reniflait, le corps secoué de spasmes, alors qu'à deux mètres de lui se tenait une Stephanie changée en statue, livide et les yeux écarquillés.

Elle battit des paupières comme si elle reprenait vie.

— Dieu merci, vous êtes de retour, balbutia-t-elle.

Il se précipita pour prendre Robbie dans ses bras.

— J'ai eu peur, dit celui-ci, et ses larmes recommencèrent à couler.

— Tout va bien, moussaillon, je suis là.

Tandis qu'il berçait son petit frère contre lui, la moutarde lui monta au nez.

— Que lui avez-vous fait ? demanda-t-il en haussant la voix pour se faire entendre de Stephanie qui s'éclipsait au pas de course. Elle t'a frappé, Robbie ?

— Non. Le monstre m'a fait peur, gémit-il entre deux sanglots, montrant la télévision.

Soulagé, Phil lui caressa la joue.

Mais quel genre de femme laisserait un jeune enfant pleurer ainsi sans intervenir ? Il ignorait ce qui avait pris à la nouvelle venue, mais il avait bien l'intention de le découvrir au plus vite.

2.

Dès son arrivée au centre médical, le lendemain matin, Stephanie se plongea dans son travail. Pour commencer, elle eut à effectuer deux bilans gynécologiques de routine, assortis de prélèvements à envoyer au laboratoire. Vint ensuite le bilan obstétrical de sa première future maman avec mesure de la hauteur de l'utérus et surveillance du rythme cardiaque du fœtus, qu'elle compléta par des conseils de diététique et la recommandation d'assister aux cours de préparation à l'accouchement. Puis elle reçut une dame d'un certain âge à qui elle eut le plaisir d'annoncer que la tumeur fibroïde dont elle souffrait avait diminué de volume depuis sa dernière visite.

Si elle continuait à enchaîner ainsi les consultations sans prendre le temps de souffler, peut-être réussirait-elle à éviter Phil Hanson.

Plus tard dans la matinée, alors qu'elle effectuait le tout premier examen obstétrical d'une jeune femme, elle remarqua une anomalie au niveau du col utérin. Une zone d'apparence granuleuse qui saigna facilement au toucher.

— Avez-vous eu des petites pertes de sang, madame Conroy ?

— Non. Quelque chose ne va pas ?

Par mesure de sécurité, Stephanie se prépara à prélever un échantillon de cellules en vue d'une analyse cytologique.

— Il y a une petite zone, au niveau de votre col, que je veux surveiller, expliqua-t-elle tout en réalisant le frottis. Il s'agit vraisemblablement de ce que nous appelons un ectropion — c'est une sorte d'érosion de la muqueuse parfaitement bénigne. Le laboratoire devrait nous envoyer les résultats dans une semaine.

— Et ensuite, que se passera-t-il ?

— Si le résultat de l'analyse est normal, ce qui est le plus probable, rien, à moins que vous ne remarquiez des saignements après un rapport sexuel ou de fréquentes infections. Nous ferions alors quelque chose de similaire à une cautérisation. Et si le prélèvement contenait des cellules anormales, je pratiquerais une biopsie et à partir de là, nous envisagerions la suite.

— Rien de tout cela ne sera dangereux pour mon bébé ?

Stephanie avait tenu à se montrer honnête pour épargner un choc à sa patiente au cas où l'analyse montrerait des anomalies, mais elle ne voulait surtout pas qu'elle vive désormais dans la peur, aussi tint-elle à terminer la consultation sur une note positive.

— Ne vous inquiétez pas, madame Conroy, ça n'est sans doute qu'une irritation. C'est assez fréquent. Je ne redouble de prudence que parce que vous êtes enceinte. Je vous communiquerai les résultats du laboratoire dès que je les aurai, c'est promis, dit-elle en regardant la jeune femme dans les yeux.

Puis elle tira du présentoir quelques documents destinés aux futures mamans.

— Ces brochures sont des mines d'informations sur la grossesse. Lisez-les avec attention. Ensuite, si vous avez des questions, n'hésitez pas à me les poser. Oh, et j'ai failli oublier de vous communiquer la date prévue pour votre accouchement.

Dès qu'elle eut annoncé la date en question, le visage de la jeune femme se détendit et un grand sourire l'illumina.

— Vous vivez une période très excitante, madame Conroy. Profitez pleinement de chaque jour, dit-elle en lui tapotant la main.

Celle-ci acquiesça, prit les brochures et descendit de la table d'examen.

— Vous m'appellerez dès que vous saurez quelque chose, n'est-ce pas ?

— Promis. Vous êtes en excellente forme et cette grossesse devrait se dérouler sans problème. Garder une attitude positive compte aussi beaucoup, conclut Stephanie.

Comme si elle était bien placée pour dire ça ! Son moral avait chuté si bas ces trois dernières années qu'elle se rappelait à peine ce qu'était une attitude positive.

Essaie de prendre du bon temps ! Sors de ta routine ! Recommence à vivre !, se recommandait-elle tout en se lavant les mains, après le départ de sa patiente, lorsque Phil apparut à la porte de sa salle d'examen.

— Cela vous ennuierait-il de me dire ce qui s'est passé hier soir ? demanda-t-il d'un ton brusque.

— Je suis nulle avec les enfants, répliqua-t-elle sur la défensive.

Se tournant à demi pour dissimuler sa nervosité, elle s'essuya les mains à l'aide d'un papier-torchon.

— Vous ne m'avez pas laissé la chance de vous le dire.

— C'est si difficile de consoler un enfant qui pleure ?

— Plus que vous ne pourriez l'imaginer, répondit-elle en passant devant lui pour rejoindre son cabinet. Je suis désolée, ajouta-t-elle dans un murmure avant de refermer la porte derrière elle.

Phil rejoignit pensivement ses quartiers. Quel pouvait bien être le problème de Stephanie Bennett ? A son retour de l'hôpital, il l'avait trouvée littéralement tétanisée, comme si elle s'était retrouvée dans une fosse aux lions. Et il lui avait fallu une demi-heure pour consoler Robbie.

Qu'est-ce qui n'allait pas chez elle ?

Mais il avait des choses plus urgentes à faire que d'essayer de comprendre leur nouvelle recrue. Mettre par écrit les tâches à accomplir pour s'occuper d'un enfant, par exemple ! Il avait mis tellement d'énergie à distraire Robbie, la veille au soir, qu'il avait perdu la notion du temps, oublié de lui donner son bain et même son médicament du soir. Enfin, un enfant pouvait survivre un jour sans bain, non ?

La vibration de son biper le tira de ses pensées. Le numéro inscrit sur l'écran était celui de la maternelle. Oh, non ! Qu'avait-il oublié ce matin ?

Arrivant tôt au travail, le lendemain matin, Stephanie eut la surprise de constater que le café était déjà prêt dans la cuisine. Elle s'en versa une tasse avec l'intention de l'emporter dans son cabinet sans perdre un instant mais l'arrivée de Phil Hanson contraria son projet. Un Phil échevelé qui semblait tout juste tombé du lit.

Peu désireuse de passer un mois et demi à éviter l'un de ses collègues, elle répondit gentiment à son salut.

— Ecoutez, je suis désolée pour l'autre soir, ajouta-t-elle, consciente qu'il avait été très gentil avec elle le premier jour et aussi qu'elle avait besoin de se faire pardonner.

— Oubliez ça. Comme vous l'avez dit, je ne vous ai guère laissé le choix.

Il passa une main sur son visage, comme pour tenter de se réveiller.

— Je ne me doutais pas que vous aviez un problème avec les enfants.

Il la regardait avec des yeux interrogatifs, mais il n'alla pas jusqu'à poser la question. N'ayant aucune intention de se confier à lui, et espérant qu'il laisserait tomber le sujet, Stephanie souleva la cafetière.

— Je vous sers un café ?

— Volontiers ! Robbie m'a empêché de dormir la moitié de la nuit. Il tousse.

— Quelque chose ne va pas ?

Il prit la tasse qu'elle lui tendait, et en but une gorgée.

— Ce n'est pas un virus. Juste une toux qui ne veut pas partir. Il a ça depuis qu'il est bébé.

— A votre avis, de quoi s'agit-il, alors ?

Discuter médecine était toujours facile… et sans danger.

— Je me suis demandé s'il pouvait s'agir de trachéobronchomalacie, mais Roma, sa maman, refuse de lui faire subir l'examen qui permettrait de le savoir.

— Est-ce votre femme ?

— Non, répondit Phil en riant. Ma belle-mère. Robbie est mon demi-frère. Vous pensiez qu'il était mon fils ?

Elle haussa une épaule. Comment aurait-elle pu deviner ?

— Je ne m'occupe de lui qu'en l'absence de ses parents. Ils sont à Hawaii pour une dizaine de jours.

Les yeux plongés dans sa tasse, il se passa une main dans les cheveux.

— Et donc, j'aimerais lui faire une bronchoscopie, seulement Roma est difficile à convaincre.

— Vous pensez en pneumologue. Toujours imaginer le pire scénario.

— Et vous, n'envisagez-vous pas le pire pour vos patientes ?

— Je suis obstétricienne, les dénouements sont généralement heureux.

Sauf dans sa vie personnelle.

— Vous marquez un point. Mais il ne s'agit pas d'imagination de ma part. Robbie présente des infections pulmonaires à répétition, une respiration sifflante et cette toux constante, la nuit, dont j'ignorais l'existence parce que je n'avais jamais dormi avec lui auparavant.

— Vous dormez avec lui ?

— Eh bien… Il était dans une maison qui n'est pas la sienne, dans un lit inconnu…

— C'est très gentil de votre part.

— Plutôt une mesure de survie. Il a pleuré jusqu'à ce que je lui promette qu'il ne dormirait pas seul.

La jeune femme se sentit rougir.

— C'est sans doute ma faute.

— N'en parlons plus. Pour ma part, ça n'est jamais arrivé.

Peut-être ne devrait-elle pas se donner autant de mal pour l'éviter. Peut-être était-il un chic type qu'elle pourrait apprécier — si son insécurité ne l'en empêchait pas.

— Ce n'est pas de l'asthme, reprit-il. Si je savais avec certitude de quoi il s'agit, je pourrais le soigner. Ça lui passera peut-être, mais pour l'instant il souffre. Si vous me trouvez l'air fatigué, vous devriez le voir, c'est pire pour lui. Le fait est qu'il a peut-être seulement besoin de quelque chose d'aussi simple qu'un supplément d'oxygène ou, si nécessaire, d'une ventilation en pression positive.

Cette conversation à propos de la fonction respiratoire du petit garçon poussait Stephanie à s'inquiéter pour celui-ci. D'autant qu'elle l'avait laissé s'enrouer à force de cris et de pleurs.

— N'existe-t-il pas une procédure de diagnostic moins invasive qu'une bronchoscopie ?

— Une bronchographie, mais il est allergique à l'iode et je ne voudrais pas l'exposer aux rayons X à cet âge. Et tout ce que j'aurais à faire serait de le sédater et de glisser un scope dans ses poumons. Ça me prendrait cinq minutes. Enfin… On verra comment cela tournera.

— Où est-il en ce moment ?

— A la garderie périscolaire avec sa nouvelle meilleure amie, la fille de Claire. Dieu merci, Claire a eu pitié de moi et l'y a conduit aujourd'hui.

A peine avait-il fini sa phrase que Claire déboulait dans la pièce, une lueur malicieuse dans les yeux.

— On appelle ça du covoiturage, mon ami. Bonjour, Stephanie.

— Bonjour Claire, répondit celle-ci.

L'avant-veille, elle avait fait la connaissance de l'infirmière praticienne dans un bureau particulièrement accueillant du premier étage où régnait une subtile senteur florale. Claire était l'épouse de Jason et paraissait très agréable et gentille, néanmoins Stephanie ne s'était pas encore prise de sympathie pour qui que ce soit.

— Le pauvre Robbie ne voulait plus rejoindre son groupe après que Gina lui a rebattu les oreilles de sa classe durant tout le trajet. Gina est ma fille, précisa-t-elle pour Stephanie. Il est si craquant avec ses lunettes. Quand les a-t-il eues ?

— Aucune idée. Je les ai trouvées dans ses affaires, alors je l'ai encouragé à les porter.

— Tu vois, tu es fait pour t'occuper d'un enfant.

— J'en doute, protesta-t-il tout en se resservant du café. Deux nuits et j'envisage déjà un examen pour trouver les causes de sa toux. Je me demande comment Roma gère ça.

— Comme toutes les mères, à l'instinct. Tu devrais essayer.

Claire adressa un clin d'œil de connivence à Stephanie comme si elles appartenaient à la même confrérie. Si elle savait à quel point elle se trompait !

— Vous avez des enfants, Stephanie ?

— Non, dit la jeune femme sans la regarder, s'efforçant de paraître naturelle.

Elle plaça son café dans le micro-ondes et ajouta :

— Je ne vais pas tarder à vous laisser. Je dois me préparer à recevoir ma première patiente si je veux être à la hauteur de Rosie.

— Vous vous débrouillez très bien, j'en suis sûr, dit Phil avec un sourire rassurant. Moi aussi, j'y vais. Je dois faire un saut à l'hôpital ce matin.

Comme elle jetait un regard par-dessus son épaule, elle le vit rincer sa tasse dans l'évier, puis il croisa son regard. En toute hâte, elle baissa les yeux. Que devait-il penser d'elle et de sa conduite bizarre ? Mais plus important, pourquoi s'en souciait-elle ?

Un instant plus tard, tandis qu'elle s'apprêtait à quitter la cuisine, sa tasse à la main, elle croisa Jon Becker, le cardiologue de l'équipe, qui la salua d'un signe de la main puis avisa la cafetière.

— Hé ! s'écria-t-il. C'est moi qui ai fait le café et il n'en reste presque plus pour moi !

Courbant le dos, Stephanie s'éclipsa. Combien de mauvaises premières impressions allait-elle encore donner ?

— Fais-en une cafetière pleine, la prochaine fois, entendit-elle Claire rétorquer d'un ton taquin. Arrête d'être aussi mesquin. Si tu as l'intention d'être père au foyer, tu ferais bien de commencer à penser plus aux autres.

— Claire, tout ce que je voulais, c'était un café, pas un

discours féministe sur le partage des tâches ménagères, répondit Jon d'un ton bourru.

Stephanie ne put retenir un sourire. Jon paraissait quadragénaire, et il envisageait d'être père au foyer ?

Elle avait été si isolée ces trois dernières années qu'elle ne savait même plus entretenir une simple conversation avec des collègues. Peut-être était-il temps qu'elle fasse l'effort d'être amicale, comme n'importe quel être humain normal.

Le soir, prise de fringale sur le chemin de son hôtel, Stephanie entra dans le premier restaurant japonais venu afin d'y acheter un repas à emporter.

Après avoir passé sa commande, elle sirota un thé vert, assise sur l'un des hauts tabourets du bar et, machinalement, regarda autour d'elle. Elle eut alors la désagréable surprise d'apercevoir Robbie attablé à quelques mètres. Face à lui, le dos tourné vers elle, il y avait Phil, bien entendu. Pourvu que le petit garçon ne la reconnaisse pas, songea-t-elle. Il risquerait de recommencer à pleurer. Et pourvu que sa commande arrive très vite pour qu'elle puisse s'éclipser ! Mais à l'instant précis où lui venait cette pensée, Phil se retourna. Il la remarqua immédiatement et, sans la moindre hésitation, lui fit signe de se joindre à eux.

Comme elle ne pouvait pas feindre de ne pas l'avoir vu, elle le salua de la main en retour mais secoua la tête en signe de refus lorsqu'elle constata que l'invitation s'accompagnait d'un regard désespéré.

Après tout c'était à lui de s'occuper de son petit frère. Cela ne la concernait en rien.

Se levant, il insista, une expression implorante au fond des yeux.

Elle secoua de nouveau la tête et lui dit « désolée » en remuant silencieusement les lèvres. Il risquait de la prendre pour la femme la plus inamicale qu'il ait jamais rencontrée, mais tant pis. Elle n'était pas prête à s'attabler avec eux, comme s'ils formaient une famille. Elle ne le pouvait pas. Ce serait au-dessus de ses forces.

Par chance, le serveur lui apporta sa commande comme elle finissait son thé. Après l'avoir payée, elle s'en saisit, et sur un dernier regard de regret à Phil, elle quitta le restaurant.

Accompagnant sa dernière patiente de la matinée à la porte de son cabinet, le lendemain, Stephanie se retrouva enveloppée dans une étreinte enthousiaste. On aurait dit deux vieilles amies qui se disaient au revoir. L'un des avantages de son job, c'était qu'il lui permettait d'annoncer la plus belle des nouvelles. Elle adorait ça.

— Avez-vous toutes les informations dont vous avez besoin, madame Adams ?

Celle-ci opina de la tête.

— Plus de questions ?

— Je suis sûre que j'en ai encore un million mais en ce moment je n'ai qu'une seule chose en tête : je suis enceinte ! C'est fantastique ! ajouta-t-elle en battant des mains.

— Pensez à les noter, toutes ces questions, et j'y répondrai la prochaine fois, dit Stephanie avec un petit rire.

— Je n'y manquerai pas, docteur. Merci encore, conclut sa patiente en lui donnant une nouvelle accolade.

Elle lui fit au revoir de la main puis, le sourire aux lèvres, la regarda s'en aller d'un pas léger.

— Je m'apprêtais à vous accuser d'être sans cœur, mais j'ai changé d'avis, dit soudain Phil dans son dos.

Stephanie piqua un fard. Elle savait à quoi il faisait allusion.

— Comment ça se passe avec Robbie ? demanda son infirmière à Phil en passant devant lui.

— A merveille, répondit-il avec une petite grimace. Je me suis finalement rendu compte qu'il valait mieux le prendre avec moi sous la douche plutôt que le laisser seul dans la baignoire. C'est moins salissant.

Amy pouffa.

— J'imagine !

Stephanie repoussa l'image qui lui était venue à l'esprit. Il semblait posséder beaucoup de qualités et tout le monde l'appréciait. Le fait qu'il soit extrêmement séduisant aurait du être un plus, mais pour elle, c'était plutôt intimidant. Et après la manière dont elle les avait traités, lui et Robbie, elle ne comprenait pas pourquoi il ne la tenait pas à distance.

— Vous avez prévu quelque chose ce midi ?

— Me proposeriez-vous de m'emmener déjeuner ?

— Pourquoi pas ? Vous êtes nouvelle en ville, peut-être un peu perdue…

Par chance, la sonnerie de son téléphone portable l'interrompit et dispensa Stephanie de répondre.

— Une seconde, dit-il, portant l'appareil à son oreille.

Après une brève conversation, il coupa la communication d'un air abattu.

— Robbie s'est écorché les genoux en tombant. Il pleure et me réclame, alors…

— Ça n'est pas facile d'être un papa de substitution, n'est-ce pas ?

— A qui le dites-vous ! Ecoutez, j'ai une idée. Pourquoi ne déjeunerions-nous pas ensemble demain ?

Stephanie ne prit même pas la peine de réfléchir.

— Entendu, répondit-elle sous l'impulsion du moment.

Le lendemain à midi, la jeune femme trouva Phil qui l'attendait près de sa porte, l'air navré.

— J'ai complètement oublié qu'il y avait une réunion de prévue ce vendredi.

— Oui, j'ai reçu la note de service.

— Vous devriez venir. Nous avons de grandes décisions à prendre.

— Mais je n'ai aucun rôle ici.

— Oh, faites-moi confiance, sur ce sujet votre contribution est aussi importante que la nôtre.

— De quoi parlerez-vous ?

— Nous devons décider comment décorer le voilier de

Jason et Claire pour le défilé de bateaux illuminés de la parade annuelle de Noël.

— Ce n'est même pas encore Thanksgiving !

— Les grands projets requièrent de grandes préparations. Du reste, êtes-vous allée au Paseo ? Un sapin de Noël y est déjà dressé. Un truc énorme. J'ai emmené Robbie le voir, hier soir.

— Dans la mesure où je ne suis jamais montée sur un voilier, sans parler du fait que je n'ai aucun don pour la décoration, je ne vois pas en quoi je pourrais vous être utile.

— Venez tout de même. Ça pourrait vous amuser.

Prendre du bon temps, sortir de sa routine, n'était-ce pas ce qu'elle s'était recommandé de faire ?

— Le déjeuner est offert, ajouta-t-il.

— Je vais y réfléchir.

— Si vous changez d'avis, nous serons dans la cuisine dans dix minutes.

Un sourire ponctua l'information, sourire qui passa de sa bouche à ses superbes yeux bleus et s'élargit jusqu'à se teinter d'une nuance presque triomphale. Il savait s'y prendre, le bougre.

Après son départ, Stephanie se surprit à se recoiffer avec soin, puis à parfaire son maquillage avant de rejoindre la cuisine qu'elle trouva débordante d'activité. Claire distribuait des sandwichs enveloppés dans du papier Cellophane ; l'une des infirmières faisait passer des bouteilles d'eau ; une autre proposait des fruits et des biscuits.

— Stephanie ! Je vous ai gardé une place, déclara Phil, tapotant le siège voisin du sien. Quelle sorte de sandwich voulez-vous ?

— Jambon-tomate ?

— Un jambon-tomate par ici ! lança-t-il à Claire.

Envoyé comme un missile, le sandwich en question faillit heurter la tête de Stephanie avant qu'elle ne soit assise.

— Désolée ! cria Claire.

— Il n'y a pas de mal, cria-t-elle en retour.

A sa grande surprise, elle appréciait ce chaos amical, cette ambiance décontractée.

— Je suis content que vous ayez décidé de venir, lui murmura Phil, un sourire similaire à celui qu'il lui avait décoché un peu plus tôt s'attardant sur ses lèvres.

Ne sachant que répondre, elle garda le silence. Lui tournait-il autour ? Partager un déjeuner était une chose mais comment réagirait-elle s'il l'invitait à sortir avec lui ? La manière dont il s'occupait de son demi-frère lui avait montré une autre facette de sa personnalité. Il y avait un cœur généreux et tendre sous ce plumage de coq du village, elle en mettrait sa main au feu, mais elle n'était pas certaine de pouvoir en dire autant de son propre cœur.

Assis au bout de la longue table, Jason frappa soudain dans ses mains.

— Votre attention, tout le monde. Commençons tout de suite, voulez-vous ? L'an dernier, nous sommes arrivés troisièmes à la parade de Noël et cette année je crois que nous avons une bonne chance de remporter le premier prix si nous mettons nos cerveaux en commun pour trouver un thème porteur.

— Comme Noël, tu veux dire ? demanda Jon, la perplexité peinte sur son visage devant une telle évidence.

— Il veut dire comme le Père Noël et ses lutins, ou les animaux de la crèche, ou le pôle Nord, rétorqua Claire.

— Pourquoi pas les trains ? proposa alors Jon. Les garçons aiment les trains à Noël.

— Pourquoi pas les trains et les poupées — pour contenter aussi les filles, ajouta une infirmière.

— Qu'est-ce que vous diriez de « Noël autour du monde » ? avança Amy. Nous pourrions disposer dans tout le bateau des petits sapins décorés à la manière des autres pays et le mât pourrait être transformé en un sapin géant dessiné avec des guirlandes électriques multicolores.

Cette proposition remporta un franc succès et dans un bourdonnement confus chacun y alla de sa suggestion.

— Avec un Père Noël à côté du grand sapin ? dit Stephanie, formulant sa pensée sans même l'avoir voulu.

— Vous avez raison, il nous faut un Père Noël à cet endroit, renchérit Phil.

— Je te nomme Père Noël officiel de notre bateau, dit Claire avec un sourire narquois. Tu seras adorable.

— Moi ? Tu plaisantes ! J'effraierais les enfants.

— Alors ça, ça m'étonnerait ! Tu es fait pour le rôle. Gina et Robbie pourront s'asseoir sur tes genoux.

— Pas question, trancha Phil en lui envoyant un regard noir. Merci beaucoup, Stephanie, ajouta-t-il à voix basse.

— C'est une idée géniale, dit l'une des infirmières et les autres approuvèrent.

— Mais pas avec moi dans le premier rôle !

Du regard, Phil suppliait Stephanie de le soutenir mais, peu désireuse de s'impliquer dans le débat, elle haussa une épaule et mordit dans son sandwich.

— Ecoute, reprit Jason, les yeux pétillants de malice, nous avons besoin de l'aide de tout le monde pour ce projet et tu ne nous as pas été d'un grand secours ces deux dernières années. Pour les lutins qui assistent notre grand homme, je peux compter sur le reste de l'équipe ?

— Et si une personne se tenait auprès de chaque petit sapin décoré à la mode d'un pays, vêtue du costume traditionnel de l'endroit ? proposa Amy sur sa lancée. Vous voyez ce que je veux dire, culotte de peau pour l'Autriche, kilt pour l'Ecosse, kimono pour le Japon, sari pour l'Inde, et cætera…

Suggestion qui souleva l'enthousiasme général.

— Dans ce cas nous n'avons plus besoin d'un Père Noël, dit Phil, une note de soulagement dans la voix.

— Bien sûr que si, protesta Claire. Le Père Noël fait le lien entre eux tous et, en l'occurrence, ce sera toi.

Du coin de l'œil, Stephanie vit Phil lui lancer un regard déçu entre ses paupières mi-closes.

— Je propose que nous votions pour savoir qui devrait endosser l'habit rouge, le capitaine du bateau ou moi, dit-il.

Et juste comme il terminait sa phrase son téléphone vibra.

— C'est la maternelle, dit-il en consultant l'écran. Je ne peux pas ne pas répondre.

Dès qu'il eut quitté la pièce, Jason profita de l'aubaine.

— Vous êtes d'accord pour que Phil soit notre Père Noël ?

Tout le monde acquiesça en riant. Pauvre Phil. Stephanie n'était pas loin de le plaindre.

— Je suis obligé de filer là-bas, annonça-t-il à son retour. Robbie refuse de se coucher pour la sieste.

— Pas de problème, dit Jason. Veux-tu que nous reportions tes premiers rendez-vous ?

— Non, ce ne sera pas nécessaire. Il faut juste que je fasse comprendre à Robbie qu'il doit suivre les règles…

Il s'interrompit et, soudain, il fit claquer ses doigts comme si une idée de génie venait de lui traverser l'esprit.

— … sinon il sera privé de goûter !

Autour de la table, toutes les femmes sourirent en le couvant d'un regard attendri — y compris Stephanie.

— Alors qui sera le Père Noël cette année ? ajouta-t-il, la main sur la poignée de la porte.

— Toi ! répondit Jason tout sourire.

Il darda alors sur Stephanie un regard qui signifiait « vous me revaudrez ça » et disparut sans ajouter un mot.

3.

Phil termina d'entrer ses notes dans le dossier informatisé de son dernier patient de l'après-midi. Son esprit s'était pas mal égaré entre ses rendez-vous — par la faute de Stephanie Bennett, et pas seulement parce qu'elle était en partie responsable de son implication dans la parade de Noël.

Quelque chose l'empêchait de jouir de la vie, il en était certain. En deux mois, il ne parviendrait sans doute pas à élucider ce mystère, néanmoins il avait très envie de la connaître mieux. En fait, ce court laps de temps constituait l'excuse idéale pour le style d'aventure qu'il recherchait : brève et sans attachement.

Sauf qu'il devait compter avec Robbie. Il lui était impossible d'avoir une liaison tant que son père et Roma ne seraient pas de retour.

Il enregistra ses notes et referma son ordinateur. Puis, Jason lui ayant demandé de passer le voir à son bureau avant de partir, il monta à l'étage… où le maître des lieux et Claire s'embrassaient à bouche que veux-tu. Ça n'était pas la première fois et ils étaient si absorbés qu'ils ne l'entendirent même pas. A leur décharge, ils étaient jeunes mariés, mais ils étaient aussi parents, non ? Quel étrange phénomène, tout de même !

Décidant de parler à Jason une autre fois, il redescendit discrètement l'escalier et prit la direction du cabinet de Stephanie, un endroit qui l'attirait comme un aimant. Mais comme il passait devant la porte de Jon, il s'entendit appeler.

— Hé, Phil, viens voir les derniers clichés.

Des photos d'Evan, bien entendu. Son fils nouveau-né était devenu le centre de son univers.

Mais qu'avaient donc tous ses collègues ? Ils s'étaient « casés » tous les trois, le laissant seul et unique célibataire. En plus, ils avaient l'air au comble du bonheur. Eh bien lui, le bonheur matrimonial ne l'intéressait pas. Il aimait trop sa liberté. Son indépendance. Sa solitude. Il jeta un œil à la porte fermée de Stephanie. Au moins maintenant il connaissait une personne qui aimait autant que lui être seule.

Robbie mis à part, jamais il n'avait vécu avec quelqu'un depuis qu'il avait terminé ses études et renoncé aux joies de la colocation entre copains. Et leurs chaussettes sales disséminées à travers tout un appartement en désordre ne lui manquaient pas ! Maintenant qu'il y pensait, les chaussettes de Robbie aussi traînaient et le garnement ignorait le sens du mot « rangement ». Il sourit à la pensée de son demi-frère trottinant d'une pièce à l'autre en sous-vêtements décorés de personnages de dessins animés.

Une sensation bizarre l'envahit et l'idée l'effleura que, peut-être, ce n'était pas si mal après tout de nouer une relation sérieuse, de construire une famille. Il la repoussa avec vigueur. Cela fonctionnait peut-être pour d'autres, mais lui ne supporterait pas une histoire sur le long terme. Ça n'était pas son truc. Et ne connaissait-il pas nombre de gens dont le mariage avait capoté ? Même sa propre mère avait quitté le domicile conjugal.

Entrant dans le bureau de Jon, il remplit ses obligations de bon collègue en s'extasiant devant le nouveau-né. Puis il lui tapota amicalement le dos, lui dit qu'il avait beaucoup de chance et s'éclipsa en refermant la porte derrière lui — avec une raison parfaitement valable qui plus est : il devait aller chercher Robbie à la garderie périscolaire.

Avant de quitter le centre médical, il jeta un coup d'œil en direction du cabinet de Stephanie. Quelles étaient ses chances de tomber de nouveau sur elle à l'heure du dîner ? Nulles ! S'il voulait passer un peu de temps avec elle, il ne pouvait pas compter sur le hasard. Il lui fallait un plan.

Par chance, Gaby s'était inscrite pour veiller sur Robbie le samedi matin. Peut-être pourrait-il faire des projets avec la jolie rousse.

Il rebroussa chemin.

Stephanie savait que Rosie prenait de futures infirmières praticiennes en stage une journée par semaine, mais elle ne s'était pas avisée qu'elle devrait faire de même car on était vendredi et aucune étudiante ne s'était présentée à elle.

A l'issue du déjeuner-réunion de concertation, toutefois, elle se retrouva suivie comme son ombre par Maria Avila, une jeune femme brune fort sympathique aux yeux de jais pétillants d'intelligence et de curiosité — sa « stagiaire », enceinte de huit mois, qui n'avait pas pu venir le matin pour des raisons indépendantes de sa volonté.

Après avoir œuvré ensemble de longues heures, elles se préparèrent pour leur dernier rendez-vous.

— Si ma patiente y consent, je vous ferai pratiquer un examen pelvien bimanuel, Maria.

Tout excitée, celle-ci boxa l'air de ses poings.

— Ce serait fantastique ! Jusqu'ici je ne me suis exercée que sur un mannequin.

Ce qui n'était pas tout à fait la même chose.

Par chance, Mme Winkler accepta de servir de cobaye — à la condition que Stephanie l'examine à la suite de sa stagiaire — et cette séance de « travaux pratiques » enchanta Maria.

L'un des ovaires de la brave dame se révéla plus gros que la normale et douloureux au toucher. Un simple kyste, peut-être, mais bien sûr, il fallait s'en assurer. Stephanie tint aussi à ce que Maria perçoive la petite masse latéro-utérine et légèrement résistante à la pression qu'elle avait laissée passer.

D'après son histoire médicale, il n'y avait aucun cancer ovarien dans la famille proche de la patiente. Toutefois, elle présentait d'autres facteurs de risques : elle n'avait jamais été enceinte, avait plus de cinquante-cinq ans et était ménopausée.

— Avez-vous ressenti une douleur, ou une pesanteur, dans le bas de votre abdomen récemment, madame Winkler ?

— Ma foi, non.

— Gonflement après les repas ? Constipation ?

— N'est-ce pas habituel chez les femmes ? plaisanta-t-elle.

— Vous n'avez pas tout à fait tort, répondit Stephanie, lui rendant son sourire.

L'examen terminé, elle lui annonça qu'elle demandait une échographie afin de confirmer — ou d'infirmer — la présence d'un kyste.

— Entendu. Je vous remercie toutes les deux. Bonne chance pour votre grossesse, ajouta Mme Winkler à l'adresse de Maria avant de franchir la porte de la salle d'examen. Et poursuivez votre formation. Nous avons besoin de davantage de personnes dans la branche.

— Travaillez-vous dans le domaine médical ? demanda Stephanie, intriguée par le commentaire.

— Je suis infirmière.

Ce qui signifiait que l'hypothèse du cancer qu'elle s'était bien gardée d'évoquer lui était forcément venue à l'esprit.

— Ne vous rendez pas malade d'inquiétude en imaginant le pire scénario, madame Winkler, d'accord ? Le petit nodule n'est ni dur ni fixe. Il s'agit très probablement d'un kyste.

La patiente opina et sourit, néanmoins une certaine tension persistait dans ses yeux lorsqu'elle tourna les talons.

Restée seule avec Maria, Stephanie lui exposa les possibles raisons qui l'avaient empêchée de déceler le subtil changement au niveau de l'ovaire et lui fit quelques suggestions quant à la position de la main exécutant la palpation de l'abdomen afin d'obtenir de meilleurs résultats.

— La pire chose que nous puissions faire, c'est de laisser une patiente attendre des résultats d'analyse ou d'examen complémentaire, ajouta-t-elle tandis qu'elles reprenaient la direction de son cabinet. Mais parfois notre job s'apparente à une devinette. Nous devons avancer pas à pas pour résoudre le problème. Heureusement, la médecine moderne nous fournit en général de fantastiques résultats au moment opportun.

— On devient philosophe, doc ?

Reconnaissable entre mille, la voix grave de Phil fit courir un petit frisson dans le dos de Stephanie.

— Puis-je faire quelque chose pour vous, Phil ?

Un sourire aux lèvres, il posa son regard sur elle puis sur Maria, dont les joues rosirent aussitôt. Diable d'homme. Quel pouvoir il avait sur les femmes !

— Absolument. Vous pouvez me retrouver demain matin, vers 9 heures, sur la Stearns Wharf, à l'extrémité de West Beach.

Il lui donnait rendez-vous devant témoin ?

— Euh… Vous me prenez par surprise…

— Comme vous l'avez fait vous-même lorsque vous m'avez embobiné pour que j'endosse l'habit de Père Noël ?

Elle comprenait mieux à présent. L'heure de la revanche avait sonné.

— Si cela peut vous intéresser, je me suis abstenue de voter.

— Cela me réchauffe le cœur, doc, répondit-il, la main sur la poitrine, au niveau de l'organe en question.

Seulement le retrouver au bord de l'océan sous le merveilleux climat de la côte californienne ressemblait davantage à une récompense qu'à une revanche.

Maria s'éclaircit la gorge.

— Je vais vous laisser régler ça entre vous. Merci infiniment, docteur Bennett. Vous avez été fantastique et j'ai beaucoup appris avec vous cet après-midi.

— Ça a été un plaisir, Maria. Vous reverrai-je la semaine prochaine ?

— Pas la prochaine, puisque je viendrai désormais le jeudi et que ce sera Thanksgiving, mais vous pouvez compter sur moi le jeudi d'après — à moins que je n'entre prématurément en travail !

Là-dessus, la jeune femme sourit, lança un regard à Phil puis, tournant imperceptiblement la tête afin que seule Stephanie voie son visage, eut une petite mimique admirative, suivie d'un clin d'œil pour accentuer son effet, après quoi elle prit congé et s'en alla.

Stephanie ne tenta même pas de dissimuler son sourire. *Quel bel homme, en effet !*

Le samedi matin, Stephanie n'aurait pu rêver plus belle journée de repos. Régnant en maître dans un ciel sans nuage, le soleil caressait ses épaules de ses rayons délicieusement chauds tandis que l'océan, miroir bleu étincelant, lançait inlassablement ses rouleaux à l'assaut de la jetée et qu'une troupe de mouettes bavardes tournoyait au-dessus de sa tête. Chez elle, le vent du désert était sec et piquant mais ici la fraîche brise de mer imprégnée de senteur marine la revigorait.

Elle n'avait pas vraiment dit qu'elle acceptait la proposition de Phil, la veille au soir, juste qu'elle réfléchirait. A quoi il avait répondu qu'il envisageait de surfer le matin de toute manière. Elle pouvait donc venir le retrouver si elle en éprouvait l'envie. Eh bien, cette envie, elle l'avait éprouvée et rien que pour le panorama grandiose, elle s'en félicitait déjà.

Apercevant un groupe de surfeurs à une centaine de mètres, sur la plage, elle essaya de reconnaître Phil. Mais dans la mesure où ils étaient tous vêtus de combinaisons de plongée, cela lui parut vite relever de la gageure.

— Tenez, voilà un café.

Se retournant dans un sursaut, elle découvrit Phil, en combinaison noire lui aussi, sa planche de surf sous un bras et un gobelet fumant dans l'autre main.

Dans ce costume qui moulait son corps sculptural comme une seconde peau, il semblait personnifier la beauté virile.

— Merci, balbutia-t-elle en saisissant le café, incapable de trouver autre chose à dire.

— Je suis content que vous soyez venue.

— Moi aussi.

— Si vous êtes toujours dans les parages, je vous retrouverai sur la plage d'ici une heure, dit-il, jetant sa planche à la mer.

Glacée d'horreur, elle le vit bondir par-dessus le garde-fou de plus d'un mètre de haut puis plonger dans les flots. Etait-il devenu fou ?

— Hé ! Défense de sauter de la jetée ! cria une voix courroucée.

Mais le surveillant à cheveux blanc n'avait aucune chance de le rattraper.

La gorge serrée, Stephanie regardait par-dessus le parapet lorsque Phil refit surface. Il nagea jusqu'à sa planche, grimpa dessus pour la chevaucher comme s'il s'agissait d'un cheval, puis releva les yeux et agita la main dans sa direction.

Elle secoua la tête et respira à fond.

— Vous avez failli me faire avoir une crise cardiaque, cria-t-elle.

Il rit.

— C'est le moyen le plus simple de dépasser les déferlantes, cria-t-il en retour avec un grand sourire. Savourez votre café. A tout à l'heure sur la plage.

Il s'éloigna en pagayant, se hissa sur sa planche et, tel un expert, attrapa la première vague dans laquelle il zigzagua adroitement jusqu'à ce qu'elle perde sa puissance.

Tout en sirotant son café, Stephanie le regarda exécuter prouesse sur prouesse sans jamais vaciller. Il ressemblait à un dieu surgi des eaux pour jouer parmi les simples mortels. C'était très excitant de le voir en action. Elle se rappela plusieurs photos accrochées au mur de son cabinet où il apparaissait recevant un trophée des mains d'une personnalité quelconque, ou un baiser d'une jolie fille, sa planche de surf plantée dans le sable à côté de lui. Quelle vie passionnante il devait mener. Médecin durant la semaine, surfeur le week-end.

Au bout d'une heure environ, elle se dirigea vers la plage. Après avoir ôté ses sandales, elle s'avança sur le sable humide tandis que Phil surfait sur une énorme vague qui l'amena presque jusqu'au rivage.

Un instant plus tard, ses cheveux repoussés en arrière bouclant juste sous ses oreilles, les tempes ruisselantes d'eau de mer, il la rejoignait, sa planche sous le bras.

— Ça paraît si facile quand on vous regarde, commenta-t-elle en souriant.

— Je surfe depuis l'âge de douze ans.

Difficile d'imaginer ce parangon de virilité en garçon pré-pubère.

— C'est une seconde nature, alors ?

— En quelque sorte. Je connais un petit stand qui vend les meilleurs hot dogs de Santa Barbara. Si vous aimez ça, je vais me changer et nous irons jusque-là à pied. Ça vous dit ?

Comme elle acquiesçait, il l'entraîna vers sa voiture garée le long du trottoir bordant la plage. Une classique Woodie de 1950 dotée de panneaux latéraux de bois, le véhicule mythique des surfeurs.

— Fantastique ! s'extasia Stephanie.

— Mon père me l'a offerte pour mon seizième anniversaire, quand il a compris que le surf était ma passion.

— Elle est magnifique.

Comme vous, ajouta-t-elle *in petto* tandis que Phil la détaillait de la tête aux pieds.

— Vous êtes vous-même splendide.

Songeant à la pâleur de ses jambes, elle regretta de n'avoir pas opté pour un jean plutôt que ce short kaki qui les dévoilait, mais l'expression ravie, sur son visage, la fit changer d'avis.

Se débarrassant de sa combinaison de plongée en deux temps trois mouvements, il apparut bientôt… vêtu uniquement d'un boxer noir moulant. Puis il enfila prestement un short et un T-shirt, glissa les pieds dans des sandales en cuir élimé et secoua la tête pour aérer ses cheveux.

— Vous êtes prête ?

Totalement subjuguée par la vision de son corps quasi nu, Stephanie eut du mal à retrouver sa voix pour acquiescer.

— Oh, attendez une seconde, reprit-il en refermant le hayon. J'ai oublié quelque chose.

Avant qu'elle ait le temps de deviner ce qu'il allait faire, il l'attira contre lui et l'embrassa sur les lèvres.

Sa bouche était chaude, douce, délicate. Ils se connaissaient à peine et le choc lui mettait les nerfs à vif, mais très vite ce baiser, telle une vague bienfaisante, l'apaisa et annihila sa résistance.

Incapable de s'en empêcher, elle l'embrassa en retour,

savourant l'odeur d'océan de sa peau, le goût salé de ses lèvres. L'alchimie qui s'opérait entre eux parut arrêter le temps. Même s'il lui entourait la taille de ses mains, elle laissa les siennes pendre de crainte de ce qui risquait d'arriver si d'aventure elle les posait sur ses larges épaules. Cependant, elle en mourait d'envie. Elle brûlait d'explorer chaque centimètre du corps de Phil Hanson, comment ne pas le reconnaître.

Une flambée de plaisir s'allumait en elle, envoyant de délicieuses étincelles à travers tout son corps et la faisant se sentir plus femme que jamais. Elle n'avait pas ressenti ce type de réaction depuis l'époque où elle était tombée amoureuse de son mari.

Son *ex*-mari.

L'enchantement se brisa net. En dépit du fait que les baisers de Phil se révélaient très troublants, à la fois délicats et impudiques, et qu'elle aimait vraiment beaucoup sa manière de la tenir dans ses bras, l'évocation de son impitoyable ex-mari gâcha ce délicieux moment.

Comme elle s'écartait de lui, Phil observa son visage avec attention. A en croire son regard interrogatif, il comprenait qu'il se passait quelque chose et il respectait cette barrière, quelle qu'elle soit.

Du moins, pour l'instant.

Car, dans les profondeurs marines de ses yeux, elle lisait très clairement que le plaisant interlude allait se renouveler dès que possible. Ce n'était qu'une question de temps.

Cette promesse implicite la ravit et l'effraya à la fois.

4.

Pas encore tout à fait remise de l'interlude de la plage, Stephanie s'efforçait de se concentrer sur son hot dog plutôt que sur l'homme incroyablement attirant assis avec elle à la petite table métallique plantée devant le stand de restauration rapide de Cabrillo Boulevard.

— Vous surfez depuis l'âge de douze ans, c'est bien ça ? demanda-t-elle.

Elle était capable de faire face à un repas sur le pouce avec Phil. Si elle se le répétait suffisamment, peut-être parviendrait-elle à le croire.

— En effet. J'avais du talent, répondit-il avec un sourire qui accéléra les battements de son cœur.

En matière de baisers aussi, il était talentueux.

— Et j'étais très gâté, mes parents me laissaient faire à peu près tout ce que je voulais. A quatorze ans, j'ai été engagé sur le Corona Pro Surf Circuit, et ensuite…

Il lui décocha un autre de ses irrésistibles sourires.

— … tout s'est enchaîné.

— Pour moi qui ai grandi dans le désert, le surf n'était pas vraiment à l'ordre du jour. Je suis plutôt une adepte du volley-ball.

— Avez-vous déjà joué au beach-volley ?

— Non, jamais.

— Des gens font des parties tous les week-ends juste au bout de la rue.

— Ah oui, je me souviens avoir vu les filets le jour de mon arrivée en ville.

— Alors, qu'en dites-vous ? Ça vous plairait de tester ça demain ?

— Et Robbie ?

— Je l'amènerai.

La gorge serrée, Stephanie le regarda en silence.

— Vous me percez à jour, n'est-ce pas ? A dire vrai, j'ai besoin d'aide pour divertir mon petit frère et je suis déjà à court d'idées.

— Eh bien, ne comptez pas sur moi.

— Quel est le problème ? Je veux dire, je n'ai jamais vu…

Devait-elle se confier à lui ? Elle le connaissait à peine, même s'il l'avait embrassée. Méritait-il de connaître son secret le plus intime simplement parce qu'il était curieux ?

— Le fait est que…

Deux ans plus tôt, elle s'était fait ligaturer les trompes pour ne pas laisser de place au hasard.

Non. Mieux valait rester dans le vague.

— … je suis nulle en matière d'enfants.

— Pourtant, vous mettez des bébés au monde.

— Je mets au monde les bébés des *autres femmes*, souligna Stephanie.

Puis elle mordit de nouveau dans son hot dog tout en s'efforçant de prétendre qu'il n'y avait rien de contradictoire dans sa déclaration.

Phil avala sa dernière bouchée, but une rasade de Coca et s'essuya la bouche. L'incohérence de Stephanie l'intriguait — une obstétricienne qui ne saurait pas s'occuper de bébés ! Et dans le même temps elle devenait la petite amie rêvée pour lui. Quand une femme ne voulait pas d'enfants, le mariage ne semblait pas être sa priorité. Et puisque le mariage ne le tentait pas non plus, peut-être pourraient-ils prendre un peu de bon temps ensemble.

Restait que sa prétendue nullité en matière d'enfants n'était pas anodine. Il avait remarqué que ses superbes yeux couleur d'ambre se voilaient lorsqu'il était question de bouts de chou. Quelque chose l'avait fait atrocement souffrir et sans doute était-ce la raison qui la poussait à éviter les enfants. Il revit en pensée le moment où il était retourné au centre médical le premier soir. Il avait vu de la terreur dans son regard et elle s'était enfuie comme si le diable était à ses trousses. Il devait marcher sur des œufs avec elle dans ce domaine, sinon elle se fermerait de nouveau.

— Ce n'est pas étonnant que vous ayez paru si mal à l'aise quand je vous ai laissé Robbie.

Elle eut un petit rire d'autodérision.

— Mal à l'aise est une formulation bienveillante.

— Ah mais, je suis quelqu'un de bienveillant, ne le saviez-vous pas ? plaisanta-t-il afin d'alléger l'atmosphère. Alors, ai-je la moindre chance de pouvoir vous faire changer d'avis à propos de demain ?

Posant une main sur la sienne, il eut aussitôt conscience de sa fragilité.

— Peut-être une autre fois.

— En d'autre termes : fichez-moi la paix, Phil ?

— Pas du tout.

Dans son regard qui croisa brièvement le sien, il décela un message subtil. Même si le duo qu'il formait avec Robbie la rebutait, il ne lui parut pas du tout exclu qu'elle s'intéresse à lui en tant qu'homme célibataire. Dès qu'il aurait renvoyé le petit bonhomme dans ses foyers, il aurait le temps d'apprécier sa compagnie — dans la plus stricte intimité, si possible. D'autant que leur baiser avait confirmé ce qu'il soupçonnait depuis le premier jour : une alchimie s'opérait entre eux.

— Message reçu. Mais lorsque Robbie retournera chez ses parents, j'aimerais avoir un véritable rendez-vous avec vous.

Sa petite main fine se tourna sous la sienne. Maintenant que leurs paumes se touchaient, une image des plus stimulantes lui vint à l'esprit, accompagnée de l'envie de l'emmener sur-le-champ chez lui pour ne plus faire qu'un avec elle. Mais il ne fallait pas y songer.

— Entendu.

Elle battit des cils, soutint son regard une fraction de seconde puis elle retira sa main.

Encore émoustillé par leur baiser, il sentit monter en lui

une nouvelle bouffée de sensualité. L'alchimie, entre eux, se révélait indéniable.

— Entendu ? En ce cas, prenons rendez-vous tout de suite, comme ça j'aurai quelque chose à attendre avec impatience.

On était samedi soir à présent et, la gorge nouée, Phil regardait Robbie dormir. Le sommeil du petit bonhomme était agité et entrecoupé de quintes de toux. Il se tournait et se retournait ; de temps à autre ses paupières s'ouvraient brièvement, battaient et se refermaient, comme s'il essayait désespérément de rester endormi malgré la constante irritation de ses voies aériennes.

Son monde deviendrait déjà assez difficile lorsqu'il grandirait et s'apercevrait que les autres gamins le regarderaient bizarrement et peut-être refuseraient de jouer avec lui.

— Pauvre petit chou, murmura-t-il, le cœur étrangement serré.

Que lui arrivait-il ?

Pour la énième fois, il remonta la couette sous le menton de son petit frère avant de gagner la cuisine pour boire un verre d'eau. Cela avait pris quelques jours mais à présent ils avaient mis au point un rituel du soir qui les satisfaisait l'un et l'autre : Phil lisait un livre d'images à Robbie puis, une fois celui-ci endormi, il pouvait retourner dans son propre lit.

Lorsque Robbie ne dormait pas, Phil ne dormait pas non plus, évidemment. Comment Roma et Carl s'étaient-ils débrouillés ces quatre dernières années ?

Et quand Phil ne dormait pas, Stephanie occupait ses pensées. Peut-être avait-il profité de la situation en l'embrassant sur la plage — même si elle avait pris une part active à ce baiser. Il avait cédé à une impulsion. Elle paraissait si douce et vulnérable, totalement différente de la femme qu'elle était au centre médical. Bref, il avait souhaité l'embrasser et il se réjouissait de l'avoir fait.

Il n'avait pas donné un baiser aussi dénué d'exigence depuis le lycée. L'air blessé et fragile de Stephanie le rendait particulièrement prudent en même temps qu'il agissait sur lui comme un aimant. Contre toute logique, alors qu'il ne disposait que de quelques semaines, il se promit de laisser les choses évoluer lentement entre eux, de lui octroyer une grande liberté d'action. Même si cela le tuait…

Il se mit à faire les cent pas dans la cuisine. Stephanie était jolie et intelligente mais d'apparence discrète. Au soleil, ses cheveux roux prenaient l'éclat du cuivre. Quant à ses yeux, souvent ils avaient la couleur d'un délicieux miel liquide. Et elle était douce et gentille tout en restant réservée.

Il se gratta pensivement la joue. Qu'y avait-il de significatif dans cette description ? Tout ce qu'il savait avec certitude, c'était qu'une réaction se produisait au plus profond de lui chaque fois qu'il la voyait. Ça n'était pas normal. Du moins, pour lui.

Robbie toussa de nouveau.

Grâce à la ruse qui consistait à faire atterrir un « avion » — une cuiller emplie de glace — dans la bouche d'un enfant afin qu'il l'ouvre en grand, et à éclairer la piste d'atterrissage à l'aide d'une lampe stylo, il avait pu écarter l'hypothèse de végétations adénoïdes. Et, pour être honnête, l'expérience s'était révélée amusante. Il était en train d'avoir un aperçu du statut de parent et il s'apercevait que certains de ses aspects ne lui déplaisaient pas.

D'autres toussotements le ramenèrent dans la chambre d'amis. Robbie avait les fesses à l'air et le pouce dans la bouche. La canule nasale qu'il lui avait posée à titre d'essai avait été retirée et envoyait à présent le léger flux d'oxygène sur le front de l'enfant au lieu de l'expédier dans ses poumons. Phil secoua la tête en souriant. C'était quelqu'un, ce petit bonhomme. L'idée lui vint de prendre une photo, mais il la repoussa. D'une part, il ne voulait pas risquer de réveiller Robbie et de l'autre ce serait agir exactement comme Jon, or il ne tenait pas du tout à s'engager dans cette voie.

Robbie se retourna et toussa de nouveau. Frustré, Phil passa machinalement une main dans ses cheveux. Il avait besoin de lui faire une bronchoscopie, d'étudier son cas à fond et éventuellement de le mettre sous pression positive continue. Pour l'instant la question à mille dollars était : où pourrait-il caser cette bronchoscopie dans son emploi du temps surchargé ?

A moins que... Une idée jaillit dans son esprit et s'y incrusta. Les gens n'étaient-ils pas censés affronter leurs démons afin de pouvoir aller de l'avant ? Peut-être un petit pas à la fois. Oui, ça pourrait marcher. Si les choses se passaient comme il l'espérait, il bénéficierait d'une assistante mardi soir. Quel dommage pourrait causer la présence d'un enfant sédaté ?

Peut-être aurait-il enfin la preuve que son petit frère souffrait de trachéobronchomalacie. Et ensuite, s'il se débrouillait bien, peut-être pourrait-il passer un peu de temps avec l'adorable fille du désert.

Le mardi, en fin d'après-midi, Stephanie sirotait un café, assise à son bureau, tout en étudiant son emploi du temps des jours suivants — sauf que son esprit ne cessait de dériver vers un certain interlude au bord de la plage. Certes, elle manquait de pratique, mais était-elle une si piètre partenaire, en matière de baiser, qu'elle ait complètement rebuté Phil ?

Depuis lors, elle n'avait fait que l'apercevoir au détour d'un couloir et même si elle n'aurait pas dû se soucier le moins du monde de ce qu'il pensait d'elle ou de sa manière d'embrasser, elle se sentait aussi peu sûre d'elle que si elle était encore lycéenne. Comme si elle avait commis une erreur en lui permettant de l'embrasser — bien qu'elle en ait eu très envie.

Maudissant cette insécurité digne d'une adolescente, elle finissait son café lorsque l'objet de ses pensées apparut dans l'encadrement de sa porte.

— Vous avez des projets pour ce soir ? s'enquit-il.

Allez savoir pourquoi, elle se sentit soudain le cœur plus léger.

— Quelques-uns. Rien de très important.

— Accepteriez-vous de me rendre un grand service ?

Comme elle n'avait prévu qu'un peu de shopping au Paseo, pourquoi pas ? Cela étant, ne l'avait-il pas évitée durant deux jours ? Elle n'avait pas à lui faciliter la tâche.

— Ça dépend, répondit-elle.

— De ce que vous avez à y gagner, vous voulez dire ?

— Ça dépend de ce que vous voulez que je fasse.

— Et si je commençais par vous dire comment je vous remercierai ? proposa-t-il avec un petit sourire en coin.

Il se croyait fin stratège mais il n'était pas question qu'elle se laisse embobiner.

— Je suis réfractaire aux pots-de-vin, docteur Hanson. Tout comme aux enfants. Désolée.

Il inclina la tête et son sourire s'élargit.

— Très bien. Je vais vous dire toute la vérité, *docteur Bennett*.

Traversant la pièce, il s'assit sur le bord de son bureau. Aussitôt la senteur musquée de son eau de toilette de luxe lui emplit les narines.

— Cela implique bien un enfant. Mon petit frère pour être plus précis. Mais voilà le problème : j'ai besoin d'examiner ses poumons ce soir et j'ai besoin de l'aide d'un professionnel pour rendre l'examen légal. Vous êtes partante ?

Stupéfaite, elle le dévisagea.

— Ce n'est pas comme si vous étiez sollicitée pour une séance de baby-sitting. Il s'agit d'un processus technique pour lequel j'ai besoin de votre concours, c'est tout.

— Dans l'optique de confirmer le diagnostic de trachéobronchomalacie ?

— Absolument. Et de démarrer le traitement.

— Et qu'en pensent votre père et votre belle-mère ?

— J'ai finalement obtenu leur accord.

— Je ne connais absolument rien en matière d'anesthésie pédiatrique.

— Je m'occuperai de tout. J'aurai juste besoin que vous surveilliez les constantes de Robbie et que vous injectiez les substances nécessaires pendant que je pratiquerai la bronchoscopie.

Tandis qu'elle réfléchissait, elle commit l'erreur stupide de le regarder dans les yeux — lesquels lui évoquèrent l'océan sous le magnifique soleil de samedi. Si elle n'avait qu'un rôle secondaire à jouer, peut-être pourrait-elle…

— A quelle heure ?

— Je dois aller le chercher à la garderie dans dix minutes. Disons… dans une demi-heure ?

Cela ne lui laissait guère de temps pour réfléchir ou changer d'avis.

— D'accord, répondit-elle.

Aussi naturellement que s'ils se connaissaient depuis toujours, Phil l'embrassa sur la joue.

— Vous êtes la meilleure, conclut-il avant de disparaître.

Le tout nouveau local équipé du matériel dernier cri offrait l'environnement idéal pour l'examen de Robbie. Depuis que Jason l'avait fait installer au sein du Midcoast Medical, Phil n'avait plus à se rendre à l'hôpital pour pratiquer ses bronchoscopies, ce qui lui évitait d'abandonner son cabinet et permettait à son infirmière de travailler désormais à plein temps.

Mais cet examen-ci se déroulait en dehors des heures d'ouverture du centre médical et pour remplacer son infirmière, il avait recruté une fantastique assistante : Stephanie.

Se surprenant elle-même, elle avait maintenu le bras de Robbie pour permettre de poser la perfusion alors qu'il se débattait comme un petit diable puis elle l'avait distrait en lui chantant un pot-pourri de comptines amusantes. Robbie avait même pouffé de rire à plusieurs reprises. Si elle était aussi réfractaire aux enfants qu'elle le prétendait, comment se faisait-il qu'elle connaisse toutes ces chansonnettes ?

En tenue de chirurgien, ganté et masqué, Phil regardait à présent Stephanie glisser le capteur de l'oxymètre au doigt de Robbie, relier celui-ci au moniteur cardiaque. Lorsqu'elle l'eut mis sous oxygène, il lui indiqua la dose pédiatrique standard de fentanyl et de benzodiapine.

— Ne le prenez pas mal, mais je n'utilise le Propofol que lorsque j'ai un anesthésiste avec moi, ajouta-t-il, lui souriant à travers son masque.

— Oh, croyez-moi, je ne le prends pas mal. Je me sens déjà tout à fait hors de mon élément ici.

D'un geste preste et sûr, elle injecta les drogues dans la perfusion et quelques secondes plus tard, Robbie glissait dans un sommeil léger.

— Ce matin j'avais prévenu l'école qu'il devrait rester à jeun mais le petit monstre aime tellement manger qu'il a failli chiper un en-cas vers 3 heures. Par chance, ils l'ont surpris à temps sinon nous aurions eu quelques soucis, dit-il, enclenchant le dispositif d'aspiration à l'aide de son coude pour le cas où le garnement aurait tout de même avalé quelque chose et vomirait. Je vais utiliser un masque laryngé pédiatrique plutôt qu'une sonde d'intubation, poursuivit-il, lubrifiant le minuscule appareil en silicone et insérant la canule dans la bouche de l'enfant.

Celui-ci n'eut aucune réaction.

— Grâce à ce système, je n'ai même pas besoin de laryngoscope.

Joignant le geste à la parole, Phil introduisit le tube flexible de son bronchoscope dans la trachée de Robbie.

— Vous voyez ça ? demanda-t-il à Stephanie, dont le regard allait de l'écran digital qui permettait de suivre la procédure, à celui du moniteur cardiaque et à Robbie qu'elle surveillait aussi de visu.

Aucun doute n'était plus possible : un collapsus anormal de la paroi trachéale se produisait pendant que Robbie était sous sédation et la même anomalie se réitérait la nuit lorsqu'il dormait.

— C'est une trachéobronchomalacie classique, conclut-il.

Et, sans plus attendre, il retira le tube du bronchoscope puis le masque laryngé. Bien que sédaté, Robbie toussa et crachota.

— Tout ce dont Robbie a besoin, c'est d'une pression

positive continue durant son sommeil de sorte qu'il n'ait pas à tousser chaque fois que sa trachée se bouche.

— Voilà une excellente nouvelle, répondit Stephanie, couvant l'enfant des yeux telle une mère poule.

Bientôt celui-ci commença à se réveiller.

— Ça y est, moussaillon, nous avons fini, lui dit Phil. Tu es avec nous, maintenant ?

Battant des paupières, Robbie s'efforça de sortir du flou de l'anesthésie.

— Pouvez-vous le surveiller quelques minutes, le temps que je nettoie mes appareils ? demanda-t-il à Stephanie.

Celle-ci acquiesça de la tête tout en ôtant son masque qu'elle laissa pendre autour de son cou.

Comme beaucoup d'enfants sédatés, Robbie se réveilla en pleine confusion, aussi se mit-il à pleurer et à s'agiter. De son côté, Phil s'affairait aussi vite qu'il le pouvait.

— Tout va bien, Robbie. Je suis là, tout près de toi, lui dit-il d'un ton apaisant.

Entendant son demi-frère se calmer presque instantanément, il sourit, ravi que sa voix fasse merveille. Mais lorsqu'il regarda par-dessus son épaule, son sourire s'élargit encore devant le tableau qu'il découvrit.

La gynécologue réfractaire aux enfants tenait la main de Robbie dans la sienne et la tapotait gentiment.

— Ça vous dirait de dîner avec moi et de me tenir compagnie ce soir pendant que j'aide mon petit frère à récupérer ? s'entendit-il proposer.

Elle resta une seconde immobile et muette, puis elle lâcha la main de Robbie.

— Je ne peux pas, Phil. Je suis désolée.

Le mercredi matin, après une longue conversation téléphonique avec sa mère, Stephanie reposa le combiné en soupirant. Elle avait prétexté être de garde pour éviter d'aller célébrer Thanksgiving dans sa famille, et elle s'attendait désormais à recevoir sous peu un coup de fil de sa sœur.

Or Mary savait faire pression sur elle quand il s'agissait de respecter les traditions familiales. Raison de plus pour démarrer ses consultations au plus vite.

Phil l'avait surprise la veille au soir, à la fois par sa dextérité et par son extrême tendresse envers son petit frère. Plus elle le connaissait, plus elle soupçonnait que sa réputation de play-boy n'était qu'une façade. Et, finalement, l'assister durant la bronchoscopie ne s'était pas révélé aussi terrible qu'elle l'avait redouté. Peut-être s'habituait-elle à lui. Reste qu'un désir aussi ardent que douloureux lui avait étreint le cœur lorsqu'elle avait surveillé le sommeil de Robbie. Si seulement... Si seulement son fils pouvait être encore en vie !

Fermant les yeux, elle fit appel à toute sa volonté pour retenir ses larmes lorsque son infirmière lui annonça que sa première patiente était dans sa salle d'examen.

Dieu merci ! Rien de tel que le travail pour se distraire de ses pensées.

Au milieu de la matinée Amy lui apporta une poignée de résultats d'analyses et de compte-rendus d'examens, qu'elle se hâta de parcourir, à l'affût de deux d'entre eux. Le premier lui apprit une bonne nouvelle : Mme Winkler présentait un simple kyste ovarien. Le second, en revanche, n'était pas aussi positif. Le frottis vaginal de Celeste Conroy montrait des cellules anormales.

Elle n'eut pas d'autre choix que de téléphoner à la jeune femme pour la mettre au courant.

— J'aimerais pratiquer une colposcopie. Il s'agit d'un simple examen visuel du vagin et du col de l'utérus, que l'on pratique à l'aide d'un appareil d'optique grossissant, lui expliqua-t-elle après l'avoir rassurée de son mieux. Et en même temps, je ferai une petite biopsie de la zone touchée qui nous permettra de mieux cerner le problème.

Après un bref silence, durant lequel la patiente dut assimiler les informations, plusieurs questions fusèrent, auxquelles Stephanie répondit le plus clairement et le plus complètement possible.

Puis, après avoir passé plusieurs minutes à la convaincre

de prendre rendez-vous pour le surlendemain matin — le lendemain du jour férié en l'honneur de Thanksgiving —, elle mit fin à la conversation.

Maintenant, elle avait une bonne raison de rester à Santa Barbara : elle voulait être reposée et au mieux de sa forme vendredi. Mary pourrait bien exercer toutes les pressions qu'elle voudrait, elle n'irait pas à Palm Desert partager le traditionnel dîner du quatrième jeudi de novembre.

Quant au coup de fil qu'elle passa ensuite, ce fut un réel plaisir que d'annoncer à Mme Winkler qu'elle n'avait qu'un banal kyste de l'ovaire. Rien de plus.

— Alléluia ! s'écria celle-ci et ce cri du cœur la fit sourire. Merci, docteur Bennett. Merci infiniment !

Durant la pause de midi, alors qu'elle grignotait une portion de riz cantonais réchauffé au micro-ondes tout en échangeant quelques mots avec deux infirmières, Stephanie s'avisa soudain qu'elle n'avait pas vu Phil de toute la matinée. Il lui vint aussi à l'esprit que Thanksgiving serait une journée morne et solitaire pour elle. Terrée dans sa chambre d'hôtel, elle regarderait de vieux DVD tout en prétendant qu'il s'agissait d'une simple journée de repos. Peut-être s'offrirait-elle un sandwich à la dinde garni de sauce aux airelles qu'elle achèterait chez le traiteur du coin. Et puis elle suivrait à la télé la fameuse parade de Thanksgiving de New York, songea-t-elle, le regard perdu dans le vague.

— Je parie que vous vous demandiez où j'étais, dit tout à coup la voix de Phil derrière elle.

— Qu'est-ce qui vous fait croire que j'ai remarqué votre absence ? répondit-elle sur le même ton badin en le regardant par-dessus son épaule.

— Nous, nous avons remarqué que vous n'étiez pas là, dit l'une des deux infirmières qui partageaient la grande table de la cuisine avec elle.

L'expression satisfaite qui s'installa sur le visage de Phil la fit pouffer de rire.

— Merci, Tamara et Stacy. Je suis heureux que quelqu'un s'en soit aperçu, dit-il.

Puis, s'asseyant tout près de Stephanie bien qu'il y ait davantage de place de l'autre côté de la table, il tira deux tacos aux crevettes du sachet en papier kraft qu'il avait apporté.

— Vous savez, c'est ce que j'apprécie chez vous, Stephanie. Vous n'êtes pas sous mon charme.

Elle faillit avaler de travers sa gorgée d'eau pétillante.

— Vous avez du charme ? ironisa-t-elle — même si elle faisait probablement déjà partie de la cohorte de femmes tombées sous le charme en question.

— Il paraît.

— Et c'est vrai, confirmèrent en chœur les infirmières.

Elle ne put s'empêcher de rire.

— Eh bien, pour le charme, je ne sais pas, mais je sais avec certitude que vous avez une tache de confiture sur la chemise.

Il baissa les yeux sur son torse.

— En effet. Elle vient sans doute de la tartine que j'ai faite à Robbie ce matin.

Avec chaque jour qui passait, porteur de nouveaux petits détails le concernant, Phil devenait plus craquant, plus… irrésistible.

Sauf qu'elle n'était pas intéressée.

— Alors, où étiez-vous ?

— A la maternelle, évidemment. C'est devenu ma deuxième maison. Je me demande vraiment comment fait Roma !

— Il ne faut pas que ça vous monte à la tête, Phil, mais je trouve que vous remplacez très bien vos parents.

— Dieu merci, ils rentrent ce soir. Je compte les heures.

Leur déjeuner terminé, les infirmières annoncèrent qu'elles allaient marcher un peu sur la plage avant les consultations de l'après-midi lorsqu'une jeune femme brune entra dans la pièce, un bébé bien emmitouflé dans les bras et escortée de Jon.

— Bonjour, docteur Munroe ! s'écria Tamara en se précipitant pour regarder le nouveau-né. Oh ! Il est adorable. Puis-je le tenir ?

— Bien sûr, répondit la gynécologue en titre, rayonnante d'orgueil maternel.

Se levant, Phil jeta un coup d'œil sous la couverture qui enveloppait le bébé.

— Incroyable comme il ressemble au poupon des photos !

La jeune maman leva les yeux au ciel.

— Jon aurait-il ennuyé tout le monde avec ses innombrables clichés ?

Phil acquiesça, mais les infirmières protestèrent, affirmant qu'elles adoraient les photos de bébés.

— A propos, Rosie, je te présente Stephanie Bennett, ta remplaçante, avança Jon, l'air embarrassé et visiblement désireux de changer de sujet. Stephanie, comme vous l'avez deviné, voici Rosie Munroe.

Elles se serrèrent cordialement la main, ravies de lier connaissance, puis, tandis que Jon faisait passer son fils de bras en bras, Stephanie parla à Rosie du frottis anormal de Celeste Conroy et du protocole qu'elle avait prévu pour le surlendemain. Rosie approuva sans réserve.

— Voulez-vous que je l'appelle pour lui assurer que je suis en total accord avec vous ?

— Volontiers. Merci.

— Bon. Qui veut une dernière chance de cajoler Evan avant que j'emmène Rosie déjeuner, demanda Jon qui avait récupéré son fils mais semblait prêt à le partager encore un peu. Stephanie ?

Joignant le geste à la parole, il lui présenta le bébé et elle se figea. Oh Seigneur ! Pouvait-elle refuser ? Son cœur martelait sa poitrine ; son sang pulsait dans ses oreilles. Elle ne voulait pas offenser ce couple qu'elle appréciait.

— Avec plaisir, répondit-elle.

Un sourire forcé aux lèvres, elle se mit à bercer le bébé — aussi loin que possible de sa poitrine.

— Qu'est-ce que tu es mignon, réussit-elle à articuler avant que les souvenirs de son fils gazouillant dans ses bras ne l'assaillent et ne coupent sa respiration.

Battant des paupières pour repousser les douloureuses images, elle rendit Evan à Rosie.

— Vous devez être très fière, lui dit-elle d'une voix qu'elle eut toutes les peines du monde à raffermir.

Le grand sourire qui illumina le visage de la jeune maman lui donna la réponse. Celle-ci pressa le bébé contre son cœur et déposa un baiser sur sa joue.

— *L'adore, ce p'tit bonhomme, moi,* susurra-t-elle.

Jon se frotta le nez en riant.

— Quelqu'un connaît-il un remède pour une femme instruite qui se met soudain à parler comme un bébé ?

Les infirmières pouffèrent.

— C'est l'un des effets de la maternité, doc, affirma Stacy. Ne le savez-vous pas ?

Les nerfs à vif, Stephanie rassembla toute sa volonté pour empêcher ses mains de trembler. Lorsqu'elle avait plongé son regard dans les magnifiques prunelles grises du bébé, elle avait vu Justin. Et lorsqu'elle avait relevé les yeux, elle avait surpris Phil en train de la regarder intensément alors que son souffle se bloquait dans sa poitrine.

Elle endura tant bien que mal l'épreuve des au revoir, puis, dès le départ du couple, elle sortit dans le magnifique jardin de la demeure victorienne. Elle éprouvait le besoin de respirer de nouveau, de se ressaisir dans un environnement calme et paisible.

Les yeux clos, elle écoutait les oiseaux gazouiller dans le gros chêne vert de Californie quand Phil la rejoignit. Elle se crispa de nouveau. Sans doute avait-il remarqué ce qui venait de se produire. Et elle avait si mal joué la comédie que tous les autres auraient sans doute aussi relevé ses maladroites tentatives pour se comporter normalement… s'ils n'avaient été aussi accaparés par le bébé.

— J'aimerais savoir ce que vous ferez demain, dit-il.

Même si c'était là un autre sujet sensible, elle accueillit le changement avec plaisir. Encore que… Comment exprimer le fait qu'elle n'avait aucun projet précis sans passer pour une pauvre petite chose pitoyable ?

— J'envisage de passer une journée tranquille, répondit-elle après réflexion.

Il la regarda pensivement.

— Ma belle-mère est une fantastique cuisinière qui m'a promis un mémorable dîner de Thanksgiving pour me remercier d'avoir pris soin de Robbie, et je me disais que vous apprécieriez peut-être d'être mon invitée personnelle. Qu'en dites-vous ? Délicieuse nourriture. Compagnie encore meilleure…

Inclinant la tête sur le côté, il l'enveloppa d'un regard enjôleur.

— Robbie sera si heureux de retrouver ses parents qu'il vous laissera tranquille, je vous le promets.

Phil était la distraction qu'il lui fallait — un homme totalement ignorant de son passé et qui s'abstenait de poser des questions.

Avait-elle vraiment besoin de réfléchir ? Chambre d'hôtel, DVD et sandwich, ou invitée personnelle ?

— Eh bien, j'accepte volontiers votre invitation.

Le sourire rayonnant qu'il lui décocha l'assura qu'elle avait pris la bonne décision, et qu'elle avait embelli sa journée. Depuis quand n'avait-elle eu une telle prise sur un homme ? C'était une sensation délicieuse.

Il semblait vouloir l'embrasser de nouveau et peut-être était-ce exactement ce dont elle avait besoin en ce moment, un baiser qui lui fasse tout oublier, mais son biper vibra et lorsqu'il jeta un bref coup d'œil au petit écran, son visage se rembrunit.

— C'est l'école, dit-il dans un soupir. Une fois de plus.

A la fin de l'après-midi, ce fut un Phil à l'air contrarié qui apparut à la porte du bureau de Stephanie.

— Quelque chose ne va pas ?

— Ce satané temps ! maugréa-t-il.

Elle regarda le magnifique ciel bleu à travers la fenêtre avant de reporter les yeux sur lui.

— Pour ma part, je le trouve plutôt agréable.

— Je parle du temps qu'il fait à Hawaii. Ils essuient une tempête terrible et le vol de retour de mes parents a été reporté à vendredi. Par conséquent, nous pouvons dire adieu au dîner de Thanksgiving.

Elle ne put nier la déception qui l'envahit. L'invitation avait soulevé en elle une délicieuse attente teintée d'excitation, une curiosité à l'égard de sa famille, sans compter le plaisir anticipé d'un délicieux repas. Et maintenant une tempête tropicale anéantissait tout cela.

— Quelle déconvenue… pour eux. Je suis sûre qu'ils ont hâte de retrouver Robbie, dit-elle.

C'est alors que Phil fit claquer ses doigts.

— J'ai une idée. Venez chez moi demain après-midi, je commanderai un dîner traditionnel. Ce sera amusant et vous pourrez m'aider à réchauffer les plats. Qu'en dites-vous ?

Elle avait balancé d'une extrémité à l'autre du pendule émotionnel à propos de ce Thanksgiving et voilà que la donne se modifiait. Hôtel, DVD, sandwich ou après-midi avec un homme séduisant — et Robbie ?

En fait, tout se ramenait à une question de désir. Voulait-elle recommencer à vivre ou continuer à survivre ? Hôtel, DVD, sandwich… ou…

La réponse s'imposait d'elle-même.

— A quelle heure ?

5.

Vers 13 heures, le lendemain, vêtue d'un jean et d'un top couleur citrouille, une écharpe imprimée de feuilles aux teintes automnales jetée sur ses épaules et une bouteille de vin rouge à la main, Stephanie arriva chez Phil — un cottage niché dans les collines, avec le miroir scintillant de l'océan pour horizon. Inspirant une grande bouffée d'air frais, elle admira le superbe panorama, consciente, soudain, que le nœud qui lui comprimait habituellement le ventre se desserrait.

Le site de Santa Barbara différait totalement de celui de sa ville natale, encaissée entre de hautes montagnes aux flancs abrupts et dénudés. Tous deux étaient pittoresques, uniques, superbes, mais, selon elle, aucune forêt de cactus géants ou d'arbres de Josué ne pouvait rivaliser avec le charme intemporel du Pacifique.

Envahie d'une étrange sensation de plénitude, elle sonna à la porte. Quelques secondes plus tard, le vantail s'ouvrit sur un Phil tout sourire portant Robbie dans son dos.

Après l'avoir saluée avec chaleur, il la fit entrer dans une vaste salle de séjour, claire et gaie. Le soleil entrait à flots par les hautes portes-fenêtres dans la pièce qui s'ouvrait sur une cuisine ultramoderne organisée autour d'un îlot central.

Il y avait des jouets partout. Des coussins et des livres gisaient çà et là en un fouillis vivant et sympathique.

Phil paraissait heureux et pour un célibataire endurci, il jouait à merveille son rôle de père de substitution.

— Nous nous amusions à galoper partout comme des fous, n'est-ce pas, Robbie ?

L'enfant acquiesça avec enthousiasme. Dès que Phil le reposa à terre, il courut vers un ballon sans paraître le moins du monde perturbé par le fait que Stephanie venait de pénétrer sur son territoire.

Peut-être s'habituait-elle à lui, elle aussi, car il n'avait déclenché en elle aucune alarme aujourd'hui. Ou peut-être était-elle simplement distraite par l'homme souriant qui se tenait debout devant elle, plus séduisant que jamais dans un jean et une chemise de cow-boy au col ouvert.

— Vous êtes superbe, dit-il. Comme toujours.

Elle sentit ses joues s'empourprer.

— Merci.

Il y avait si longtemps qu'elle n'avait pas entendu de compliment de ce genre. Le servait-il à chacune de ses « invitées » ?

— Je le pense, insista-t-il, comme s'il avait lu dans ses pensées.

— Je vous crois.

— Parfait.

— Votre maison est sensationnelle, reprit Stephanie, impatiente de changer de sujet.

— Je trouve aussi, répondit Phil avec un petit rire. Je n'habite ici que depuis quelques années mais je crois que j'ai trouvé mon chez-moi.

Comme elle lui tendait la bouteille de vin, il la remercia et emporta son cadeau dans la cuisine où elle le suivit, laissant ses doigts glisser sur les plans de travail en granit et s'émerveillant des appareils ménagers dernier cri en acier brillant. C'était un foyer de rêve pour une famille. Que faisait un célibataire comme Phil dans un décor pareil ?

— Votre « chez-vous » vous ressemble bien peu.

— Vous croyez cela ? J'ai passé un an à le chercher et j'ai bien l'intention de m'y fixer.

— Vous ? Vous envisagez de vous fixer ?

— Ecoutez, ce n'est pas parce que le mariage ne m'intéresse pas que je n'ai pas envie d'avoir une maison bien à moi. Je n'ai aucun doute quant à l'endroit où je veux passer le reste de ma vie.

— Nous ne savons vraiment rien l'un de l'autre, n'est-ce pas ? commenta Stephanie avec un sourire.

— Eh bien, je vais encore vous surprendre. Je me suis mis en cuisine aujourd'hui.

De fait, Stephanie prit conscience qu'une subtile odeur de rôti chatouillait ses narines.

— Vous ne deviez pas commander des plats préparés ?

— Je me suis dit que ça ne devait pas être sorcier de mitonner une dinde. Mon boucher m'a donné quelques conseils faciles à suivre.

Combien d'autres surprises gardait-il dans sa manche ?

— En tout cas, ça sent bon.

— Et vous allez adorer la sauce aux airelles. J'ai demandé à Roma de me faxer la recette, hier soir.

Elle rit. Pour la première fois depuis des années la célébration de Thanksgiving l'excitait.

— Voulez-vous boire quelque chose ? lui demanda Phil tout en lavant des légumes dans l'évier.

— Juste de l'eau, s'il vous plaît.

Il déposa un verre d'eau devant elle tandis qu'elle s'asseyait sur l'un des tabourets autour de l'îlot central.

— Ce sera mieux que de dîner toute seule dans votre chambre d'hôtel, non ?

— C'est sans comparaison ! J'ai l'impression d'être dans une publicité de *House Beautiful*.

Il sourit, visiblement content de sa description de son logis.

— Elles viennent de mon jardin, reprit-il en soulevant une poignée de carottes.

— Sans rire. Vous jardinez aussi ?

— Que voulez-vous, j'aime être au soleil, remuer la terre et arracher les mauvaises herbes. Mais ne le dites pas à nos collègues, ils n'arrêteraient pas de m'asticoter.

— Je serai muette comme une tombe, promit-elle.

— Vous êtes douée pour réduire des pommes de terre en

purée ? demanda Phil juste comme quelque chose frappait le bas du dos de Stephanie.

Se retournant, elle vit le ballon, objet du délit, et Robbie, une expression coupable sur le visage.

— Hé ! Je t'ai demandé de ne pas jouer avec ce ballon à l'intérieur, tu te souviens ? le gronda Phil.

— On va dehors ? S'il te plaît, Phil.

— Je suis occupé pour l'instant.

— Tout de suite ! insista Robbie, jetant cette fois le ballon droit dans l'estomac de Stephanie.

— Oh oh ! Tu vas avoir de gros ennuis, mon bonhomme !

Comme Phil se dirigeait vers lui, Robbie s'échappa en courant, mais il avait de petites jambes et Phil eut tôt fait de l'attraper et de l'asseoir sur sa hanche. Il se mit alors à pousser des cris en lançant des coups de pied.

L'air embarrassé, Phil regarda Stephanie.

— Parfois, je n'arrive pas à contrôler cet enfant.

— Si vous voulez, j'épluche les pommes de terre pendant que vous allez tous les deux dehors dépenser votre trop-plein d'énergie.

— Vous feriez ça ? C'est vraiment très gentil, Stephanie. O.K., petit monstre, nous allons jouer et tu vas recevoir une bonne raclée.

— Non ! C'est *toi* qui vas recevoir une bonne raclée ! rétorqua Robbie.

Stephanie ne put retenir un sourire. Tandis qu'elle les regardait sortir sur la vaste pelouse, parsemée d'hibiscus et de diverses variétés d'arbustes, une sensation étrange s'empara d'elle, qui ressemblait fort à une envie de se joindre à eux. L'ignorant de son mieux, elle gagna le plan de travail d'où tout en épluchant les pommes de terre elle put suivre à travers la fenêtre leur frénétique partie de… De quoi ? Elle l'ignorait. Sans doute s'agissait-il d'un jeu connu d'eux seuls. Robbie s'amusait comme un petit fou, riant, lançant la balle et courant en tous sens, et Phil endossait avec un plaisir évident le rôle du grand frère désireux de le rendre heureux.

Heureux.

Un mot rayé de son vocabulaire ces trois dernières années. Tandis qu'elle détaillait les pommes de terre en quartiers et les plongeait ensuite dans un récipient d'eau froide, elle s'arrêta sur l'irrésistible attrait de ce sentiment presque oublié, le bonheur. Ses lèvres s'étirèrent en un large sourire dont elle sentit l'effet se répandre dans tout son corps. Que c'était agréable de se sentir de nouveau heureuse !

Soudain, la révélation la frappa comme un coup de tonnerre. Elle était heureuse alors qu'un petit garçon se trouvait dans les parages. La gangue de culpabilité qui l'emprisonnait commencerait-elle enfin à se fissurer ?

Robbie était un gamin adorable. Justin était un souvenir qu'elle conserverait à jamais au fond de son cœur et n'oublierait jamais, mais Robbie n'était pas Justin. N'étant pas sa maman, elle n'était pas responsable de lui. Dès lors qu'avait-elle à craindre de sa part ? Voulait-elle passer le reste de sa vie à trembler devant tous les enfants ou était-il temps pour elle d'affronter ses peurs ?

Elle s'essuya les mains, traversa le salon et, prenant une profonde inspiration, sortit dans le jardin par l'une des portes-fenêtres.

— Euh…, commença-t-elle, parcourant la pelouse du regard.

S'arrêtant de courir, Phil lui lança un regard perplexe.

— Tout va bien ?

Elle passa nerveusement une main dans ses cheveux.

— Oui. Euh… Je me demandais…

Il s'approcha d'elle, une expression inquiète sur le visage. A cet instant, soutenir de nouveau sa thèse de docteur en médecine lui aurait semblé plus facile que formuler sa proposition. Elle prit une autre lente et profonde inspiration… et se jeta à l'eau.

— Accepteriez-vous un joueur de plus ?

Le temps que les pommes de terre soient bonnes à réduire en purée, Phil et Stephanie avaient rejoint la cuisine. Quant à

Robbie, il était suffisamment éreinté pour rester assis devant un dessin animé dans son petit coin de la salle de séjour.

— Je ferais bien de mettre ces ignames au four, dit Phil. C'est le seul plat que j'ai acheté tout préparé.

Par-dessus son épaule, elle regarda l'appétissant gratin parsemé de noix de pécan. Phil l'introduisit dans le four supérieur puis il vérifia la cuisson de la dinde dans le four inférieur, l'arrosant de son jus comme s'il avait fait ça toute sa vie.

— Mmm… Vous me mettez l'eau à la bouche, dit-elle, savourant le délicieux fumet qui s'était répandu dans l'air.

Courir à travers la pelouse avec Robbie et Phil avait aiguisé son appétit. Mieux, elle se sentait revigorée, tant émotionnellement que physiquement.

— Ce sera prêt dans une demi-heure. En attendant, je vais boire une bière. Que puis-je vous offrir ?

La dernière fois qu'elle avait bu un verre de vin remontait à si loin qu'elle ne s'en souvenait même plus.

— Je veux bien tester le cabernet que j'ai apporté.

— Entendu.

Quelque temps plus tard, lorsqu'ils eurent dressé la table, préparé la sauce aux airelles et disposé les plats sur la table, les quelques gorgées de vin qu'elle avait bues lui étaient déjà montées à la tête. La légère ivresse qui envahissait son corps réchauffait tout son être et amenait un sourire sur ses lèvres. Mais comment quelques doigts de vin pouvaient-ils suffire à l'enivrer ? Peut-être cette délicieuse sensation ne devait-elle pas grand-chose au cabernet et presque tout à Phil, à Robbie et à Thanksgiving.

Elle but une autre gorgée tout en admirant l'agencement tout simple de la table. Puis, sous l'impulsion du moment, elle saisit son sac et en tira son téléphone portable.

— Je vais prendre une photo. C'est tellement beau.

Pour commencer, elle immortalisa la dinde qui trônait au centre des plats, puis Robbie et Phil encadrant le volatile. Enfin, elle se photographia à bout de bras, entourée de ses hôtes, avec la jolie table en toile de fond. Trois clichés dignes d'être gardés, selon elle.

L'après-midi avait été si bien rempli qu'elle ne s'était pas autorisée à s'interroger sur la proximité de Phil, mais à présent qu'ils examinaient les photos ensemble, elle percevait sa chaleur et son magnétisme d'homme. Sans réfléchir, elle pivota, l'enveloppa de ses bras et l'embrassa sur la joue.

— Merci infiniment de m'avoir invitée, dit-elle.

Il l'étreignit en retour.

— Je suis très heureux de votre présence, répondit-il d'une voix de miel, l'éclat de la sincérité dans les yeux.

Il semblait même sur le point de l'embrasser quand Robbie s'écria, d'un ton péremptoire :

— Phil ! J'ai faim !

Il leva les yeux au ciel.

— Pouvez-vous imaginer à quel point il aurait été difficile pour moi de l'occuper cet après-midi si j'avait été seul ?

Elle rit en réponse — même si la question effaçait le compliment qu'il venait de lui faire.

— Je veux manger ! Tout de suite ! répétait Robbie.

— Très bien. Asseyons-nous et dînons, alors.

Ce « dîner » de Thanksgiving — qu'il était de tradition de commencer vers 4 heures de l'après-midi et qui constituait en fait un déjeuner tardif, ou un énorme goûter dînatoire — s'était déroulé encore mieux que Phil n'aurait pu l'espérer. Robbie s'était particulièrement bien tenu grâce à la fatigue engendrée par leur frénétique partie de ballon. Une partie à laquelle Stephanie s'était jointe, à sa plus grande surprise. Elle avait poursuivi Robbie à travers la pelouse sans la moindre retenue, comme si elle n'était plus dérangée par sa présence. Quel changement depuis la panique qu'il avait suscitée en elle, le premier soir !

Elle était plus animée qu'il ne l'avait jamais vue. Et cette animation qui faisait briller ses yeux superbes la rendait encore plus jolie, plus éblouissante. Dommage que ses propres paupières aient été si lourdes et son estomac si rempli qu'il n'avait plus l'énergie de se lever pour aller planter un baiser sur ses lèvres. Pourtant, s'il ne bougeait pas dans les secondes qui venaient, il allait s'endormir. Quelle détestable impression cela ferait !

— Restez assis, je vais débarrasser, dit-elle. C'est le moins que je puisse faire.

Il songea à protester, mais le canapé sur lequel il venait de se laisser tomber était moelleux et la télé diffusait l'habituel match de football de Thanksgiving — cette année il opposait les « Cowboys » de Dallas aux « Dolphins » de Miami. Pour couronner le tout, Robbie vint se blottir contre lui. Comment aurait-il pu refuser la proposition ?

— Merci Stephanie.

Revenant dans le salon après avoir mis le lave-vaisselle en route et fait un peu d'ordre dans la cuisine, Stephanie trouva Phil et Robbie endormis devant la télévision. Le cœur en vrille, elle se revit, son bébé dans les bras, épuisée, les paupières lourdes, tentée de se reposer juste un instant sur le sofa…

Phil ne savait-il pas à quel point c'était dangereux ? Se précipitant vers eux, elle souleva délicatement Robbie de manière à ne pas le réveiller ni déranger Phil. Comme elle ne pouvait pas s'attendre à ce qu'il reste endormi si elle le tenait à bout de bras, elle le pressa contre sa poitrine. Aussitôt, il noua instinctivement les jambes autour de sa taille et les bras autour de son cou, puis il lova sa tête dans le creux de son cou. Le cœur au bord des lèvres, elle sentit ses jambes vaciller. Il était tellement plus grand et lourd que Justin, son bébé de quatre mois.

Enlaçant étroitement l'enfant et déterminée à résister au vertige qui menaçait de la submerger, elle quitta la pièce puis longea le hall jusqu'à la chambre qui lui parut être la sienne. Elle pouvait faire ça ! se répéta-t-elle. Il était temps qu'elle se prouve qu'elle en était capable.

Tandis qu'elle le dévêtait, l'expression innocente de Robbie lui rappela celle de son fils. Justin avait toujours ressemblé à un ange dans son sommeil. *Maman t'aimera toujours, mon cœur. Pardonne-moi, je t'en supplie.*

Serrant les dents et repoussant ses larmes, elle ne put

s'empêcher de penser à ce qu'aurait été sa vie si elle avait couché son bébé dans son berceau ce soir-là. Aujourd'hui, à travers Robbie, elle pouvait presque prétendre l'avoir fait…

La sensation d'une main fraîche sur sa joue tira Phil de sa torpeur. La main de Stephanie. Le léger effleurement de ses doigts lui évoqua une aile de papillon, délicate, magnifique, et tellement fragile. Bizarrement, l'image lui inspira le désir de veiller sur elle de la même manière qu'il veillait sur son petit frère.

Lorsqu'il eut recouvré ses esprits, il s'aperçut qu'il s'était sans doute allongé sur le canapé dans son sommeil car elle était assise sur le bord de l'assise et lui faisait face.

— Etes-vous prêt pour le dessert ? lui demanda-t-elle — et il se surprit à envisager un « dessert » probablement différent de celui qu'elle avait à l'esprit. J'ai fait du café.

Sans réfléchir, il prit sa main et déposa un baiser sur ses doigts graciles.

— Avec plaisir, répondit-il, songeant davantage à ce qu'il aimerait faire à présent qu'à une tasse de café.

Sans doute le perça-t-elle à jour car un léger sourire en coin se dessina sur ses lèvres tandis qu'elle s'écartait.

— Ne bougez pas, je vous l'apporte.

Bien réveillé à présent, il s'aperçut…

— Où est Robbie ? s'écria-t-il, se redressant d'un bond, la poitrine nouée.

— Il s'est endormi, lui aussi, alors je l'ai couché dans son lit. J'espère que ça ne vous ennuie pas.

— Vous l'avez couché ? Combien de temps ai-je dormi ?

— Pas loin d'une heure.

Il passa une main sur son visage.

— Décidément je ne sais pas recevoir !

— Vous êtes un hôte parfait, dit Stephanie en gagnant la cuisine d'un pas guilleret.

C'était une facette d'elle qu'il n'avait jamais vue et qui lui plaisait énormément. Quoi qu'il lui en ait coûté de le demander, elle avait joué avec Robbie et lui. Elle avait célébré Thanksgiving avec eux comme s'ils étaient une petite famille heureuse — alors qu'elle n'avait pas été capable de s'approcher d'eux dans le restaurant japonais. Et maintenant elle avait couché Robbie. N'était-ce pas extraordinaire ?

Pendant qu'elle préparait le dessert dans la cuisine, il alla jeter un coup d'œil dans la chambre d'amis. La porte était ouverte de quelques centimètres, ainsi que Roma lui avait recommandé de le faire. Et Robbie dormait paisiblement… en tenue de nuit.

Qui aurait eu l'idée de le mettre en pyjama et de laisser la porte entrouverte ? Aucune de ses ex-petites amies, en tout cas, il en aurait mis sa main au feu. Toutes l'auraient laissé dormir sur le canapé sans aucun état d'âme. Mais pas Stephanie.

Il quitta pensivement la pièce. Quelle sorte de femme pouvait être aussi attentionnée ?

Une mère, évidemment. Ou une grand-mère.

Stephanie était-elle maman ? En ce cas pourquoi paniquerait-elle en présence d'un enfant ? Et si elle l'était, où se trouvait le sien ? Chez son père qui en aurait obtenu la garde à la suite d'un divorce désastreux ? Non, cela semblait peu probable et même insultant pour elle. Stephanie n'aurait jamais laissé une chose pareille se produire. Parfois les maris mécontents kidnappaient leurs enfants, non ? Il secoua la tête, incapable d'envisager une hypothèse aussi inepte. Quelque chose la tourmentait, toutefois, et il aurait donné cher pour savoir ce que c'était.

Comme il regagnait le salon, il jeta un coup d'œil dans la cuisine où elle s'affairait en fredonnant. Elle semblait vraiment être sortie de sa coquille. Malgré toutes les questions qui se pressaient dans sa tête, il ne voulait pas gâcher sa bonne humeur, surtout un jour comme Thanksgiving. Elle méritait de se détendre.

Son front, subtilement plus détendu, plus lisse, le portait à croire qu'elle avait fait la paix avec elle-même aujourd'hui et que, peut-être, elle avait terrassé un démon ou deux, ce dont il se réjouissait pour elle.

Il la trouvait particulièrement attirante dans ce jean qui

moulait ses jambes fuselées et ce top soyeux dont le décolleté laissait entrevoir l'amorce de la douce vallée entre ses seins. Quant à ses cheveux… Que pouvait-il dire de cette somptueuse crinière rousse, sinon qu'il adorerait y glisser les doigts ?

Dès qu'il eut repris place sur le canapé, elle le rejoignit avec deux tasses de café, lui en tendit une et s'assit à son tour.

— Comme je vous l'ai dit, vous êtes un hôte merveilleux, vous savez mettre vos invités à l'aise. D'abord le grand « dîner » dans la plus pure tradition de Thanksgiving, puis le petit somme dans lequel vous glissez avec la simplicité d'un enfant. Et vous vous réveillez à temps pour une petite collation. Je ne m'étais pas sentie aussi détendue depuis des années.

Elle sourit avant d'ajouter, non sans malice :

— Oh, et Dallas a gagné.

— Bravo, les « Cowboys » !

Fut-ce son merveilleux sourire qui l'attira comme un aimant ? Quoi qu'il en soit, il se rapprocha d'elle. A cette distance, le fin semis de taches de rousseur qu'il apercevait sur son nez paraissait avoir la même teinte que ses cheveux. Elle offrait une image absolument adorable, dont il ne se lasserait jamais. Il mourait d'envie de l'étreindre, de sentir ses cheveux sur son visage, d'effleurer ces éphélides de ses lèvres — mais il avait encore sa tasse de café à la main !

Ils avaient passé un merveilleux après-midi ensemble ; ils avaient appris à mieux se connaître et absolument tout ce qu'il avait découvert sur elle lui plaisait énormément.

Elle s'était assise les jambes repliées sous elle après avoir ôté ses chaussures et il remarqua que les ongles de ses orteils étaient égayés d'un verni rouge orangé en parfaite harmonie avec son top. Une image d'elle, se peignant les orteils enveloppée d'un drap de bain, précipita son sang dans ses veines. Il la désirait, purement et simplement. Il voulait lui faire l'amour, l'amener à revenir à la vie.

Qui ne risquait rien ne gagnait rien, se dit-il.

Alors il posa sa tasse sur la table basse et lui tendit les bras.

— Venez près de moi.

Sans manifester la moindre réticence, elle abandonna sa tasse et se blottit contre lui. Il déposa un baiser sur sa joue avant d'effleurer sa bouche du pouce.

— Vous ne savez pas à quel point j'ai envie de vous embrasser, murmura-t-il.

En réponse, il vit un éclair de désir briller au fond de ses prunelles d'ambre. Une réponse qui n'avait pas besoin de mots pour être explicite. Du reste, comme il approchait son visage du sien, elle tourna imperceptiblement le sien afin de lui offrir ses lèvres.

Il reprit les choses là où il les avait laissées sur la plage. Aussitôt, elle noua les bras autour de son cou et bientôt ils s'embrassaient avec une passion sauvage. Plus rien n'existait autour d'eux, il n'avait plus conscience que de la réponse de Stephanie, tellement en accord avec le feu qui l'habitait lui-même, de son corps pressé contre le sien. Il savait où menaient ces baisers fiévreux et il n'était plus possible de revenir en arrière.

Lorsqu'il posa les lèvres sur la peau délicieusement fine et subtilement parfumée de son cou, elle gémit comme s'il avait caressé l'endroit le plus sensible de son corps. Il voulait poursuivre son exploration, centimètre par centimètre, découvrir les points névralgiques qui la rendraient folle de plaisir, seulement elle était entièrement vêtue. Il fallait qu'il remédie à ça. Au plus vite. Caressant ses seins, il sentit leur pointe durcir à travers la fine étoffe de son top. Les flammes du désir qui palpitaient en lui se muèrent en torrent de feu et il craignit que son corps tout entier ne s'embrase.

Interrompant ces délicieuses prémices, il se leva et lui tendit la main.

— Viens avec moi.

Les joues écarlates et les yeux assombris par le désir, elle lui emboîta le pas.

Phil avait ouvert son lit avant de s'emparer de nouveau de sa bouche, de l'embrasser avec fièvre, encore et encore, au point que ses genoux se dérobaient sous elle. L'idée traversa

Stephanie qu'elle pouvait encore changer d'avis, mais le désir embrasait tout son être et la seule chose qu'elle voulait à cet instant, c'était ne faire plus qu'un avec lui.

Ne s'était-elle pas encouragée à recommencer à vivre ? Chaque cellule de son corps réclamait qu'elle s'en donne la permission. Tout de même, faire l'amour avec un collègue ? Les voluptueuses caresses de Phil chassèrent la question de son esprit.

S'abandonnant sans réserve, elle faufila une main sous sa chemise pour laisser courir ses doigts sur sa peau. Bientôt, sans cesser de s'embrasser, ils s'arrachèrent leurs vêtements et roulèrent, nus, au centre du grand lit où ils s'enivrèrent de baisers et de caresses de plus en plus intimes.

Quand il s'écarta légèrement d'elle, frustrée, impatiente, elle cria son nom.

— Juste le temps de l'indispensable protection…

Elle ne le laissa pas finir.

— Inutile. Mes trompes sont ligaturées, murmura-t-elle en resserrant son étreinte autour de lui.

De surprise, il arqua un sourcil, mais ça ne l'empêcha pas de reprendre aussitôt les commandes…

6.

Emergeant des profondeurs de la volupté, Stephanie ne pouvait croire qu'elle venait de partager le lit d'un homme qu'elle connaissait depuis moins de deux semaines. Avait-elle perdu la tête ?

Elle avait laissé Phil l'emmener dans sa chambre et faire d'elle ce qu'il voulait. Blottie dans le creux de son bras, elle battit des paupières pour y voir plus clair, physiquement comme mentalement. A la réflexion, elle aussi avait fait de lui ce qu'elle voulait. Peut-être était-ce la liberté que lui avait finalement apportée la ligature de ses trompes. Quoi qu'il advienne par la suite, cette soirée resterait à jamais gravée dans sa mémoire.

Il avait été un si merveilleux amant, attentionné et généreux. Dans ses bras elle s'était littéralement envolée jusqu'aux sommets du bonheur. A présent, encore engourdie de plaisir, elle se disait qu'elle en avait besoin depuis longtemps.

Comblés, n'ayant pas encore complètement retrouvé leur souffle, ils étaient pelotonnés sous la couette au centre du grand lit, dans la lumière tamisée de la lampe de chevet. La pressant contre son torse musclé, il caressa ses cheveux. Elle aimait l'odeur de sa peau et s'émerveillait de sa douceur, de sa… texture. Elle sourit, la main posée sur le haut de sa cuisse. Oui, Phil était un homme solide.

Ses doigts jouaient dans ses cheveux emmêlés, faisant courir de petits frissons sur sa peau. Elle s'était crue frigide, mais elle avait eu tort. Lorsqu'elle leva les yeux vers lui, il lui sourit.

Il y avait si longtemps qu'elle n'avait eu de relation intime, n'était-ce pas le moment où les tout nouveaux amants étaient censés se sentir maladroits et embarrassés ? Elle n'éprouvait rien de tel tandis qu'elle lui rendait son sourire. Il n'y avait pas le moindre soupçon de regret dans ses yeux bleu océan. Il jouait avec une de ses mèches rousses.

— Tes cheveux m'ont fasciné dès l'instant où je t'ai vue, dit-il d'une voix de miel qui la fit frissonner de nouveau.

— Idem pour moi, avoua-t-elle.

Il rit.

— Tu aimes mes cheveux tout délavés par le soleil ?

Acquiesçant d'un signe de tête, elle glissa les doigts dans son épaisse chevelure blonde en bataille pour l'ébouriffer encore un peu plus.

Il eut un sourire amusé qui s'éteignit brusquement.

— Bon sang, Robbie ! Je l'avais oublié. Il faut que j'aille voir si tout va bien pour lui.

Sautant en bas du lit, il enfila son jean et disparut.

Restée seule, Stephanie détailla la chambre au haut plafond traversé de poutres. Phil l'avait décorée dans un style « rustique français » qu'elle trouvait particulièrement romantique. Il semblait avoir bon goût en matière de maison.

Et il n'était pas doué que pour cela ! Grâce à lui elle se sentait de nouveau « entière » et c'était une sensation divine. Elle s'étira dans le grand lit confortable, les sens encore en éveil, savourant la douceur du drap contre son corps. Elle s'habituerait facilement à ce type d'escapade. N'était-ce pas ce que lui offrait son contrat de remplaçante à la clinique — un moyen de fuir la grisaille de son quotidien ?

Phil revint, un grand sourire sexy aux lèvres.

— Il dort paisiblement.

Se dévêtant en hâte il la rejoignit sous la couette.

— Bon, où en étions-nous ? murmura-t-il dans le creux de son cou, sa main caressant voluptueusement sa poitrine.

Même si elle l'avait voulu, elle n'aurait pu réprimer la réponse immédiate de son corps.

Le somme de Robbie se termina bien trop tôt à son goût !

Phil aurait aimé passer la nuit entière à engranger les délicieux souvenirs du plus fantastique Thanksgiving de sa vie, mais le petit monstre était réveillé et cognait à sa porte.

— Phil ! T'es là ?

— Attends une seconde, Robbie. J'arrive.

— Il ne faut pas qu'il me voie, murmura Stephanie.

— Entendu.

Lançant un dernier regard à sa peau soyeuse, toute rosie des « attentions » qu'il lui avait prodiguées, il enfila de nouveau son jean et alla passer la tête dans le couloir.

— Que se passe-t-il, moussaillon ?

— J'ai faim.

« Encore ? » faillit-il lâcher.

Tandis qu'il emmenait le gamin dans la cuisine, il sourit en voyant ses cheveux ébouriffés, ses petites lunettes posées de guingois sur son nez, son ventre rond sous l'étoffe tendue de son pyjama. Malgré son air négligé, il le trouvait vraiment adorable.

Il lui coupa une part de tarte au potiron, lui versa un verre de lait et l'installa à la petite table que Roma avait apportée pour ses goûters. Puis, lorsqu'il fut certain que toute son attention était retenue par la collation, il retourna à sa chambre voir où en était Stephanie.

Elle émergeait de la salle de bains adjacente en sous-vêtements et la vue de son corps superbe ranima son désir. Comme il avait hâte de rendre Robbie à ses parents ! Si tout se passait bien, ils arriveraient le lendemain et sa vie de célibataire reprendrait enfin son cours normal.

Il lui tendit le jean et le top qu'il avait ramassés sur le tapis. Le feu de la passion brillait encore dans ses yeux et il dut se faire violence pour ne pas l'entraîner de nouveau sur le lit. Avec un peu de chance, il avait encore devant lui six semaines de fantastiques étreintes avec elle — un cadeau auquel il ne s'était pas attendu lorsque Jason avait engagé la remplaçante de Rosie.

D'ordinaire, préférant sa solitude, il renvoyait ses conquêtes chez elles après l'amour. Mais il en allait tout autrement aujourd'hui. Il n'était pas le moins du monde prêt à quitter Stephanie.

— Peux-tu rester encore un peu, le temps de boire un verre ou un café ?

— Tu sais, j'ai une colposcopie qui m'attend tôt demain matin, répondit-elle tout en agrafant sa ceinture.

Il trouvait fascinant de la regarder s'habiller, comme s'il n'avait jamais vu de femme enfiler ses vêtements devant lui auparavant.

— En ce cas, j'aimerais t'emmener dîner samedi soir.

Elle se chaussa et, se précipitant dans ses bras, effleura ses lèvres d'un baiser.

— Avec grand plaisir.

Ce simple geste déclencha en lui une nouvelle vague de désir. Fan-tas-tique ! Il se passait quelque chose de magnifique entre eux, sans condition aucune, et pour autant qu'il puisse en juger, ils étaient sur la même longueur d'onde. Elle n'était pas belle, la vie ?

Au réveil, le lendemain matin, Stephanie s'était rendu compte qu'elle était sur le point de faire une erreur et elle avait mis à profit son trajet jusqu'au Midcoast Medical pour se reprendre. Son intermède avec Phil était une aventure d'un soir, rien de plus. Elle s'était laissé emporter par ses sens, le vin lui avait tourné la tête, voilà tout. Dommage qu'elle ait accepté l'invitation à dîner qu'il s'était sans doute cru obligé de lancer, parce que, compte tenu de son charme et de son pouvoir de séduction, elle risquait d'avoir beaucoup de mal à lui dire que la scène de la chambre ne se renouvellerait pas.

Repoussant ces sombres pensées dans le fond de son esprit, elle pénétra dans sa salle d'examen où elle trouva Celeste Conroy en position gynécologique, prête pour la colposcopie. Comme elle l'avait déjà fait d'innombrables fois, elle utilisa un colposcope pour examiner le col de l'utérus et pratiquer une petite biopsie.

La procédure ne lui prit que cinq minutes.

— Vous ressentirez peut-être quelques crampes, aujourd'hui. Il faudra vous ménager, madame Conroy. Pendant quelques jours, défense de soulever des charges et de vous fatiguer. Et aucun rapport sexuel avant une semaine.

La dernière recommandation lui rappelant sa soirée avec Phil, elle se sentit rougir tandis qu'elle rédigeait ses notes dans le dossier de la patiente.

Comme toujours, Celeste avait une foule de questions, lesquelles lui apportèrent une diversion bienvenue. Elle y répondit de son mieux, précisant pour finir que l'analyse de l'échantillon de tissu prélevé prendrait une semaine.

— Dès que j'aurai le résultat je vous appellerai, madame Conroy, c'est promis, conclut-elle en raccompagnant la jeune femme.

Après le départ de celle-ci, ses consultations s'enchaînèrent sans interruption si bien qu'elle n'eut guère le temps de s'étonner de ne pas croiser Phil mais, à midi, comme elle ne l'avait toujours pas aperçu, elle ne put s'empêcher d'interroger Gaby.

— Il est allé à l'aéroport chercher ses parents, répondit-elle.

Il avait laissé entendre qu'il voulait donner une orientation différente à leur relation dès que ses parents auraient repris Robbie chez eux. A cette pensée, une sensation bizarre, mélange d'anxiété et d'excitation, lui envahit l'estomac. Perturbée, elle alla fixer son image dans le miroir le plus proche.

Décide-toi, ma fille ! Soit tu as une aventure avec Phil, soit tu gardes tes distances. Ne le laisse pas prendre la décision à ta place.

Ne s'était-elle pas accordé la permission de partager son lit, la veille au soir ? Et le résultat n'avait-il pas dépassé tout ce qu'elle aurait pu imaginer ? Elle prit une lente inspiration, puis l'amorce d'un sourire étira ses lèvres. Il lui restait six semaines à passer à Santa Barbara avant de retrouver son univers familier, pourquoi n'en profiterait-elle pas pour fuir tout ce qui l'oppressait ? Du reste, grâce à la ligature de ses trompes, elle n'avait rien à redouter.

L'idée de vivre avec Phil une romance sans engagement

d'aucune sorte fit surgir un nouvel envol de papillons au creux de son estomac. En aurait-elle le cran ?

Eh bien, il ne manquait plus que ça ! Si Phil n'avait été aussi inquiet pour son père, sans doute aurait-il mal pris le fait de devoir garder Robbie quelques jours de plus. Lors d'une longue halte, à la dernière escale de leur voyage, Carl était tombé malade et il avait dû le conduire à l'hôpital dès la descente de l'avion, accompagné de Roma. Le virus était virulent, et Carl montrait déjà des signes de déshydratation. Dans son lit d'hôpital, l'homme de fer que Phil avait toujours admiré paraissait vulnérable et à le voir ainsi, il fut parcouru par un frisson d'angoisse.

— Ne t'inquiète pas, Robbie restera avec moi pour le week-end, ou jusqu'à ce que tu sois prête à prendre le relais, dit-il à Roma.

Assise au chevet de son mari, celle-ci ne lâchait pas sa main.

— Merci, Phil. Si tu pouvais l'amener ici un peu plus tard dans la journée, je t'en serais reconnaissante. Il me manque tellement.

— Va le voir, Roma, dit Carl. Tu n'as pas à rester assise là à me regarder dormir.

Elle interrogea Phil du regard. Quelle différence entre elle ct sa mère, songea-t-il. Sa mère qui les avait laissés quand les choses étaient devenues difficiles et l'avait du même coup rendu fort méfiant à l'égard des femmes. Puisque l'on ne pouvait pas compter sur elles dans l'adversité, pourquoi s'attacher ? Roma était l'exception qui confirmait la règle.

— Viens, je t'emmène à l'école, lui proposa-t-il. Il était impatient de te revoir.

Cela réglé, il se rendit compte que son projet de passer un fabuleux week-end avec la femme la plus sexy qu'il ait jamais rencontrée devrait être reporté. Encore une fois !

Lorsqu'il le pourrait, il appellerait Stephanie pour la mettre au courant. Soit elle accepterait que Robbie les accompagne au restaurant, soit ils remettraient leur sortie à une autre fois car il n'était pas question qu'il confie son petit frère à une baby-sitter. Le pauvre gamin serait déjà bien assez déçu de ne pas pouvoir rentrer chez lui alors que sa maman était de retour. Il ne voulait pas le traumatiser davantage.

A la fin de l'après-midi, un peu rassuré sur l'état de son père après le coup de fil du médecin hospitalier qui l'avait pris en charge et dans la mesure où Robbie s'affairait à construire sa version de l'Empire State Building, il s'autorisa à penser à Stephanie, au plaisir qu'il avait eu à passer Thanksgiving avec elle et à leurs si fabuleuses étreintes. Et il se dit qu'il aimerait faire de nouveau l'amour avec elle. Le plus tôt possible. Seulement, voilà, il devait veiller sur le petit monstre.

Alors pourquoi se surprenait-il à sourire ? Parce que celui-ci était réellement une source de joie.

Après plusieurs tentatives infructueuses, il avait réussi à empiler une dizaine de cubes en plastique, prouesse qui l'avait fait sautiller de joie. Mais hélas, ce faisant, il avait effleuré le cube du sommet… qui avait atterri sur le sol. Phil retint un rire devant l'expression frustrée qui passa sur sa frimousse ronde. Mais le petit bonhomme était tenace. Il ramassa le cube et le replaça au sommet de la pile avant d'aller en chercher d'autres dans son coffre à jouets.

Phil profita de le voir si concentré pour appeler Stephanie. En entendant sa douce voix au bout du fil, il se rendit compte qu'elle lui avait énormément manqué et qu'il était cruellement déçu de ne pas pouvoir dîner en tête à tête avec elle le lendemain.

— Tout porte à croire que je vais garder mon petit frère tout le week-end, dit-il avec un soupir résigné avant de lui expliquer les raisons de ce nouveau changement de programme.

Ensuite, comme Robbie était toujours occupé à ériger son gratte-ciel, il eut envie de continuer à bavarder avec la jeune femme.

Ils avaient fait l'amour. Ils se connaissaient intimement à présent. Et bien que cela ne lui ressemblât pas du tout, il saisit l'occasion pour essayer de la connaître encore mieux.

— Tu as une minute ? demanda-t-il.

— Bien sûr.

Il y avait tout de même un petit problème. S'il voulait en apprendre davantage sur elle, sans doute allait-il être amené à parler de lui-même. Allait-il prendre ce risque ?

Après tout, pourquoi pas ?

— Quelque chose me chiffonne. Comment une femme médecin qui se dit réfractaire aux enfants se retrouve-t-elle obstétricienne ?

Elle lui fit la grâce de pouffer de rire plutôt que de s'offusquer. Un rire un peu tendu, toutefois, lui sembla-t-il.

— Ça peut paraître étrange, j'en conviens, même si, ne te méprends pas, j'adore mettre les bébés au monde. C'est juste que… Eh bien, grossesse et accouchement sont une chose, élever un enfant en est une autre.

— Mais justement, c'est là que je bloque, dit Phil, s'efforçant de décrypter sa réponse évasive. D'après mon expérience, c'est pour des raisons personnelles que les gens s'engagent dans telle ou telle profession. Par exemple, j'ai choisi la médecine à cause de ma mère.

Peut-être était-ce dû au fait que son père avait été hospitalisé et qu'il paraissait si faible sur son lit d'hôpital, ou peut-être était-ce parce que, en dépit du fait qu'il avait prétendu détester sa mère toutes ces années, elle lui manquait toujours. Quoi qu'il en soit, elle l'avait hanté aujourd'hui.

— Ta mère voulait te voir devenir pneumologue ?

— En fait, elle ne connaît pas mon parcours parce que j'ai cessé de lui parler.

Phil n'était pas prêt à raconter toute l'histoire : qu'il participait à un championnat de surf en Australie quand le lymphome dont souffrait son père avait été diagnostiqué et que le départ de sa mère avait complètement chamboulé sa vie. A vingt ans, il avait dû quitter les circuits de surf pour s'occuper de Carl et en fin de compte, il avait repris ses études.

— Je suis désolée d'entendre ça, Phil, dit Stephanie.

La compassion, dans sa voix, l'incita à se montrer honnête envers elle. Peut-être lui devait-il une explication.

— Mon père est atteint d'un lymphome de Hodgkin et lorsque la maladie a été diagnostiquée pour la première fois, ma mère nous a quittés. Elle ne supportait pas d'avoir à gérer son cancer. Et elle devait se moquer éperdument de moi également puisque je n'ai jamais pu lui dire au revoir.

— Oh, mon Dieu, c'est horrible, murmura Stephanie.

Phil avait juste voulu la garder un peu plus longtemps au bout du fil et voilà qu'il abaissait sa garde au point de lui révéler son intimité. Jamais auparavant il ne s'était entretenu de sa famille avec ses petites amies, alors pourquoi s'était-il ouvert à elle ?

— Oui. Je ne lui ai jamais parlé depuis. J'ignore si elle sait, ou non, que je suis médecin.

— Je vois.

Sa voix lui parut distante, soudain. Mais maintenant qu'il était lancé, il décida de poursuivre sa pêche aux informations.

— Stephanie, une autre question me trotte dans la tête. Quelque chose que j'ai remarqué, hier soir, m'a fait penser que tu as un enfant. Je me trompe ?

L'entendant reprendre sa respiration dans un hoquet, il s'en voulut d'avoir soulevé le sujet.

— Est-ce que ça va ?

— Oui. Désolée. Tu m'as prise par surprise.

— Je n'en avais pas l'intention. Excuse-moi.

— Nous… nous avons quelque chose en commun, toi et moi.

— Quoi donc ?

— Tu n'as jamais pu dire adieu à ta mère et je n'ai jamais pu dire adieu à mon fils.

— Stephanie…

Comme il aurait voulu pouvoir se projeter à l'autre bout du fil pour la serrer dans ses bras, la cajoler, la consoler. Elle avait perdu son enfant. Rien de pire ne devait exister au monde.

— Je suis terriblement navré de t'avoir…

— Tout va bien, Phil. Je dois raccrocher, de toute manière. On se reverra au centre médical, dit-elle et, sans lui laisser le temps d'ajouter un mot, elle coupa la communication.

Perplexe, déstabilisé, il passa une main sur son visage. Tout ce qu'il voulait, c'était une aventure sans complication mais cela existait-il vraiment en ce bas monde ?

Lorsque Stephanie arriva au travail, le lundi suivant, les infirmières et la réceptionniste s'entretenaient avec animation de la décoration du bateau de Jason. Gaby avait utilisé la caisse noire du Midcoast Medical pour acheter six petits sapins artificiels déjà pourvus de guirlandes électriques qu'il ne restait plus qu'à fixer sur le pont, semblait-il.

— Pour ma part, j'ai retrouvé les décorations que ma grand-mère avait rapportées d'Autriche et ma culotte de cuir me va toujours, déclara Amy.

— Génial ! Moi, j'ai une flopée de lanternes de Noël des Philippines que nous pourrons utiliser pour l'un des sapins, ajouta l'une de ses collègues.

Plutôt que de se joindre à elles, Stephanie prit la direction de son cabinet en rasant les murs.

C'est alors que Claire apparut, les yeux brillants d'excitation.

— J'ai entendu. C'est super, les filles ! Apportez tout ça samedi pour la séance de décoration.

Apercevant Stephanie, elle lui fit signe de la main.

— Vous venez aussi, n'est-ce pas, Stephanie ?

Jusqu'ici peu désireuse de se lier avec ses collègues — à quoi bon puisque son remplacement ne durerait que deux mois —, elle avait envisagé de rester en dehors des festivités de Noël, mais comment refuser sans paraître asociale ?

— Oui, bien sûr.

— Excellent ! Je vous enverrai les précisions par mail.

Consultant sa montre, Claire se rua dans l'escalier.

— Je me dépêche. A plus tard !

Après tout, dans la mesure où elle avait déjà partagé le lit de Phil, pourquoi ne ferait-elle pas un petit effort pour connaître un peu mieux les autres aussi, se dit Stephanie.

Entendant les infirmières poursuivre leur conversation et se réjouir à l'avance du plaisir qu'elles allaient prendre à décorer le bateau, elle sourit. Après un samedi et un dimanche plus que calmes, elle appréciait le tourbillon d'activité du centre médical et maintenant qu'elle était officiellement invitée, il lui tardait presque de participer au projet du week-end à venir.

Au milieu de la matinée, lorsque Phil apparut dans l'encadrement de sa porte, son cœur manqua un battement. Elle ne l'avait pas revu depuis qu'ils avaient fait l'amour et il lui semblait plus séduisant que jamais. De plus, il attendait sans doute quelques explications au sujet de sa réaction bizarre au téléphone, vendredi soir. Explications qu'elle n'était pas prête à donner.

— Bonjour Stephanie, dit-il, attendant visiblement d'être invité à entrer.

— Bonjour Phil. Qu'y a-t-il ?

Tenant un gobelet de café dans chaque main, il vint en poser un sur son bureau.

— C'est un Latte spécial Thanksgiving. J'ai pensé que tu aimerais.

— Merci. C'est très gentil.

Pourquoi était-elle aussi touchée par cette délicate attention ? Pourquoi lui paraissait-il si proche ? Après la manière brutale dont elle avait mis fin à leur conversation l'autre soir, elle n'aurait pas été surprise qu'il l'évite aujourd'hui, au lieu de quoi il lui apportait une boisson chaude.

Se perchant sur le bord de son bureau, il l'enveloppa de son regard bleu.

— Robbie va rester avec moi cette semaine, jusqu'à ce que mon père soit autorisé à quitter l'hôpital, dit-il d'une voix éteinte, lasse.

Comme elle le regardait, soulagée qu'il ne l'ait pas interrogée sur son fils, Stephanie s'aperçut qu'il avait les traits tirés et de grands cernes sombres sous les yeux. Son rôle de papa de substitution laissait des traces, pourtant il ne se plaignait pas. L'homme superficiel qu'il prétendait être se révélait bien plus « profond » que ça et cette facette de son caractère l'encourageait à lui faire confiance.

Avant de partir, il déposa sur ses lèvres un doux baiser

qui la fit fondre de plaisir. Sa bouche avait un goût de miel. Après son départ, elle se délecta à siroter son breuvage comme pour prolonger ses baisers auxquels elle pensa tout le reste de la journée.

Phil avait enfin réussi à coucher Robbie. A présent, tout ce qu'il voulait, c'était parler à Stephanie. Après le drame qui avait dû l'anéantir, elle essayait de reprendre sa vie en main. Dans une période aussi difficile, n'avait-elle pas besoin d'amis auprès d'elle ? Pourtant elle avait choisi de quitter son environnement familier pour passer toute la période des fêtes de fin d'année en compagnie de parfaits inconnus.

Ce qu'il n'était plus pour elle, toutefois, après leurs fougueuses étreintes de Thanksgiving. Bizarrement, il ne s'agissait pas seulement de sexe entre eux. Il l'appréciait énormément. Et s'il l'appelait, juste pour bavarder ? L'idée le fit sourire, et lui rappela l'époque où, encore lycéen, il devait inventer une excuse pour appeler une fille qui lui plaisait. Mais c'était au temps béni de l'innocence, au temps où son cœur brûlait de tomber amoureux, au temps où il faisait encore confiance à la gent féminine, au temps… d'avant la défection de sa mère.

Eh bien voilà, il s'était mis tout seul d'une humeur de chien et maintenant, il avait besoin d'appeler Stephanie afin qu'elle lui remonte le moral. Ce qui lui faisait deux raisons de décrocher son téléphone, songeait-il quand Robbie déboula dans la salle de séjour.

Avant qu'il ne le mette au lit, le petit bonhomme avait parlé à sa maman, ensuite il avait un peu pleuré. Le pauvre, il devait se contenter de la compagnie de son grand frère alors que son plus cher désir était de dormir dans son propre lit et de recevoir le baiser du soir de ses parents. Carl était toujours à l'hôpital et Roma passait de longues heures à son chevet. Si Robbie rentrait trop tôt à la maison, il risquait de se sentir négligé et d'en souffrir.

— Je croyais t'avoir couché, petit garnement.

— Ai oublié quelque chose, répondit-il.

Et, s'approchant de Phil, il le tira par le bras pour qu'il se penche vers lui.

— Je t'aime, dit-il.

Instinctivement, Phil déposa un baiser sur son front avant de lui ébouriffer les cheveux.

— Je t'aime aussi, moussaillon. Et maintenant, file vite au lit et que ça saute !

Tandis que Robbie détalait en riant, une émotion quelque peu effrayante envahit Phil. Il avait trouvé très agréable d'embrasser son petit frère et, oui, celui-ci lui manquerait lorsqu'il retournerait chez ses parents.

Il se caressa le menton. Peut-être devrait-il adopter un chien.

Une foule d'images d'un autre être humain, au corps doux et chaud, partageant sa maison affluèrent à son esprit. Ce qui constitua une troisième raison d'appeler Stephanie : le distraire de pensées par trop déstabilisantes pour un célibataire endurci.

— Alors, quoi de neuf ? dit-il lorsqu'elle décrocha après la seconde sonnerie.

— Bonsoir, Phil, répondit-elle.

Son ton amical le rassura. Tout ce qu'il voulait, c'était parler de la journée qu'elle avait passée.

Du moins le croyait-il. Mais après avoir bavardé un moment, il se rendit compte qu'il voulait surtout passer un moment seul à seul avec elle.

— Et demain, tu déjeunes avec moi, dit-il juste avant de raccrocher.

— Entendu, acquiesça-t-elle sans hésiter. S'il fait beau, peut-être pourrons-nous manger dehors.

S'il avait pu convoquer le soleil et la chaleur pour le lendemain, il l'aurait fait, toutefois, il éprouvait déjà l'équivalent d'une journée estivale à l'intérieur de sa poitrine.

— Excellente idée !

Le lendemain, malgré le beau temps, le fond de l'air resta frais, aussi enfilèrent-ils leurs vestes avant de se rendre à la plage. Au passage, il acheta deux portions de soupe de poisson et des petits pains au levain chez le meilleur traiteur de la ville. Il portait le tout d'une main dans un sac isotherme et mourait d'envie d'enrouler son autre bras autour de la taille de Stephanie, mais, soucieux de la laisser faire les choses à son rythme, il s'en abstint.

Il ne savait toujours pas où ils en étaient tous les deux. Le soir de Thanksgiving, il avait été certain qu'elle serait d'accord pour partager avec lui une aventure sans attachement ni contrainte durant son séjour à Santa Barbara. Mais depuis elle avait partiellement rebâti une invisible barrière entre eux et il pressentait que cela avait un rapport avec la mort de son enfant « à qui elle n'avait pas pu dire adieu », selon ses propres termes.

Il secoua mentalement la tête. La journée était trop belle pour qu'il la gâche en essayant de percer le mystère. Et depuis quand tenait-il vraiment à « connaître » une femme ? Pour l'heure, l'important était qu'elle lui souriait chaque fois qu'elle le regardait et que s'il se débrouillait bien, il pourrait obtenir un baiser avant qu'ils ne retournent au centre médical.

Trouvant un banc libre le long du chemin piétonnier, d'où ils avaient une superbe vue sur le rivage, ils s'assirent.

Le simple fait de se retrouver en tête à tête avec Stephanie accélérait son pouls et provoquait des picotements à la surface de sa peau. Il aurait préféré la dévêtir plutôt que de lui tendre un bol fumant, néanmoins il contint son désir — et ses efforts furent récompensés par le sourire ravi qu'elle lui décocha après sa première gorgée de soupe.

Elle ne se montrait pas très bavarde, aujourd'hui, mais ça ne l'ennuyait pas. Sa présence lui suffisait. Juste comme il terminait son repas, son téléphone sonna. C'était Roma qui lui annonçait que son père allait quitter l'hôpital au cours de l'après-midi et qu'elle ne serait donc pas en mesure d'aller chercher Robbie à l'école comme elle en avait pris l'habitude.

— Je me débrouillerai, répondit-il — après tout, il était habitué aux changements de programme. Veux-tu que je le garde encore un peu pour vous permettre de souffler, papa et toi ?

L'imagina-t-il ou entendit-il un soupir de soulagement à l'autre bout du fil ?

— Volontiers, Phil. Merci infiniment, répondit Roma avant de prendre congé.

Stephanie le regardait comme s'il était un héros. A cet instant précis, il se rendit compte qu'il risquait de se sentir un peu seul après le départ du petit garçon. Et peut-être pas juste « un peu »...

Après avoir coupé la communication, il passa un rapide coup de fil.

— Salut, Claire. Peux-tu me rendre le grand service de prendre aussi Robbie quand tu récupéreras Gina, cet après-midi ?

Bien sûr elle accepta.

— Merci. A charge de revanche, évidemment.

Après deux semaines de pratique, il connaissait à présent fort bien tous les us et coutumes en vigueur dans le monde des parents d'élèves.

Jetant les bras autour de son cou, Stephanie l'embrassa sur la joue. Ce n'était pas le baiser sensuel qu'il avait espéré, néanmoins, c'était mieux que rien. Et puis, en tournant légèrement la tête, il réussit à déposer un baiser sur ses lèvres. Cet échange se révélait un peu trop affectueux à son goût — il préférait les caresses plus brûlantes —, pourtant, étrangement, il s'aperçut que ça ne lui déplaisait pas.

— Je crois qu'il est temps pour nous de retourner au travail. Comme tu l'as compris, on dirait que Robbie et moi allons cohabiter encore un peu.

7.

Le courrier du jeudi matin apporta des résultats d'analyses qui serrèrent le cœur de Stephanie : la biopsie de Celeste Conroy présentait des cellules cancéreuses. En deux mots, la malheureuse jeune femme souffrait d'un carcinome squameux.

— Tenez, dit-elle, tendant le compte rendu du laboratoire à Maria, sa stagiaire qui était de retour. Voilà un parfait exemple des défis que nous rencontrons dans ce métier.

— Ouille, commenta Maria après avoir parcouru le document. Elle est enceinte, n'est-ce pas ? Comment gérez-vous ce genre de chose ?

— Je dis la vérité à la patiente. Nous avons besoin de connaître l'étendue du cancer et je vais devoir pratiquer une conisation du col utérin.

C'est-à-dire une excision en forme de cône au niveau de la zone atteinte du col de l'utérus.

— Il y a des risques ?

— Oui. Mais il faut toujours les comparer aux avantages. Je ferai tout ce qui sera en mon pouvoir pour garder la maman et le bébé en bonne santé.

Stephanie consulta son agenda avant d'ajouter :

— On va réaliser cette biopsie lundi, de manière à pouvoir rassurer, je l'espère, cette future maman avant Noël.

Mais rien n'était certain et à la pensée des éventualités qu'il était impossible d'écarter, elle frissonna — avant de faire un effort de volonté pour adopter une attitude positive.

— Me permettriez-vous de venir vous regarder faire ? demanda Maria.

— Bien sûr.

D'un doigt qui tremblait un peu, Stephanie composa le numéro de Celeste Conroy puis elle s'éclaircit la gorge. Pour le bien de la jeune femme, elle allait devoir insuffler une dose de confiance dans sa voix.

En ce premier samedi de décembre, il régnait une telle activité sur le port — au son des musiques de Noël diffusées à plein régime par les haut-parleurs — que Stephanie se croyait transportée sur une autre planète. Revigorée par l'air marin qu'elle respirait à pleins poumons, elle sentit une joyeuse excitation la gagner. Et le superbe voilier qu'elle découvrit amarré à l'endroit indiqué sur son plan l'enchanta.

L'accueillant avec un sourire « de capitaine », Jason lui fit signe de monter à bord. Avant de s'engager sur la passerelle elle remarqua le nom inscrit sur la coque « *Pour Claire* ». Une attention qui la toucha. Il n'avait pas été facile pour Jason et Claire d'admettre qu'ils étaient tombés amoureux, avait-elle appris incidemment. Mais à présent, ils semblaient former un couple idéal.

— C'est ma petite faiblesse, la plus récente, plaisanta Jason en tapotant le garde-corps. Je voulais monter en grade, de toute manière.

Debout à ses côtés, en coupe-vent gris pâle et casquette à longue visière assortie, Claire lui sourit.

— Il a prévu de nombreux endroits ombragés sur le pont lorsqu'il a aménagé ce bateau, précisa-t-elle à Stephanie. A cause de mon lupus. Venez, je vais vous faire visiter.

Amy et Gaby s'affairaient à placer les petits sapins aux endroits stratégiques, d'autres membres du personnel les aidaient à les stabiliser et à les décorer. Devant les saluts amicaux qu'elle reçut de tout ce petit monde, Stephanie eut la sensation d'appartenir à la « famille » du Midcoast Medical. Peut-être serait-ce arrivé plus tôt si elle n'était pas restée sur sa réserve, mais mieux valait tard que jamais.

Juste comme Claire s'apprêtait à l'emmener au niveau

inférieur, elle vit Phil arriver au pas de course, une grosse boîte en carton dans les bras. Agitant la main dans sa direction, il lui décocha un sourire qui mit ses sens en ébullition.

— J'ai apporté des beignets, annonça-t-il de la passerelle.

— Super ! s'écrièrent les infirmières en chœur.

— Je vais préparer du chocolat chaud, cria Claire pardessus son épaule tandis qu'elle faisait descendre Stephanie dans le carré.

Parvenue au bas des marches et soulagée de disposer d'un peu de temps pour se ressaisir, celle-ci ne put que s'extasier devant le coin cuisine ultramoderne et magnifiquement agencé de la vaste pièce à vivre.

— Avant de rencontrer Jason, je n'étais jamais montée sur un voilier, dit Claire tout en préparant le cacao. Maintenant, je suis prête à laisser mon cabinet, à faire la classe à Gina et à naviguer autour du monde avec lui. Ne vous inquiétez pas, ajouta-t-elle avec un petit rire, nous n'allons pas laisser tomber nos jobs respectifs. Trop de gens ont besoin de nous au centre médical et j'adore y travailler. Mais un jour, peut-être…

— Vous devez faire de belles escapades durant les week-ends, répondit Stephanie, occupée à disposer sur un grand plateau les tasses en carton rouge décorées d'étoiles dorées empilées sur le plan de travail.

— Pas aussi souvent que nous aimerions, mais nous projetons une virée un peu plus longue l'été prochain. Je pense que nous ferons un aller et retour jusqu'à San Francisco.

— Waouh ! s'exclama Stephanie. Fantastique !

Elle présenta le plateau à Claire et celle-ci emplit les tasses de cacao avant de les compléter d'une généreuse cuillerée de crème fouettée.

— Si tout va bien, peut-être irons-nous à Hawaii l'année suivante.

— C'est génial !

Avant qu'elle ait pu ajouter un mot, une voix familière résonna dans la pièce.

— Vous avez besoin d'aide, mesdames ?

Phil se tenait dans l'encadrement de la porte, les mains

négligemment posées sur les montants de bois sombre. La séduction faite homme. La gorge de Stephanie s'assécha aussitôt, aussi aride que le désert de Mojave.

— C'est gentil mais je crois que nous avons terminé, répondit-elle, s'efforçant d'agir avec naturel, comme si sa proximité ne la troublait pas au plus haut point.

— Les goinfres qui s'affairent sur le pont ont déjà englouti presque tous les beignets, mais j'en ai gardé pour vous, belles dames.

— Merci. Nous montons tout de suite, dit Claire, sans remarquer le regard sensuel que Phil dardait sur Stephanie.

Comment parviendrait-elle au bout de cette session de décoration sans poser les mains sur lui ?

Depuis une semaine entière, ses nuits étaient peuplées de rêves érotiques — avec Phil dans le rôle principal — dont elle émergeait en sueur et en proie à une intense frustration. Comment devrait-elle s'y prendre pour museler le désir qu'il lui inspirait ?

Plus tard, tandis qu'ils attachaient les dernières guirlandes au mât de la grand-voile, leurs épaules se touchèrent. Elle sursauta comme si une décharge électrique la traversait.

— Tu m'as l'air nerveuse, dit Phil.

— Un peu tendue, plutôt, avec toutes ces nouvelles patientes, les procédures délicates qui m'attendent…

Soulevant une mèche de ses cheveux, il lui murmura à l'oreille :

— C'est le week-end, ma colombe, détends-toi. Peut-être as-tu juste besoin de quelques soins dévoués.

Prodigués par lui, évidemment. Il semblait avoir lu dans ses pensées et rien qu'à imaginer les « soins dévoués » en question, elle sentit ses joues s'empourprer. Par chance, dans l'animation qui régnait sur le pont, personne ne leur prêtait attention.

Pourquoi pas ? Après tout, pourquoi refuserait-elle une aventure ? Etait-elle méprisable au point de ne mériter aucun petit plaisir dans la vie ? Phil avait déjà prouvé qu'il était un merveilleux amant. Ne serait-il pas amusant de tester avec lui les idées de toutes sortes qui lui étaient venues à l'esprit au cours de ses rêves ?

Voulait-elle vraiment plonger dans l'abîme de la frustration sexuelle au lieu de retrouver ces sommets enchantés où il l'avait conduite ?

Combien de fois devrait-elle encore s'accorder la permission de vivre ?

Les joues en feu, elle se tourna lentement afin de croiser son regard.

— Robbie est rentré chez lui hier soir, dit-il, ses yeux assombris rivés aux siens. Et je te dois un dîner. Que dirais-tu de ce soir ?

Sa voix chaude aux inflexions sensuelles fit courir une onde brûlante à travers tout son corps.

— Entendu, balbutia-t-elle.

Le soir trouva Stephanie en proie à un excitation qu'elle ne parvenait plus à tempérer. Elle avait hâte de revoir Phil, hâte de passer la soirée avec lui. La permission qu'elle s'était octroyée se révélait incroyablement libératrice.

Il passa la prendre à son hôtel, beau comme un dieu dans un costume sombre et une chemise bleu pâle au col ouvert. Et ce sourire… Avait-elle une chance de lui résister ? Question de pure forme, puisqu'elle ne le voulait pas !

Sous son regard qui la détaillait de la tête aux pieds, elle lissa d'une main fébrile la petite robe noire qu'elle avait couru s'acheter dès que la décoration du bateau avait été terminée. Peut-être la séduction de ce soir ne serait-elle pas aussi aisée qu'elle l'avait cru. Et si sa nervosité gâchait tout ?

— Tu es éblouissante !

Sa réaction faillit la faire vaciller sur ses hauts talons. C'était exactement ce qu'elle aspirait à entendre et cela la rendait folle de joie. Dans ses fantasmes, elle était une vamp mais là, dans la vraie vie, elle réussit juste à le remercier du compliment.

— J'espère que tu as un vêtement chaud, dit-il, effleurant sa joue d'un baiser. Nous dînerons dehors.

Quelle importance si elle avait froid ? Au moins elle aurait une bonne excuse pour se blottir contre lui.

Ils se rendirent dans un restaurant à l'ambiance campagnarde, chaleureuse et accueillante. Le propriétaire, que Phil semblait connaître, leur avait réservé la table la mieux placée du patio et même si toutes les autres étaient occupées, leur petit havre cerné de plantes vertes parut à Stephanie aussi intime que le regard de Phil. La chaleur diffusée par les lampes chauffantes se mêlait à l'air frais du soir pour créer la plus délicieuse des ambiances dedans-dehors.

Inspirant profondément, elle savoura la sensation de bien-être qui l'envahissait.

En entrée, ils dégustèrent de délicieuses coquilles Saint-Jacques arrosées d'un verre de vin du cru, puis on leur servit la spécialité du chef, des aiguillettes de canard fermier flambées au whisky. Un vrai délice !

Quand ils eurent reposés leurs couverts, Phil prit la main de Stephanie.

— Je suis vraiment heureux que nous ayons enfin pu avoir notre rendez-vous, dit-il, ses yeux plongés dans les siens.

Ainsi l'heure du choix avait sonné. Qu'allait-elle faire ? Entamer une liaison et en profiter au jour le jour, ou rester une femme frustrée, claquemurée dans son malheur ?

Elle regarda Phil, qu'un rayon de lune semblait auréoler de mystère, et la décision s'imposa d'elle-même. Oui, elle allait l'accompagner chez lui. Mieux : elle se passerait même du dessert qu'ils avaient commandé afin de se réserver pour les délices exceptionnelles qu'il avait à lui offrir.

Trois heures plus tard, Stephanie était allongée sur le dos, pantelante, empourprée et en proie à de délicieux picotements… à travers tout le corps ! Phil méritait un doctorat ès étreintes amoureuses.

Jamais auparavant elle n'avait laissé ainsi libre cours à ses désirs ni ne s'était abandonnée à ce point aux sensations qu'elle ressentait. Phil possédait le pouvoir de le lui permettre. Avec lui, faire l'amour paraissait aussi naturel que respirer.

Comme il lui caressait le cou de ses lèvres, de nouveaux frissons coururent sur sa peau.

— C'était parfait, dit-il d'une voix rauque.

Elle se blottit dans le creux de son épaule avec un petit soupir de bonheur.

— Il faudra que nous recommencions un de ces jours.

— Pourquoi pas maintenant ? répondit-il en riant.

Puis se soulevant sur un coude, il plongea son regard dans le sien.

— Tu sais que tu es incroyable ?

Le savait-elle ? Son mari le lui avait-il jamais dit ? Ils avaient été amoureux, autrefois. Lorsqu'elle était tombée enceinte, elle avait été la plus heureuse des femmes, mais quelques mois plus tard, tout avait changé.

Elle passa la main sur son abdomen, imaginant les trompes de Fallope qu'une collègue avait ligaturées à sa demande. Elle ne risquait rien. Plus jamais elle ne serait de nouveau enceinte.

Comme s'il avait lu en elle, Phil lui donna un baiser plein de chaleur et de tendresse qui l'émut presque aux larmes.

Elle l'embrassa en retour avec fougue, les doigts enfouis dans son opulente chevelure. Si elle avait une aventure avec Phil, il n'était pas question qu'elle permette à ses émotions — ou à des sentiments autres que le désir ou la passion — d'en entraver le cours.

Le dimanche matin, après une nouvelle étreinte, Phil la persuada d'aller faire une partie de volley sur la plage.

La proposition la fit sourire. Le surf n'était peut-être pas son truc, mais le volley l'était, indiscutablement. Après quelques lancers d'échauffement, ils se renvoyèrent la balle au-dessus du filet. Les orteils de Stephanie s'enfonçaient dans le sable, le soleil et la brise de mer caressaient sa peau, la rendant aussi vibrante et chaude que les caresses de Phil durant leur nuit d'amour. A un moment, celui-ci relança la balle du bout des doigts. D'un mouvement réflexe, elle la propulsa au-dessus du filet, le frappant pile entre les deux yeux.

Inquiète, elle se précipita vers lui.

— Beau lancer, Bennett ! dit-il en se frottant le nez.

Après s'être assurée qu'il n'était pas blessé, elle ne put s'empêcher de rire de sa mine déconfite et elle fut prise d'un tel fou rire qu'elle en tomba à genoux.

La soulevant alors dans ses bras, il courut vers l'océan, pénétra dans les vagues et la jeta dans l'eau glacée où ses cris de protestation moururent. Il avait profité de sa faiblesse, le monstre, mais elle n'avait pas dit son dernier mot ! Comme il retournait sur la plage, elle se lança à sa poursuite avec l'intention de le plaquer au sol, tel un rugbyman chevronné, mais elle ne réussit qu'à saisir ses chevilles avant d'atterrir à plat ventre sur le sable.

Sa manœuvre avait échoué mais peu importait. Elle ne s'était pas sentie aussi insouciante, aussi vivante depuis des lustres.

Se libérant de son emprise, Phil s'assit sur ses talons et l'éclat de rire qu'il lâcha, suivi d'un irrésistible sourire en coin, l'amena à nouer les bras autour de son cou pour plaquer un baiser sur ses lèvres. Et d'abord maladroit, celui-ci devint bien vite passionné, Phil l'étreignant comme s'il ne voulait plus jamais la laisser partir. Tandis que leurs lèvres s'épousaient, que leurs langues dansaient un ballet vieux comme le monde, il lui semblait avoir atteint les portes du paradis sur cette plage avec Phil.

Comme ils roulaient, enlacés, le sable s'infiltra dans leur étreinte et bientôt le délicieux interlude fut gâché par la conscience que chaque partie dénudée de son corps était devenue râpeuse. Quand Phil eut fait la même constatation, ils restèrent allongés côte à côte à rire ensemble.

Le play-boy de Santa Barbara avait fait redémarrer sa vie, semblait-il. Oui, les « soins dévoués » qu'il lui avait prodigués, pour reprendre ses propres termes, étaient bien ce dont elle avait besoin.

Après qu'il l'eut ramenée à son hôtel pour se doucher et se

changer, ils allèrent déjeuner au yacht club. Ensuite, durant une longue promenade au bord de l'océan, Phil l'invita à l'accompagner chez lui. Comment aurait-elle pu refuser de se retrouver dans son grand lit douillet, de ne faire plus qu'un avec lui ?

L'amour physique avec Phil n'était rien de moins qu'un enchantement et, une fois encore, la magie opéra.

— Reste avec moi cette nuit, murmura Phil alors que comblée et alanguie, elle gisait entre ses bras.

La réalité reprit brusquement ses droits.

— Je ne peux pas. Je dois être en forme pour la conisation qui m'attend demain matin.

— Reviens demain soir, alors, susurra-t-il, sa main jouant dans ses cheveux.

— Je te croyais du style « je-te-prends-je-te-laisse », laissa-t-elle échapper avant d'avoir pu s'en empêcher.

D'un rapide mouvement il la fit rouler sur le dos et, se calant entre ses cuisses, la regarda d'un air confiant.

— Je n'en suis qu'au tout début avec toi.

Malgré son manque certain de romantisme, le commentaire l'enchanta tandis qu'il lui mordillait sensuellement le lobe de l'oreille. Il se s'était pas encore lassé d'elle et, Dieu en était témoin, elle était très loin de s'être lassée de lui. Néanmoins, elle ne se laissa pas aussi facilement ensorceler, cette fois, car elle avait l'esprit ailleurs.

Sa vie, son job s'introduisant dans ses pensées, elle passa en mode réaliste et pragmatique.

— Comment ça marche avec toi ? Comment sais-tu que le moment est venu de passer à autre chose ?

Phil roula à son tour sur le dos et l'atmosphère féerique générée par leurs étreintes s'évanouit.

— Pourquoi ces questions ?

— Je suis curieuse, c'est tout.

Il se souleva sur un coude.

— Je ne suis pas aussi dur que ma réputation pourrait le laisser croire.

— Je n'ai pas dit que tu l'étais. Je t'ai seulement demandé

comment tu savais qu'une « aventure » était arrivée à son terme.

— Disons que je suis loin d'en être là avec toi.

La réponse parfaite du play-boy confirmé.

Il n'était pas que cela, cependant. Il habitait une maison idéale pour une famille ; il aimait passer du temps dans la cuisine et dans le jardin ; il avait merveilleusement bien veillé sur son petit frère. En fait, elle voyait beaucoup de potentiel en lui. Non pas qu'elle soit à la recherche d'un homme dans sa vie ! Absolument pas. Du reste, jamais il n'avait laissé entendre qu'il envisageait autre chose que quelques folles nuits avec elle.

Elle le regarda et pour la première fois la véritable nature de leur relation lui apparut clairement. Qu'est-ce qui les liait, à part ce lit ? Rien. Elle lui était reconnaissante de l'avoir forcée à sortir de sa coquille, mais la réalité était là et elle venait de lui exploser au visage.

Prenant sa main, il y déposa une pluie de petits baisers.

Combien de temps serait-elle capable de fermer les yeux sur ses manières de séducteur ? Aurait-elle le cœur brisé lorsqu'il la quitterait pour passer à une autre ? Aurait-il la courtoisie d'attendre qu'elle retourne à Palm Desert ?

Eprouvant soudain le besoin irrépressible de retrouver la sécurité de sa coquille, de se dissimuler derrière les contraintes de son métier, elle l'embrassa sur le front.

— J'ai une grosse journée, demain, dit-elle et, se glissant hors du lit, elle rassembla ses vêtements épars et gagna la salle de bains. Inutile de me raccompagner.

8.

Les sourcils froncés, Phil se massait les tempes. Comment comprendre ce qui venait de se passer ? Ils avaient fait l'amour avec un plaisir évident et partagé pendant tout le week-end, Stephanie et lui, et il avait aimé chaque minute qu'il avait passée avec elle. Puis, tout d'un coup et sans que rien n'ait pu le laisser prévoir, elle avait repris ses distances.

S'asseyant au bord du lit, il but un verre d'eau d'un trait. Une douleur sourde pulsait dans sa tête. Les endorphines libérées par l'amour physique n'étaient-elles pas censées procurer aux hommes des sensations d'euphorie et de plénitude ? Cela s'était effectivement confirmé… jusqu'à ce que sa partenaire ne se referme comme une huître.

Il songea à Stephanie blottie dans ses bras un instant, disparue le suivant. Il ne savait pas ce qu'il voulait au-delà de ce qu'ils avaient déjà. Ils passaient d'excellents moments ensemble, s'amusaient, se donnaient mutuellement du plaisir, mais ensuite ? Ensuite, elle repartirait pour Palm Desert.

Nu comme un ver, il fit les cent pas dans sa chambre. Sans doute serait-ce une bonne idée de lui laisser une journée pour elle-même. De lui apporter simplement à déjeuner. De garder l'invitation au restaurant chinois pour un autre soir. Sans aucune pression. Il ferait ce qu'il savait le mieux faire : il déploierait son charme.

Et, même si cela allait lui être difficile, il s'abstiendrait de la toucher afin de ne pas risquer de perdre le bénéfice du petit pas qu'il avait fait vers elle.

La parade de bateaux de Noël aurait lieu le samedi suivant

et il espérait qu'elle serait à bord du voilier de Jason. Si la magie de Noël ne parvenait pas à briser les barrières qu'elle avait érigées autour d'elle, rien ne le pourrait.

Soudain il s'immobilisa, fixant le tapis. En s'en allant ainsi, Stephanie lui offrait l'occasion idéale de laisser une autre de ses relations s'éteindre doucement. Laisser une femme partir ne l'avait jamais perturbé. Au fil du temps, il avait appris des manières nouvelles et créatives pour procéder en douceur. Parfois il offrait un bijou de prix à ses futures ex-conquêtes, leur affirmait qu'elles méritaient mieux que lui, et leur souhaitait tout le bonheur du monde… sans lui. Pour tout dire, il était même allé jusqu'à utiliser sa carrière comme excuse. Et s'il voyait pétiller des envies de maternité dans les yeux de la dame, il annonçait clairement qu'il n'avait pas du tout la fibre paternelle et passait à la suivante.

Mais cette fois, c'était Stephanie qu'il voulait. Pour la bonne raison qu'il l'appréciait. Enormément. Il songea à son rire musical lorsqu'ils jouaient à lutter corps à corps sur son lit. De tout près, le léger semis de taches de rousseur sur son nez l'émoustillait plus qu'il ne voulait l'admettre. Et sa peau… Il avait l'impression de sentir du velours sous ses doigts. En plus, c'était une excellente praticienne, tous leurs collègues du centre médical s'en étaient rendu compte. En vérité, il aimait tout en elle.

Le silence total qui régnait chez lui finit par le tirer de ses pensées. Il devait admettre que le martèlement des pieds dodus de Robbie sur le carrelage lui manquait dans des moments comme celui-ci, et il ne faisait aucun doute que Stephanie Bennett lui manquait dans son lit.

Etait-ce cela, la solitude ?

Peut-être était-il temps qu'il adopte un chien. En attendant, il allait voir s'il y avait du football à la télé.

Le lundi matin, des chants de Noël accueillirent Stephanie à la réception. Sans doute dopée par la festive séance de décoration du bateau, Gaby avait occupé son dimanche à égayer les lieux. Devant la fenêtre donnant sur la rue, elle avait installé un charmant village de Noël miniature, généreusement saupoudré de neige artificielle et de lumières clignotantes. Un sapin garni de boules dorées et de guirlandes scintillantes se dressait fièrement dans un angle. Des couronnes de houx ornaient les portes de tous les cabinets médicaux. Une banderole suspendue à l'entrée de la salle d'attente souhaitait de joyeuses fêtes de fin d'année à tous les patients.

Cette atmosphère joyeuse formait un contraste total avec la biopsie qu'elle avait programmée avant ses consultations. Elle s'y préparait en revoyant mentalement la procédure lorsque Maria la rejoignit.

— J'envisage d'utiliser un bistouri « froid ». Il peut provoquer plus de saignements que le bistouri électrique ou le laser, mais il obscurcit moins les berges de la zone pathologique que les deux autres techniques, ce qui est très important, lui expliqua-t-elle.

Puis, sur une feuille de son bloc-notes, elle représenta schématiquement les organes génitaux féminins.

— A la suite de la conisation, j'effectuerai un cerclage afin de réduire le saignement et d'empêcher un accouchement prématuré. Voici comment…

Et d'expliquer, dessin à l'appui, la manière dont elle projetait d'extraire le fragment de tissu puis de « coudre » le col afin qu'il reste fermé jusqu'au huitième mois de grossesse.

— Amy est en train de faire signer l'autorisation à Mme Conroy. Etes-vous prête ?

— Tout à fait.

Tandis qu'elles gagnaient de concert la salle d'intervention, Stephanie remarqua que l'abdomen de Maria avait encore augmenté de volume. Comment allait-elle tenir le coup jusqu'à la date prévue pour son accouchement ? se demanda-t-elle.

Parvenue au chevet de sa patiente déjà installée sur la table, les pieds dans les étriers, elle la salua d'une ferme poignée de main.

— Vous vous souvenez de Maria Avila, l'infirmière praticienne en cours de formation, n'est-ce pas ?

Celeste répondit par l'affirmative et autorisa Maria à

observer l'intervention — et même à prêter main-forte, si nécessaire, ce dont Stephanie lui fut reconnaissante.

Amy lui ayant donné un sédatif doux à son arrivée, Stephanie procéda à une anesthésie locale du col utérin.

— L'autorisation contenait une liste de choses effrayantes, dit Celeste pendant qu'elles attendaient que le produit anesthésiant fasse effet. Elles peuvent toutes se produire ?

— L'autorisation se doit de recenser toutes les possibilités. Arriveront-elles ? Non. Au moins l'une d'entre elles se produira-t-elle ? Pas forcément. Je vous en prie, ne laissez pas cette énumération vous effrayer. L'élément le plus important qu'il me revient de maîtriser est le saignement. La grossesse accroît le flux sanguin dans l'utérus et le col, aussi ce sera peut-être un peu délicat, mais je redoublerai de prudence.

— Et si vous ne retirez pas la totalité de la partie cancéreuse ?

— Il y a très peu de risque que votre lésion progresse durant votre grossesse. Mon job consiste à l'extraire en totalité aujourd'hui et je suis persuadée de pouvoir y parvenir. Alors considérons chaque chose en son temps, d'accord ?

Celeste hocha lentement la tête puis, tandis que le sédatif opérait, elle laissa aller sa tête sur la table et ferma les yeux. Nul besoin d'être devin pour imaginer le cours que suivaient ses pensées.

Une fois le cône de tissu excisé et placé dans le récipient destiné au laboratoire d'anatomopathologie, Stephanie utilisa un électrocautère afin de contrôler le saignement puis, comme prévu, elle réalisa le cerclage du col.

— Maria, vous allez être assignée à la post-op. Je veux que vous surveilliez Mme Conroy pendant quelques heures. Amy, vous voudrez bien vous assurer que son mari sera disponible pour la ramener chez eux à la fin de ce laps de temps ?

Les deux jeunes femmes acquiescèrent avec un sourire.

Stephanie énuméra alors à sa patiente une longue liste de recommandations pour les prochaines semaines, les lui nota par mesure de précaution, puis elle se débarrassa de sa tenue de chirurgien.

— Au moindre saignement inhabituel, prévenez-moi, recommanda-t-elle à Maria avant de quitter la pièce.

Durant toutes les consultations auxquelles elle se consacra ensuite, elle ne s'autorisa que sporadiquement à penser à Phil. Elle ne cherchait ni un mari ni un futur père. Ayant misérablement échoué dans cette voie, elle avait fait en sorte de ne plus jamais devenir mère. Tout ce qu'elle voulait, c'était réunir les fragments épars de sa vie et peut-être, durant ce remplacement, se divertir un peu. Alors, s'il était seulement un partenaire de jeu, pourquoi hantait-il ses pensées ? Peut-être parce qu'elle avait pris conscience de sa valeur en tant qu'homme.

— Docteur Bennett ? dit soudain Amy, interrompant ses réflexions. Maria m'envoie vous dire que Mme Conroy a déjà trempé plusieurs tampons.

Alarmée, Stephanie saisit son téléphone et appela Jason. Il la rejoignit au chevet de la patiente alors qu'elle terminait son examen.

— J'ai besoin de cautériser davantage et ensuite j'aimerais que Mme Conroy soit hospitalisée vingt-quatre heures en observation, expliqua-t-elle.

— Je vais prévenir l'hôpital que nous leur envoyons cette dame, répondit-il.

— Comme je n'ai pas d'accréditation, j'aurai besoin que ce soit vous qui la fassiez admettre.

— Aucun problème, affirma Jason. Je vous fais confiance.

Un tel appui de son patron lui fit chaud au cœur.

Après la seconde séance de cautérisation des berges de la biopsie, le saignement commença à ralentir. Néanmoins, elle ne serait jamais trop prudente pour cette patiente enceinte.

Lorsque les ambulanciers vinrent chercher Celeste, Maria se proposa de l'accompagner, ce qui permit à Stephanie de terminer ses consultations avant d'aller la voir à l'hôpital.

La journée s'acheva sans qu'elle ait ne serait-ce qu'aperçu Phil. L'évitait-il parce qu'elle l'avait quitté brusquement sans lui dire vraiment au revoir ? Qu'espérait-il ? Dans la mesure où ils n'étaient rien de plus que des partenaires sexuels, elle n'avait aucune obligation envers lui. Alors pourquoi le fait qu'il l'évitait l'ennuyait-il autant ? Elle se mordilla la lèvre inférieure et soupira.

Parce qu'il ne lui était pas indifférent, voilà pourquoi.

Lorsque Phil pénétra au centre médical, le mardi matin, la première chose qu'il fit fut de demander à Gaby si Stephanie était là.

— Elle est à l'hôpital — pour la sortie de l'une de ses patientes, lui expliqua celle-ci.

Il dut ravaler sa déception. Il avait décidé de l'inviter à déjeuner et il avait hâte de la revoir.

Une fois dans son cabinet, à peine avait-il allumé son ordinateur qu'une « alerte agenda » apparut sur son écran au moment précis où Jon franchit sa porte.

— Tu es prêt ? s'enquit celui-ci.

Enfer et damnation ! Il avait oublié le symposium auquel ils s'étaient inscrits ensemble depuis des mois.

Envolé, le déjeuner avec Stephanie.

Le mercredi matin, il dut aller pratiquer une thoracocentèse en urgence à l'hôpital et le temps qu'il rattrape le retard accumulé dans ses rendez-vous et raccompagne son dernier patient de la journée, Stephanie avait déjà regagné son hôtel.

L'idée l'effleura de l'appeler pour l'inviter à dîner, mais il savait combien il était facile d'éconduire quelqu'un par téléphone, aussi préféra-t-il attendre le lendemain matin, lorsqu'ils seraient face à face.

Et le jeudi, après qu'il l'eut cherchée en vain dans tout le centre médical, Phil apprit de la bouche de Jason qu'elle avait été invitée à l'université locale pour donner une conférence aux doctorantes en soins infirmiers de la promotion de Maria.

Décidément, il n'avait pas de chance !

Puisque le destin s'amusait à lui mettre des bâtons dans les roues, et malgré son désir ardent de la voir au plus vite, il décida d'attendre le samedi soir, lorsque tout le monde se retrouverait à la réception organisée chez Jason après la parade de bateaux. Elle lui avait manqué toute la semaine et il voulait absolument effacer le malaise provoqué entre eux par l'évocation de son passé de séducteur. Il comprenait les réserves que celui-ci pouvait entraîner chez une femme comme elle. Il ne pouvait rien promettre, évidemment, néanmoins elle semblait mériter qu'il s'investisse dans — oserait-il employer le mot ? — une *relation* avec elle. Elle n'était pas juste une fille parmi d'autres.

C'était bizarre, songea Stephanie durant le trajet de l'université à son hôtel. Peut-être la reprise d'un job à plein temps associée à un changement radical d'horizon avait-elle été plus stressante que ce à quoi elle s'était attendue. Depuis quelques jours elle finissait ses journées morte de fatigue, et elle ne pouvait nier être plus émotive qu'à l'accoutumée. Syndrome prémenstruel ? Elle réfléchit. On était le 9 décembre et vu qu'elle avait des cycles courts et toujours réguliers, ses règles auraient dû débuter… le 5. Aujourd'hui, elle avait eu quelques maux de tête et ses seins étaient un peu sensibles. Sans doute aurait-elle ses règles d'un jour à l'autre maintenant.

Sans doute ce retard inhabituel était-il dû au stress.

A quoi d'autre, sinon ?

La Californie était réputée pour son climat paradisiaque et en ce samedi de la mi-décembre, alors que le reste du pays grelottait, le beau temps, très doux, y régnait en maître.

Une main en visière pour protéger ses yeux, Stephanie contemplait le somptueux coucher de soleil qui embrasait l'océan puis, prenant une profonde inspiration d'air salé, elle remonta le quai en direction du bateau de Jason.

Une heure plus tôt, elle avait raccroché le téléphone à l'issue d'une conversation avec Celeste Conroy dont l'état continuait à s'améliorer. Une conversation des plus agréables puisqu'elle avait été en mesure de lui apprendre que le petit cancer qu'elle avait présenté au niveau du col de l'utérus avait été opéré avec succès et que les tissus avoisinants étaient parfaitement sains.

Mais il lui fallait séparer vie professionnelle et vie personnelle, décida-t-elle. Maintenant qu'elle avait rempli ses devoirs de médecin, elle ôta symboliquement son stéthoscope pour… eh oui !… se préparer à être l'un des lutins du Père Noël. Son estomac se noua à la pensée de se retrouver face à Phil pour la première fois depuis qu'elle l'avait fui à la fin du week-end précédent.

Après réception d'un SMS invitant les « figurants » à revêtir leur « pull de Noël le plus extravagant », elle avait fait un saut au Paseo où elle avait trouvé un sweater conforme à la description, mais elle n'avait pas eu le cran de l'enfiler à l'avance.

Le voilier de Jason avait belle allure dans sa parure de Noël. Une fois les lumières allumées, il promettait d'enchanter les spectateurs, lui sembla-t-il lorsqu'elle parvint à sa hauteur.

Claire la salua du pont où elle se tenait en compagnie d'une adorable fillette aux grands yeux bleus et d'un bébé joufflu assis, bien emmitouflé, dans une poussette qu'elle faisait mollement rouler d'avant en arrière.

— Voici ma fille, Gina, dit-elle. Et ce petit bonhomme est Jason junior.

Stephanie s'exhorta à ne pas se laisser intimider par les deux petits. C'étaient les enfants de Claire, pas les siens et Claire semblait parfaitement remplir son rôle de mère.

On était en pleine période de Noël, le moment de l'année préféré des enfants, et il était impossible que son fils ne lui manque pas, mais juste pour la soirée, elle fit vœu de ne pas s'effondrer. Le temps de cette soirée elle se laisserait gagner par la joie de Noël et elle sourirait autant que ses collègues en cette occasion festive. Ensuite, le jour de Noël, elle se renfermerait dans sa coquille avec son chagrin, ce fidèle compagnon.

Comme elle posait le pied sur le pont, son sweater encore dans le sac du magasin, quelqu'un saisit ses genoux et elle faillit perdre l'équilibre. Se retenant au bastingage, elle baissa les yeux au moment où une voix familière lui criait un « bonjour » perçant.

— Robbie ? Que fais-tu ici ?

— Je serai assis sur les genoux du Père Noël, répondit-il fièrement.

— Moi aussi ! enchaîna Gina d'un ton ferme.

Devant l'air supérieur que prit Robbie, Stephanie faillit éclater de rire.

— C'est mon frère à moi, souligna-t-il.

— Oh oh ! C'est moi qui ai eu cette brillante idée ? murmura Claire. J'aurais peut-être dû réfléchir un peu plus.

A cet instant, Phil parut surgir de nulle part. Aussitôt une décharge d'adrénaline accéléra le pouls de Stephanie.

Il ne l'avait pas encore vue, mais Jason et Gaby l'avaient remarqué et riaient de son accoutrement de Père Noël surfeur au ventre bedonnant. Sa chemise hawaïenne était imprimée de rennes glissant sur des plaques de neige et son bermuda en velours écarlate était maintenu par des bretelles. Beau joueur, il avait enfilé sur sa tête, tel un passe-montagne, un combiné perruque-barbe blanche. Sa version californienne du vieil ami des enfants déconcerterait peut-être les puristes, mais elle correspondait à merveille à l'esprit de Santa Barbara et apportait la touche finale au thème qu'ils avaient choisi.

Comme il se tournait lentement, bras écartés, pour permettre à Jason et Gaby d'admirer son costume en détail, ceux-ci rirent de plus belle. Il avait été désigné d'office pour le rôle et au lieu de le tenir de mauvaise grâce, il lui avait imprimé sa marque avec bonhomie, remarqua Stephanie non sans une certaine émotion. Et une idée bizarre s'imposa à son esprit : elle pourrait tomber amoureuse d'un homme tel que lui — si elle n'y prenait garde.

Lorsqu'il finit par s'apercevoir de sa présence, elle nota un subtil changement dans son sourire quelque peu empreint d'autodérision. Croisant brièvement son regard, il la salua d'un signe de tête — qu'elle se contenta de lui rendre tant elle doutait d'être capable de trouver sa voix pour lui parler.

Gina et Robbie l'en dispensèrent, de toute manière, en se précipitant vers lui aux cris de : « Père Noël ! Père Noël ! »

Tandis que Phil les étreignait tous les deux, un irrationnel serrement de cœur lui fit craindre d'avoir tout gâché en le quittant le dimanche précédent.

— Claire, je te le dis, Roma et papa feraient n'importe quoi pour profiter d'un baby-sitter bénévole et d'une soirée tranquille, dit-il, ponctuant le commentaire d'un haussement d'épaules indulgent, comme s'il tenait absolument à paraître désinvolte et insouciant. Heureusement que la nature m'a doté de deux genoux. Ho, ho, ho !

Bien que forcé et ne ressemblant que de très loin à celui du papa Noël des spots publicitaires, son rire ravit les enfants. Peut-être ne savait-il pas plus qu'elle comment gérer les choses entre eux, songea Stephanie.

— Il viendra dans ma maison en premier, dit Gina à Robbie d'un air de défi.

— Non ! rétorqua celui-ci. Dans la mienne.

— Allez vous habiller, suggéra Gaby en entraînant Stephanie vers l'escalier menant au carré — elle-même portait un chandail d'un rouge criard brodé de paillettes dorées qui jurait avec ses cheveux magenta. Je veux prendre des photos de groupe avant qu'il y ait trop de monde sur le quai.

Contrainte de se presser, Stephanie n'eut pas le temps de penser à autre chose que troquer sa veste et son chemisier contre le sweater orné sur le devant d'un gros sapin en tissu sur lequel clignotaient de petites guirlandes entrelacées — le comble du mauvais goût. Ses sentiments confus à propos de Phil mis à part, elle avait beaucoup de plaisir à évoluer de nouveau dans le monde des vivants.

Lorsqu'elle remonta sur le pont, Jason avait allumé les lumières et la vision de cette féerie scintillante lui coupa le souffle. Ils avaient vraiment créé un pays des merveilles. Attachées à l'extrémité supérieure du mât de la grand-voile, une dizaine de guirlandes électriques multicolores se déployaient en éventail jusqu'au pont sur lequel elles étaient arrimées de manière à former un grand sapin stylisé. A son sommet étincelait une grosse étoile argentée. Les petits sapins à la décoration « internationale » clignotaient et resplendissaient, et avec le concours des personnages en costume traditionnel debout à côté de chacun d'eux — un Ecossais, un Russe, un cow-boy, un Autrichien, un Japonais et un Philippin — ils composaient un tableau impressionnant. Des couronnes de l'Avent illuminées ponctuaient les flancs du bastingage et un ruban de branches de pin décoré de bouquets de boules argentées habillait les mains courantes.

Pour couronner le tout, deux banderoles de néons étincelants formant les mots « Joyeux Noël » paraient la poupe et la proue du bateau. Assis sur le pont, bien au chaud sous leurs pulls bariolés, bonnets sur la tête et cache-nez autour du cou, le reste des employés du centre médical interprétaient des chants de circonstance. S'ils ne gagnaient pas la première place au palmarès de la parade organisée par la chambre de commerce, au moins devraient-ils remporter le prix du bateau le plus voyant — ou de la décoration la plus kitch !

Emportée par l'ambiance festive, Stephanie ne put s'empêcher de rire toute seule. Il y avait une éternité qu'elle n'avait pas ressenti une telle excitation à l'approche de Noël et elle savoura cette sensation… jusqu'à ce qu'elle se retrouve face à face avec le Père Noël.

Il parut aussi mal à l'aise qu'elle l'était elle-même. Si seulement elle trouvait quelque chose à dire pour briser cette chape d'embarras dans laquelle ils semblaient empêtrés.

— Joli pull, dit-il, une inflexion de malice dans la voix.

— Tes bretelles ne sont pas mal non plus, répondit-elle, saisissant l'occasion qu'il lui offrait sur un plateau de détendre l'atmosphère.

Ils échangeaient un sourire un peu hésitant quand Jon les apostropha, appareil à la main, prêt à prendre le cliché.

— Hé, vous deux, laissez-moi vous photographier !

— Moi aussi ! dit Gaby.

— Vous feriez bien de les laisser faire. Ils sont capables de vous harceler jusqu'à ce que vous posiez, précisa Rosie, tout sourire, son bébé bien emmitouflé dans les bras.

Phil se rapprocha de Stephanie.

— Fais un beau sourire, le petit oiseau va sortir, murmura-t-il.

Son charme la désarma et toutes ses appréhensions s'envolèrent. Même si la situation la dépassait, elle ne pouvait nier qu'il l'attirait.

— Parfait ! dit Jon. Maintenant allons faire une photo de groupe.

Jason apparut, coiffé d'une casquette de capitaine ceinte d'un ruban de mini-ampoules clignotantes. Tout le monde se rassembla autour de lui et les flashs crépitèrent.

Comme si elle se retrouvait transportée loin en arrière, la magie de Noël gagna Stephanie. Mais presque aussitôt sa peau se hérissa et ses yeux la picotèrent. C'était trop beau. Elle ne méritait pas d'être aussi heureuse à cette époque de l'année.

— O.K., ça suffit ! annonça Phil, l'entraînant par le bras en direction de la chaise qui lui était dévolue, comme s'il percevait son changement d'humeur. Nous avons du travail. Qui m'a entraîné là-dedans, déjà ? Oh, oui — toi !

— Je me suis abstenue pendant le vote, tu te souviens ? répondit-elle du même ton badin, contente que tout semble redevenu normal entre eux.

Cela l'aidait à repousser sa tristesse.

Profondément reconnaissante envers ses collègues pour cette soirée si riche en distractions, elle prit place sur sa chaise et adressa des signes de la main à Jon qui, du quai, prenait d'autres clichés de groupe. Puis, dans le bruit assourdissant émis par sa corne de brume, Jason manœuvra son voilier pour l'éloigner du quai.

Claire installa Gina et Robbie sur les genoux de Phil.

— Ecoutez-moi bien, tous les deux, dit-elle, les tenant par le menton. Vous restez où vous êtes ; sous aucun prétexte vous ne descendez des genoux du Père Noël. C'est compris ?

Impressionnés par la fermeté de sa voix et l'autorité de son regard, les deux enfants acquiescèrent en chœur.

Il fallut un temps fou pour aligner tous les bateaux participant à la parade et leur faire prendre la mer dans la baie de Santa Barbara. L'un derrière l'autre, ils se dirigèrent vers la Stearns Wharf qu'ils contournèrent puis ils longèrent la côte sur quelques miles avant de repartir vers le port.

Devant le spectacle grandiose de cette flottille illuminée

se réfléchissant sur le miroir sombre de la mer, des larmes picotèrent de nouveau les yeux de Stephanie. Lorsque, regardant en direction du rivage, elle vit les collines et les maisons couvertes de guirlandes lumineuses, les silhouettes des palmiers ponctuant la plage, elle ne put contenir ses sentiments. Pour la première fois depuis la mort de Justin, elle était en train de découvrir une manière positive de vivre la période des fêtes de fin d'année. Le ramener à la vie lui était impossible, mais elle pouvait célébrer sa brève existence en refusant de laisser la tristesse diriger son existence. Ne serait-ce que le temps de cette soirée.

Submergée par l'émotion, elle laissa ses larmes rouler sur ses joues. Des larmes qui n'étaient pas teintées de culpabilité mais de joie, de bienveillance, de… bien-être. Ce soir, elle s'appliquait cette bienveillance à elle-même et il lui semblait qu'un énorme poids venait de s'envoler de ses épaules comme par magie. Se sentant soudain pleine d'entrain, elle agita la main à l'adresse de la vedette des juges qui passait devant eux et adressa à ceux-ci son plus beau sourire.

Un grand sourire de satisfaction aux lèvres, Jason déboucha le champagne, emplit les flûtes alignées sur la table et souleva la sienne pour porter un toast.

— A une victoire bien méritée, dit-il. Nous y sommes enfin arrivés !

Phil vit Stephanie pousser des hourras et applaudir aussi fort que tous leurs collègues.

Lorsqu'il l'avait revue sur le bateau, il avait aussitôt éprouvé le besoin d'aplanir les angles entre eux. Mais il ignorait où elle en était avec lui et il tenait à respecter ses sentiments. En fait, il ne s'était pas senti aussi peu sûr de lui et aussi déstabilisé par une femme depuis le lycée. Il ne savait qu'une seule chose avec certitude : depuis qu'elle l'avait brusquement quitté le dimanche précédent, il n'était plus le même.

Sous la vive lumière de la salle de séjour des Rogers, ses cheveux roux flamboyaient, leur éclat encore avivé par la blouse en satin mauve qu'elle portait. Elle avait ôté son pull ridicule et il aimait *énormément* ce qu'il voyait.

Elle lui avait manqué après son départ. Pour tout dire elle n'avait pas cessé de lui manquer depuis lors. Mais s'il abattait bien ses cartes, il pourrait remettre les choses sur les bons rails et, avec un peu de chance, l'avoir de nouveau dans son lit avant la fin de la nuit.

Saisissant deux flûtes de champagne, il alla lui offrir l'une d'elles.

— A notre succès.

Ses magnifiques yeux d'ambre s'élargirent et son généreux sourire montra qu'elle était heureuse de le voir.

— Et gloire à toi pour avoir jonglé avec deux enfants surexcités toute la soirée.

Il hocha la tête.

— Depuis que Robbie dort sous pression positive continue, il est encore plus débordant d'énergie. J'ai failli le passer par-dessus bord plusieurs fois, mais j'ai pensé que Roma m'en voudrait.

— Tu ne ferais jamais ça, dit-elle en riant.

— C'est une figure de style, bien sûr.

— Admets-le, tu l'aimes ce bout de chou.

— C'est mon petit frère.

S'entretenir des enfants n'était pas exactement ce qu'il avait à l'esprit — d'autant qu'il avait eu toute une semaine pour peaufiner son plan.

— Puis-je te parler une minute ?

D'autorité, il entraîna Stephanie dans un coin tranquille de la pièce.

— Qu'y a-t-il ? demanda-t-elle d'un air soupçonneux.

— Nous sommes amis, n'est-ce pas ? Et nous sommes censés être honnêtes l'un envers l'autre. C'est pourquoi je veux que tu saches que je suis prêt à passer à l'étape suivante.

Stephanie qui buvait une gorgée de champagne faillit s'étrangler. Il lui tapa gentiment dans le dos pour l'aider à reprendre son souffle.

— Désolé, je ne voulais pas te faire un choc.

Elle toussa, se racla la gorge.

— Qu'entends-tu par « passer à l'étape suivante » ?

— Ecoute, j'imagine qu'il est assez difficile de prendre au sérieux un homme habillé en Père Noël surfeur, mais je tiens à te dire qu'après mûre réflexion j'ai décidé de tester ce que ça faisait de s'engager.

— Quoi ? s'écria Stephanie dans un éclat de rire. Tu me fais marcher.

— Va savoir... Sérieusement, tu ne peux pas savoir à quel point c'est un progrès pour un gars comme moi.

— Si, c'est super. Vraiment, je trouve ça super, répondit-elle, mais le subtil affaissement de ses épaules et l'expression suspicieuse qui était de retour dans son regard n'étaient guère encourageants.

A l'évidence, elle ne croyait pas qu'il ait changé d'un iota.

— Tu as des projets pour demain ?

Tout en portant sa flûte à ses lèvres, elle lui lança un regard étonné.

— J'envisage de faire un tour au refuge animalier. Peut-être pourrais-tu m'aider à choisir un chien ?

Elle eut un haut-le-corps.

— Qu'est-ce qu'il y a ? Tu me crois incapable de gérer une relation suivie avec un chien ?

Comme elle était en train de boire, elle se contenta de pointer l'index dans sa direction en le toisant d'un air qui disait clairement : « Un jour, je te ferai payer ça. »

Il y allait un peu fort, il le savait, mais comment aurait-il pu s'empêcher de jouer avec elle alors qu'elle réagissait au quart de tour.

— Qu'en dis-tu, tu es partante ?

— Je ne manquerais ça pour rien au monde, répondit-elle.

Qu'est-ce qui avait pris à Phil ? Il lui avait apporté une flûte de champagne, l'avait fait marcher avec sa toute nouvelle foi dans les bienfaits de l'engagement, et il l'avait bien eue. Secouant la tête, Stephanie rit pour elle-même. Il était totalement spontané et elle l'appréciait vraiment beaucoup. Elle chassa définitivement l'idée saugrenue d'une relation amoureuse qui lui avait traversé l'esprit.

Il était prêt à s'engager... avec un chien.

Elle ne pouvait tout de même pas le laisser se débrouiller tout seul au moment où il devait prendre une décision d'une telle importance. Phil — le Père Noël le plus charmant et le plus sexy qu'elle ait jamais vu — avait besoin d'aide pour choisir un chien. Comment aurait-elle pu refuser ?

Phil avait espéré ramener Stephanie chez lui le soir même, mais il ne voulait pas, en lui imposant ses désirs, ruiner les progrès qu'il avait faits. Il attendrait donc le lendemain, lorsqu'elle serait émue par les grands yeux suppliants d'un brave toutou, pour lui proposer de l'aider à installer l'animal chez lui, puis il l'inviterait à rester dîner. Si les choses se déroulaient de la même manière qu'elles se déroulaient habituellement lorsqu'ils étaient seuls tous les deux, il mettrait Fido dans le jardin et conduirait Stephanie jusqu'à son lit.

Toutefois, il ne fallait pas croire que le chien n'allait lui servir qu'à impressionner sa belle. Il avait bien réfléchi avant de prendre sa décision et il voulait vraiment un chien. Loyal. Fiable. Aimant. Un chien ne le quitterait jamais. C'était exactement le compagnon dont il avait besoin.

Tournant le coin de sa rue, il se passa la main sur la joue et sourit. En Père Noël, il s'était bien amusé. Qui l'aurait cru ? Le sourire qui avait illuminé le visage de Stephanie sur le bateau valait largement la peine qu'il endosse ce costume ridicule.

Il y avait en elle quelque chose de différent, songea-t-il tandis qu'il faisait entrer sa voiture dans son garage. Même si l'intuition n'était pas sa qualité première, il aurait pu jurer que ce soir elle avait sensiblement allégé son bagage émotionnel.

Les chiens de toutes tailles et de toutes races parqués dans des cages — ces horribles cages métalliques alignées le long des murs du refuge — fendaient le cœur de Stephanie, au point qu'elle trouvait à peine le courage de croiser leurs regards. Une odeur d'urine et d'haleine canine flottait dans l'air de l'austère local au sol cimenté.

— J'aimerais pouvoir les acheter tous, dit Phil comme en écho à ses pensées.

Touchée par sa sincérité, elle lui prit la main.

Pressant ses doigts, il lui lança un regard tendre.

— Ça va être plus dur que je ne le pensais.

En chemin, ils avaient discuté du type de chien qu'il recherchait — de grande taille, musclé, au pelage lisse. Un chien à son image, en somme, avait conclu Stephanie. Si elle avait dû se choisir elle-même un chien, elle aurait opté pour un animal petit, au poil abondant et frisé. A sa propre image ?

Les aboiements qui résonnaient autour d'eux rendaient presque impossible toute conversation tandis qu'ils parcouraient le refuge. Certains chiens ne cessaient de sauter contre leurs portes en jappant, d'autres se terraient en silence dans un angle de leur cage, d'autres encore allaient et venaient sans relâche tout en observant d'un œil anxieux tout ce qui se passait.

— Certains ont été abandonnés par des gens qui déménageaient. A cause de la crise, d'autres n'ont plus eu les moyens d'entretenir leur petit compagnon, expliqua la gérante des lieux. Nous espérons que la période des fêtes de fin d'année nous aidera à trouver un foyer pour ces pauvres bêtes.

Stephanie remarqua une adorable petite boule de poils ondulés couleur crème aux yeux marron. Elle était bousculée par deux autres petits chiens. Etait-ce un chiot ?

— C'est un croisé terrier, dit la gérante. Il est plus âgé que la plupart des autres.

— Hé, viens voir celui-ci !

Phil l'appelait, mais Stephanie lança un dernier regard par-dessus son épaule au « vieux » chien avant de le rejoindre.

Parmi plusieurs cages contenant des labradors et des bergers allemands, il s'en trouvait une occupée par un chien de taille moyenne au pelage lisse, noir et blanc.

— Issu d'un croisement entre un colley et un labrador. Un an. Son propriétaire a dû quitter l'Etat, dit la gérante.

Phil le caressa sur la tête et il lui lécha la main.

— Les bâtards sont intelligents et ont bon caractère en général. Souvent, ils sont aussi plus robustes que les chiens de race. Ils aiment leurs maîtres et sont très fidèles.

Phil hocha la tête et sourit.

— Comment s'appelle-t-il ?

— Daisy ?

— C'est une femelle, alors.

— Et elle a été stérilisée.

— C'est bon à savoir. Hé, Daisy, tu aimes les grands jardins et les balades sur la plage en fin de journée ?

Comme en réponse à la question, la chienne gémit et lui lécha de nouveau les mains.

Décidément, il était capable de charmer les femelles de quelque espèce que ce soit, songea Stephanie, amusée.

— Qu'en penses-tu, Stephanie ? Est-ce que nous allons bien ensemble, Daisy et moi, selon toi ?

Au lieu de le féliciter de son bon cœur par un baiser, comme elle en avait envie, elle lui caressa la joue.

— Je pense que vous formerez un super-couple tous les deux et je promets de ne pas être jalouse de ta nouvelle conquête.

Il sourit.

— En ce cas, je la prends.

Tandis qu'il remplissait les papiers et payait les honoraires, Stephanie retourna auprès du petit chien de sang mêlé.

— Bonjour, adorable toutou, murmura-t-elle.

Timidement, le chien s'approcha de la porte de la cage et flaira ses doigts. Ses yeux semblaient refléter toute la tristesse du monde.

— Tu as besoin d'un foyer, n'est-ce pas ?

— Nous prenons celui-là aussi, dit Phil derrière elle.

Surprise, elle se retourna vers lui.

— Mais voyons…

— Je sais reconnaître un coup de foudre quand j'en vois un. Considère-le comme un cadeau de Noël.

— Je ne peux pas avoir de chien, je vis à l'hôtel.

— Il pourra rester chez moi jusqu'à ce que tu rentres chez toi. Tu as bien une maison dans ton oasis au milieu du désert ?

— Oui, mais je…

— Ne commence pas à ergoter. Nous allons sauver deux chiens aujourd'hui.

Là-dessus, il appela la gérante qui s'empressa d'accourir.

— Comment s'appelle-t-il ?

— Sherwood.

— Sherwood, répéta-t-il en riant. Stephanie et Sherwood, deux noms qui s'accordent à merveille.

— Quel âge a-t-il ? demanda la jeune femme.

— Sept ans. Sa propriétaire est décédée.

D'où sa tristesse. Ouvrant la porte, la gérante du refuge lui tendit le pauvre petit animal qui se blottit dans ses bras et une petite langue rose lui lécha les doigts. Il était plein de confiance et sa maîtresse lui manquait, de toute évidence. Cette pensée lui serra le cœur. Phil était une fine mouche. Peut-être que s'occuper d'un chien constituait le tremplin idéal pour doper sa confiance en elle. Elle pouvait faire ça. Elle pouvait prendre soin d'un petit chien.

— Tu le garderas jusqu'à ce que je retourne chez moi ?

— Naturellement, dit Phil. J'ai assez de place pour six chiens sur mon terrain. Allez, c'est une affaire entendue. En route.

Inondée d'une douce chaleur, elle lui donna une accolade et le chien jappa.

— Eh bien voilà, Sherwood. On dirait que tu t'es trouvé une nouvelle maîtresse, dit-elle, portant la petite boule de poils à son visage et savourant le contact de son pelage rêche.

La sensation de douce chaleur que Stephanie avait ressentie au refuge ne fit que s'accroître au fil des heures. Toutes affaires cessantes, ils avaient acheté des laisses, des paniers munis de coussins, des sacs de nourriture adaptée à chacun de leurs nouveaux protégés et des cages de transport.

A présent qu'ils avaient tout déballé chez Phil, Sherwood était timidement entré dans la sienne, presque comme s'il s'agissait d'un objet transitionnel, et Stephanie essayait de le persuader d'en sortir.

— Viens, gentil petit toutou. Je ne mords pas, dit-elle.

A genoux sur le sol, elle avança les bras à l'intérieur du

petit espace. Il la laissa le prendre dans ses bras puis il lui lécha de nouveau le visage.

— Peut-être que tu devrais le porter comme ça pendant quelque temps, jusqu'à ce qu'il s'habitue à sa nouvelle maison, suggéra Phil, sa propre chienne sautant et dansant autour de ses pieds.

— Oui, tu as raison.

Il avait été sensationnel aujourd'hui. Pour un homme rebuté par le moindre engagement, il n'avait aucun problème à introduire un chien chez lui. Etait-il en train de changer ?

— Je me demande pourquoi je n'ai jamais fait ça plus tôt, dit-il, caressant le pelage blanc et noir de Daisy et la soulevant dans ses bras.

Comme s'ils avaient fait ça toute leur vie, il embrassa Stephanie tandis que chacun d'eux tenait son nouveau petit compagnon à quatre pattes. Le contact de ses lèvres chaudes et familières sur les siennes lui parut si naturel, tellement dans l'ordre des choses, qu'elle espéra que la journée ne finirait jamais.

Et plus tard, lorsqu'il lui demanda de passer la nuit avec lui et qu'elle l'accompagna dans sa chambre, elle s'avisa que la meilleure partie de la journée allait seulement commencer.

9.

Les jours suivants s'envolèrent dans un joyeux tourbillon. Stephanie et Phil étaient devenus inséparables. Tous les soirs après le travail, elle se rendait chez lui, ils allaient promener les chiens, concoctaient leur dîner, faisaient passionnément l'amour, dormaient dans les bras l'un de l'autre, prenaient leur petit déjeuner ensemble et repartaient travailler. Le jeudi matin, Phil suggéra qu'ils n'utilisent qu'une seule voiture.

Un signal d'alarme retentit dans l'esprit de Stephanie. Ce covoiturage impliquait qu'elle reviendrait de nouveau chez lui le soir même. Pourquoi ne lui demandait-il pas franchement de s'installer avec lui ? Avait-il l'habitude de conserver de subtiles barrières jusqu'à ce qu'il se lasse de sa maîtresse du moment et cesse de chercher des moyens de passer du temps avec elle ?

Mais dans la mesure où elle n'avait plus que trois semaines à passer à Santa Barbara, avait-elle vraiment besoin de compliquer son séjour en pensant de la sorte ? Et puisqu'elle avait implicitement accepté une « aventure », pourquoi ses émotions résistaient-elles autant ?

Se sermonnant, elle accepta de partir au travail avec lui, après quoi elle énuméra dans sa tête le pour et le contre de sa décision.

— Tu crois que ce covoiturage est une bonne idée ?

— C'est bon pour la planète, répondit-il avec un sourire. En plus, tu passes déjà toutes les nuits chez moi. Ta présence ravit Sherwood. Et j'aime bien t'avoir près de moi.

Cela venant d'un homme qui refusait tout engagement émotionnel.

— Que me demandes-tu exactement, Phil ? demanda-t-elle comme ils parvenaient au Midcoast Medical.

Phil se gara dans son emplacement réservé et se tourna vers elle, une expression sérieuse sur le visage.

— Puisque notre temps ensemble est limité, je te demande d'en passer le plus possible avec moi, dit-il, lui prenant la main et en caressant le dos du pouce. Pour que nous puissions explorer ce qui se passe entre nous.

Donc, il se passait quelque chose entre eux. De fait, elle savait depuis leur premier baiser qu'une alchimie exceptionnelle s'opérait entre eux.

L'alarme tinta de nouveau dans sa tête. Il la voulait toutes les nuits dans son lit, mais il ne tenait pas à ce qu'elle s'installe chez lui ni surtout à s'engager à quoi que ce soit. Le fait qu'elle s'en irait bientôt lui donnait la liberté d'agir à sa guise.

— Parle-moi, reprit-il. Je vois un million de pensées tourbillonner dans ton esprit. Tu veux bien en partager au moins une avec moi. S'il te plaît !

Stephanie inspira à fond.

— Tout cela est si nouveau pour moi. J'ai juste besoin de connaître les règles, j'imagine.

— Je suis du style « sans attaches », Steph. Je pense que tu le sais.

— Mmm… Sans attaches.

Leurs yeux se croisèrent, s'unirent. Un long moment, chacun sonda l'âme de l'autre, en quête de vérité, et, même si c'était indéfinissable, ce que Stephanie décela lui donna le tournis et lui embruma l'esprit. Elle n'était pas prête à lui dire qu'il était trop tard, qu'elle était probablement tombée un peu amoureuse de lui. Encore que… Pouvait-on tomber « un peu » amoureux ? Soit on était amoureux, soit on ne l'était pas. Etait-elle amoureuse ?

Eh bien, elle avait vraiment tout raté en matière d'« aventure ». La prochaine fois, si jamais il y en avait une, elle s'abstiendrait. Elle laisserait ça aux experts tels que Phil.

Lui, il savait comment s'y prendre pour maintenir une liaison dans ses justes limites. Ne point trop en faire. Passer du bon temps. Se garder de toute promesse. Peut-être était-ce le credo du surfeur : chevaucher la vague tant que cela valait la peine puis passer à la suivante.

Apparemment, elle ne possédait pas ce type de gène.

Glissant une main dans sa nuque et l'attirant vers lui, Phil lui donna un baiser à la fois tendre et brûlant. Il l'embrassait comme il l'aimait, lui semblait-il, mais c'était son interprétation personnelle. L'interprétation d'un cerveau de nouveau embrumé. Elle mettrait ça sur le compte des hormones puisqu'elle attendait toujours ses règles.

Il n'y avait aucune commune mesure entre ce qu'il offrait et ce qu'elle éprouvait, elle ne devait jamais l'oublier. Il voulait seulement d'elle le temps de son remplacement.

Sa bouche se faisait plus pressante, l'invitant à l'embrasser en retour avec la même fièvre. Elle ne put résister davantage. Quels qu'aient été les mots qu'il avait évité de prononcer, ses lèvres parlaient d'elles-mêmes. « Je te veux », disaient-elles.

Avait-elle besoin d'en savoir plus que ça ?

Comme la météo l'avait annoncé, le front de tempête descendant de l'Alaska avait atteint la côte californienne, apportant d'abord de gros nuages menaçants et un rafraîchissement des températures puis, dès le vendredi matin, tout juste une semaine avant la veille de Noël, une pluie torrentielle parfois accompagnée d'éclairs et de tonnerre.

Au fil de la matinée, Stephanie prit conscience de quelque chose de plus ennuyeux que le vilain temps orageux : elle éprouvait des nausées. Comprendre où elle en était exactement avec Phil — nulle part — l'avait affectée plus encore qu'elle n'aurait pu l'imaginer.

Et tout à coup, alors qu'elle calculait la date de l'accouchement de la future maman assise en face d'elle dans son cabinet, une idée la frappa. Ses mains se mirent alors à trembler si fort qu'elle fut incapable de la noter dans le dossier de la patiente.

Elle s'éclaircit la gorge et annonça la date en question à

la future maman puis elle rassembla toute sa volonté pour dissimuler l'angoisse qui la rongeait.

— Félicitations, madame Stewart. Votre bébé naîtra en été. Aux plus beaux jours de l'année.

Le visage comme illuminé de l'intérieur, la jeune femme arborait un sourire ravi. Un contraste frappant avec l'état d'esprit dans lequel elle se trouvait. Un bébé en été ?

A la minute où la future maman sortit, elle se rua sur le kit du laboratoire, préleva un échantillon de sang dans la saignée de son coude, inscrivit un nom d'emprunt sur le flacon et le formulaire, et fit porter le tout au laboratoire pour un test de grossesse en urgence.

Après la pause déjeuner, qu'elle passa assise dans la solitude de son cabinet, elle fouilla fébrilement parmi les comptes rendus qui lui parvinrent, en quête du plus important résultat d'analyse de sa vie. Une démarche absurde, elle le savait. Après une ligature de trompes, quelles étaient ses chances d'être enceinte ? Quasi nulles. Pourtant, elle n'avait pas eu ses règles et présentait des signes de début de grossesse : fatigue, sensibilité des seins et légères nausées.

Le cœur au bord des lèvres, elle parcourut les documents et finalement, elle le vit — son test de grossesse — et il était positif.

Une sensation de vide lui envahit l'estomac. Son pouls devint erratique. Son souffle se bloqua dans sa gorge.

N'écoutant que son instinct, elle attrapa machinalement son sac, bondit de son siège, traversa son cabinet en enfilant sa veste, et s'engagea dans le corridor d'un pas qui s'accélérait de seconde en seconde. Elle atteignit l'entrée du centre médical en courant et au moment où elle aperçut Phil à la périphérie de sa vision, elle s'élança au-dehors.

Elle fonça droit devant elle, comme si elle était en pilotage automatique, à peine consciente de la pluie qui lui fouettait le visage. Elle courait pour ne pas s'effondrer, pour tenter de rester saine d'esprit, surtout pour retarder l'inévitable, affronter la vérité — elle était enceinte.

— Stephanie, reviens !

Quelle mouche l'avait piquée pour courir ainsi dans la rue ? Ne savait-elle pas qu'il tombait des cordes ?

Phil s'élança à sa suite, glissa dans une flaque et faillit s'écraser contre un bus. Il reprit son équilibre et se précipita de nouveau, évitant les obstacles qui barraient son chemin tout en gardant Stephanie en ligne de mire.

Sans attendre le feu vert, il traversa Cabrillo Boulevard au mépris de la circulation et obliqua vers l'océan.

Il n'avait pas la moindre idée de ce qui avait pu pousser Stephanie à se ruer dehors par un temps de fin du monde, mais il était résolu à le découvrir — si elle ne se faisait pas écraser auparavant !

Elle avait atteint la plage et se dirigeait vers la jetée. Ce n'était peut-être pas la meilleure tactique, mais il n'avait pas le choix. S'il voulait l'arrêter, il devait l'attraper brusquement. Parvenu derrière elle, il se jeta en avant et la fit tomber à plat ventre sur le sable humide.

— Qu'est-ce que tu fais ? Tu es fou ? hurla-t-elle en roulant sur le dos.

— Ce n'est pas moi qui slalome entre les voitures, mon chou. Maintenant, tu veux bien me dire ce qui se passe ?

Elle se tortilla pour se libérer.

— Lâche-moi.

— Pas question ! rétorqua-t-il, clouant ses bras au sol. Calme-toi et parle-moi.

Avec un soupir résigné, elle secoua la tête. Ses larmes se mêlaient à la pluie sur ses joues.

— Je suis enceinte.

Il eut l'impression d'être frappé par un missile qui lui explosa en pleine tête et le laissa sans force.

— Tu es… quoi ?

— Enceinte.

— Mais tes trompes sont ligaturées !

— Tu comprends maintenant pourquoi je courais.

La libérant et s'asseyant sur ses talons, il repoussa ses cheveux mouillés de son visage. La pluie et l'incrédulité brouillaient sa vision.

— Je m'en veux de t'avoir fait tomber.

Il se releva, l'aida à se remettre debout et la serra dans ses bras.

— Que fait-on maintenant ?

— Je ne peux pas avoir ce bébé, répondit-elle sans le regarder, secouant de nouveau la tête.

— Je sais que tu as une appréhension vis-à-vis des enfants, mais peut-être est-ce une bonne chose que cette grossesse. Elle te permettra peut-être de surmonter ce blocage, dit-il gentiment.

— Non !

— O.K. Et si tu te laissais un peu de temps pour réfléchir ?

— Tu ne comprends pas, murmura Stephanie d'une voix hachée.

Peut-être était-il trop focalisé sur sa propre réaction. Bien sûr, il était choqué, mais pas contrarié le moins du monde, bizarrement. A l'inverse, cette grossesse semblait poser problème à Stephanie, d'où sa fuite éperdue sous la pluie. Il devait se comporter avec tact avec elle, découvrir ce qu'elle ressentait — parce qu'elle comptait pour lui. Il se souciait d'elle, de ses émotions et, plus important, du bébé qu'ils avaient conçu.

— Explique-moi. Dis-moi pourquoi tu ne peux pas avoir cet enfant.

Elle essaya de se dégager de son étreinte, mais sa force lui était revenue et il l'en empêcha.

— Laisse-moi partir !

— Non. Dis-moi pourquoi tu ne veux pas de cet enfant.

— Il y a trois ans, j'ai tué mon bébé, lâcha-t-elle, crachant les mots comme s'il s'agissait de poison.

Le cœur de Phil s'arrêta, et ce fut un roulement de tonnerre dans le lointain qui le fit repartir.

— Je ne te crois pas.

— Je l'ai tué. Je l'ai laissé tomber, murmura-t-elle la tête baissée, si bas qu'il l'entendit à peine.

Un éclair zigzagua au-dessus de l'océan. Même s'il se savait dépourvu du degré de sagesse que méritait une telle confession, il tenait à agir au mieux avec elle. Un désir tout à fait nouveau pour lui.

— Viens, allons nous asseoir à l'abri, proposa-t-il.

Ils gagnèrent l'abribus situé à deux pas.

— Je veux tout savoir, Stephanie. Tu dois me dire ce qui s'est passé.

— Tu me haïras quand tu le sauras.

— Bien sûr que non, répondit-il, sincère.

Elle se mit à tourner en rond dans le petit espace, tel un animal paniqué dans sa cage.

— Justin était un bébé terriblement coliqueux, commença-t-elle d'une voix entrecoupée. Il avait quatre mois et cette fois-là, il avait pleuré sans s'arrêter trois nuits consécutives. Tu n'imagines pas à quel point c'est terrible de se sentir impuissante à consoler son enfant.

La voyant frissonner, il réprima la pulsion qui le poussait à l'étreindre, de crainte qu'elle s'arrête de parler.

— Quoi que je fasse, il ne se calmait pas. Je le promenais dans mes bras. Je lui chantais des berceuses. Je lui frottais le dos. Je lui massais doucement l'abdomen. Je marchais et marchais encore… d'un bout à l'autre de la nuit.

Elle reprit son souffle dans un hoquet, s'enveloppa de ses bras. Il aurait voulu la consoler, mais comment ?

— J'avais mal aux bras. Au dos. J'étais épuisée. J'avais beau arpenter le salon, le porter de toutes les manières possibles et imaginables, chantonner, l'embrasser, le cajoler, il continuait à pleurer. Et puis, enfin, les cris se sont arrêtés. Justin s'était endormi dans mes bras. Je ne savais pas quoi faire. Si je bougeais, il risquait de se réveiller…

Elle semblait revivre ce moment. Elle ne pouvait pas avoir tué son bébé, Phil en était certain. Il y avait forcément une explication logique — inacceptable pour elle.

— … Si je le couchais dans son berceau, je savais d'expérience qu'il se réveillerait. Je me suis allongée sur le sofa et il a continué à dormir sur ma poitrine. Si paisiblement. C'était merveilleux. Pour la première fois depuis des jours je me suis sentie bien. Réconfortée de sentir mon précieux bébé dormir dans mes bras, et physiquement soulagée de pouvoir reposer mon dos et mes yeux qui me piquaient suite au manque de sommeil. J'ai appuyé ma tête contre les coussins et le murmure du souffle régulier de mon fils m'a fait glisser dans le sommeil. Je me suis endormie, Phil ! Je me suis endormie, répéta-t-elle dans un sanglot. Et à mon réveil… Oh, Seigneur, mon bébé !

S'effondrant sur le banc, elle fondit en larmes. Phil se précipita pour la relever, la serrer contre lui.

— Dis-moi tout, mon cœur, la pressa-t-il gentiment lorsqu'elle se fut un peu calmée.

Elle eut un nouveau sanglot et un torrent de larmes inonda de nouveau son visage.

— Justin a glissé de ma poitrine… Il est tombé du sofa et… sa tête a cogné le bord de la table basse…

Jamais, de toute sa vie, Phil n'avait vu une femme verser autant de pleurs. Jamais il n'avait été témoin d'une telle détresse. Jamais il n'avait imaginé la profondeur du chagrin qui la déchirait.

— Son cerveau a été endommagé, ajouta-t-elle dans un souffle. Il est mort le lendemain.

Phil resserra son étreinte et elle referma les bras autour de lui.

— Je n'ai jamais pu lui dire adieu, Phil, balbutia-t-elle, s'abandonnant contre sa poitrine.

— Oh, mon ange. Non. Non, ça n'était pas ta faute. Qui t'a laissé croire que c'était ta faute ? Tu n'étais pas seule. Ton mari aurait dû t'aider. Tu n'aurais pas dû être obligée de tout gérer toute seule. Il aurait dû être là pour toi.

Furieux contre l'individu qui l'avait laissée tomber, Phil lui effleura la joue d'un baiser.

Ils s'étreignirent de longues minutes. Un maelström d'émotions, de peurs, de doutes le déstabilisait. Il ne pouvait qu'imaginer l'épreuve que traversait Stephanie. Elle croyait qu'ayant tué son bébé, elle ne méritait pas d'être de nouveau mère et pour s'assurer que ça n'arriverait pas, elle s'était fait ligaturer les trompes… et voilà qu'elle était enceinte.

Et il était le père du bébé.

Ne sachant que faire d'autre, il ôta sa veste trempée, la plaça sur leurs têtes et un bras glissé autour des épaules de Stephanie ils reprirent le chemin du centre médical. Mais au lieu d'entrer, il l'entraîna vers sa voiture et appela Jason.

— Jason, j'emmène Stephanie chez moi ; elle ne va pas bien du tout. Peux-tu faire reporter nos rendez-vous ?

Stephanie avait sombré dans un état d'hébétude et tremblait de froid. Phil la dévêtit, tourna le robinet de la douche, la fit entrer dans la cabine, se débarrassa en hâte de ses propres vêtements et, la rejoignant sous l'averse chaude, s'assura que son corps se réchauffait.

— Tourne-toi, mon cœur, pour que l'eau coule aussi le long de ton dos.

C'était une agréable sensation que ce jet apaisant après d'aussi intenses émotions.

Les deux chiens vinrent flairer la pièce, conscients sans doute que quelque chose n'allait pas.

Phil s'efforça de rassembler ses pensées. Jamais il ne s'était trouvé dans cette situation. Comme absente, Stephanie fixait le mur carrelé. Son cœur saignait pour elle. Elle avait traversé la pire épreuve qui soit pour une mère.

Il lava ses beaux cheveux roux, les rinça avec soin.

— Tu as plus chaud maintenant ?

Elle ne répondit pas.

— Je vais te sécher et puis je te mettrai au lit.

Avec l'annonce de cette grossesse, ses pires craintes s'étaient matérialisées, mais une chose était différente cette fois.

Le père du bébé, c'était lui.

10.

Malgré la couverture supplémentaire dont il l'avait couverte, Stephanie tremblait toujours. Se glissant alors dans le lit avec elle, il l'enveloppa de ses bras afin de lui communiquer la chaleur de son corps. Aussitôt, elle se lova contre lui. Associé aux roulements lointains du tonnerre, le martèlement continu de la pluie sur le toit rendait leur étreinte encore plus intime.

Après la douche, il avait séché et brossé ses cheveux et maintenant sa magnifique chevelure rousse se déployait sur l'oreiller en vagues ondoyantes qui lui chatouillaient le visage. Il trouvait bizarre d'y retrouver la banale odeur de son shampooing masculin au lieu de la fragrance florale délicieusement féminine qu'elle utilisait d'habitude. Ecartant quelques mèches, il déposa un baiser dans son cou.

— Nous viendrons à bout de tout ça, Steph, murmura-t-il.

La stupéfiante nouvelle de la journée avait fait progresser leur relation d'un millier de pas en avant. Parvenus à cette nouvelle étape, qu'étaient-ils censés faire ? Il venait de suivre un cours intensif de parentalité avec Robbie et c'était tout juste s'il s'était montré à la hauteur. Mais c'était différent. Ils avaient fait un bébé. Ensemble. Etait-il prêt pour cela ?

Et qu'en était-il de Stephanie ? Un enfant était la dernière chose au monde qu'elle voulait. Mille questions se pressaient dans sa tête, néanmoins une certitude s'imposait à lui : il était hors de question qu'il refuse le défi, qu'il fuie ses responsabilités. Une partie de lui s'enthousiasmait à l'idée d'être père.

Soulevé par un irrésistible élan de tendresse, il resserra son étreinte et déposa un autre baiser dans le creux du cou de Stephanie. Un peu plus long, un peu plus appuyé, peut-être, que le précédent. Lorsqu'il laissa courir ses lèvres sur sa peau douce, derrière le lobe de son oreille, elle pivota entre ses bras puis, entremêlant ses jambes aux siennes et sollicitant ses caresses, elle l'embrassa avec fougue, comme si elle cherchait dans le plaisir physique un dérivatif à ses douloureuses émotions. Comme si elle cherchait l'oubli.

Il ne se fit pas prier pour le lui offrir.

Lorsque Stephanie ouvrit les yeux, la pièce baignait dans la lumière trouble des lendemains de pluie. Jetant un regard au radio-réveil, elle s'aperçut qu'elle avait dormi plus de dix heures d'affilée. A côté d'elle, la chaleur de son corps l'enveloppant dans un cocon douillet, Phil respirait paisiblement. Sherwood s'était roulé en boule au pied du lit tandis que Daisy avait préféré s'allonger sur le tapis.

Cette image de quiétude domestique contribua à la réveiller tout à fait.

Un bizarre fragment de conversation lui trottait dans la tête. « Qui t'a laissé croire que c'était ta faute ? Tu n'étais pas seule. Ton mari aurait dû t'aider. Tu n'aurais pas dû être obligée de tout gérer toute seule. Il aurait dû être là pour toi. »

Elle s'assit dans le lit tandis que les souvenirs de l'après-midi précédent affluaient à sa mémoire. Avait-il prononcé ces paroles dans le but de la consoler ou exprimaient-elles réellement sa pensée ?

Un séducteur tel que lui était-il capable de s'engager auprès d'une femme ? Et si c'était le cas, cela aurait-il la moindre importance ? Elle secoua la tête. Elle ne pouvait pas faire face à cette grossesse. Elle ne méritait pas d'être mère de nouveau.

Elle observa l'abondante chevelure de Phil, son profil ferme et viril. En d'autres circonstances, elle se serait très bien vue se réveiller auprès d'un homme tel que lui pour le restant de ses jours. Si les choses avaient été différentes…

Mais ça n'était qu'un rêve insensé.

Tu ne mérites pas d'être heureuse. Tu es une meurtrière.

Se laissant retomber sur l'oreiller, elle se coucha en chien de fusil et couvrit ses yeux de ses mains. Les pensées négatives que son mari avait instillées en elle jour après jour jusqu'à leur divorce revinrent la torturer. Une sorte de nausée s'empara de son estomac ; une bouffée de dégoût d'elle-même la fit se recroqueviller encore davantage. Elle ne pouvait absolument pas garder ce bébé.

— Est-ce que ça va ? s'inquiéta Phil, la prenant par les épaules. Que se passe-t-il ? Tu as fait un cauchemar ?

L'attirant contre lui, il déposa un baiser dans ses cheveux.

— Oui, balbutia-t-elle.

Lui frottant le dos, il l'embrassa de nouveau.

Il voulait la protéger. Son ex-mari avait-il offert de la protéger au pire moment de son existence ? Bien au contraire. Il l'avait traitée en coupable. Il avait jugé qu'elle était monstrueuse.

Assaillie par ces cuisants souvenirs, Stephanie laissa échapper un gémissement. Phil resserra son étreinte. La chaleur de sa peau, la force de ses bras lui apportèrent un peu de consolation. Qu'elle ne méritait pas.

— Laisse-moi prendre soin de toi, murmura-t-il. Je ne veux pas qu'il t'arrive le moindre mal.

Où était passé l'homme qui ne voyait pas plus loin que quelques bons moments ? A présent, pour la seule raison qu'elle était enceinte, il tenait à veiller sur elle ? Pouvait-elle vraiment croire qu'il serait là si elle avait besoin de lui ?

Elle le connaissait à peine ; il fallait qu'elle réfléchisse.

Nageant en pleine confusion et incapable de répondre à ses paroles chaleureuses, elle sortit du lit.

— Phil… Ça n'était pas censé nous arriver.

— Tu as raison. Mais c'est arrivé et maintenant c'est à nous de décider ce que nous devons faire.

La voix de la raison !

Sous l'effet du fouillis de sentiments et de peurs qui s'enchevêtraient en elle, sa vague nausée se transforma en une irrépressible envie de vomir et elle n'eut d'autre choix que de courir à la salle de bains.

Assis au bord du lit, Phil écouta Stephanie vomir avec force haut-le-cœur, comme si elle exorcisait un démon. Il enfouit son visage entre ses mains. Il ne savait toujours pas s'il était prêt à devenir père mais leur plus gros problème, lui semblait-il, venait du fait qu'elle paraissait déterminée à *ne pas* être de nouveau mère.

A quel infâme bourrage de crâne son mari s'était-il donc livré sur elle pour qu'elle se sente indigne d'une seconde chance ?

Derrière la porte close, il entendit la chasse d'eau des toilettes, puis l'averse de la douche. Pour la ménager, et même si cela lui coûtait, il s'abstiendrait d'évoquer l'existence du bébé qu'ils avaient conçu. Il attendrait qu'elle aborde le sujet elle-même.

Dans l'intervalle, peut-être pourrait-il la distraire. Pourquoi ne pas prétendre que les choses étaient semblables à ce qu'elles étaient deux jours plus tôt ? Qu'auraient-ils fait ce week-end si rien n'avait changé ?

— J'étais en train de penser que nous pourrions peut-être aller acheter un arbre de Noël, aujourd'hui, dit-il assez fort pour être entendu de la salle de bains.

Ce serait amusant et suffisamment frivole pour lui changer les idées.

Elle ne répondit pas.

C'était une mauvaise idée. Peut-être l'aiderait-il mieux à surmonter le choc en l'occupant et par la même occasion peut-être réussirait-il à démêler ses propres sentiments.

— Ou bien nous pouvons emmener les chiens sur la plage.

Toujours aucune réponse.

Quelques minutes plus tard, elle franchit la porte tout habillée.

— Je m'en vais, annonça-t-elle. J'ai besoin d'être seule.

Il bondit sur ses pieds.

— Pardon ? Est-ce que je ne figure pas dans le tableau ?

Elle lui lança un regard dénué d'expression.

— Au final, tout se résume à moi et à ce que je décide de faire.

Phil eut l'impression de recevoir une gifle en plein visage. Elle venait bel et bien de le congédier. Il fallait qu'il gagne du temps, qu'il l'incite à rester.

— Au moins laisse-moi te préparer quelque chose à manger.

— Je ne veux rien.

— Tu ne peux plus ne penser qu'à toi, s'entendit-il dire.

Quel idiot ! C'était justement la chose à ne pas dire.

Sur un dernier regard qu'il ne sut déchiffrer, elle saisit sa veste et son sac et partit sans se retourner.

Incapable de rester seul chez lui, Phil fit grimper les chiens dans sa voiture et les emmena à la plage. Sherwood resta près de lui tandis que Daisy s'ébattait dans les vagues, à la recherche du Frisbee qu'il lui lançait.

Avant Stephanie, jamais aucune femme ne l'avait plongé dans un tel tumulte émotionnel. Il avait dissimulé ses véritables sentiments lorsqu'il lui avait proposé la solution du covoiturage. Il n'avait pas voulu l'effrayer en l'invitant à s'installer chez lui jusqu'à la fin de son remplacement alors qu'il en rêvait. Pour tout dire, ces nouveaux sentiments l'effrayaient lui-même assez pour deux. Pour la première fois de sa vie d'adulte, il avait été disposé à considérer où une « relation » pourrait mener. Et Stephanie l'avait éconduit.

Jamais il n'avait autant chéri une femme, pourtant, la veille au soir, après qu'elle lui eut confié son dramatique secret et qu'ils eurent fait l'amour, il avait perçu le subtil changement dans son cœur. De maîtresse ardente, elle était devenue la femme qu'il aimait… et qui portait leur enfant. Voilà, il l'avait admis. Il l'aimait.

Il déglutit avec difficulté. Plus que tout il tenait à prouver qu'il pouvait être le genre d'homme qu'elle méritait — un homme qui croyait en elle et qui ne la laisserait jamais tomber. Plus que tout, il voulait que les choses s'arrangent entre elle et lui.

Seulement, tout comme sa mère autrefois, elle avait fui à la première embûche.

Dégoulinante d'eau, Daisy déposa le Frisbee à ses pieds. Prisonnier de ses pensées, c'est à peine s'il s'était rendu compte qu'il avait relancé plusieurs fois le jouet dans l'océan. Machinalement, il caressa la tête de Sherwood qui se pressait contre sa jambe.

— Ne t'inquiète pas, mon pote, elle reviendra pour toi. Celui qu'elle a quitté, c'est moi.

Phil n'avait pas fermé l'œil du week-end. Arrivé au centre médical au trente-sixième dessous et déterminé à avoir une discussion sérieuse avec Stephanie, il eut la surprise d'apprendre qu'elle avait prévenu par téléphone qu'elle était souffrante. En dépit de ses propres émotions, il lui avait laissé le week-end pour y voir plus clair mais elle n'était toujours pas prête à le rencontrer face à face, apparemment.

Frustré, il porta sa main à son visage. Tiens ! Il avait oublié de se raser, mais peu importait. Une chose le préoccupait bien davantage : Stephanie avait-elle pris une décision ou non ? Bon sang, il méritait d'être partie prenante dans *toute* décision concernant leur enfant, mais elle ne répondait pas à ses coups de fil. Finalement, il avait appelé son hôtel — et s'était entendu répondre qu'elle en était partie.

Une fois de plus il composa le numéro de son portable ; une fois de plus il tomba sur la messagerie. Gaby lui lança un regard étrange.

— Qu'y a-t-il ?

— Rien, répondit-elle et elle se replongea dans sa tâche comme si la survie de la planète en dépendait.

Cinq minutes plus tard, alors qu'il s'apprêtait à débuter ses consultations, Jason l'appela via l'Interphone.

— Salut Phil ! Je voulais juste te dire que Claire va prendre en charge autant de patientes de Stephanie qu'elle le pourra. Et j'en verrai quelques-unes moi-même.

— Moi, je suis pneumologue ; je n'y connais rien en gynécologie. Je ne peux pas vous aider, répondit-il et il coupa la communication sans laisser à son ami le temps d'ajouter un seul mot.

*
* *

Stephanie pleurait du matin au soir. Que manger ? Comment s'habiller ? Rester au lit ? S'enfuir à Palm Desert ? La moindre décision à prendre lui tirait des pleurs.

Elle avait assorti son installation dans un nouvel hôtel de consignes strictes : personne ne devait connaître le numéro de sa chambre. Pourtant, au plus profond d'elle-même, elle espérait que Phil la retrouverait. Et cela aussi la faisait pleurer.

Avec chaque jour qui passait, grandissait sa conscience de la vie qui se développait en elle et par là même, du lien intime qui se tissait entre elle et le bébé. La pensée de renoncer à lui… déclenchait des flots de larmes.

Parce qu'elle se savait aussi incapable de combattre son désir de se blottir entre les bras de Phil que de résister à son charme, elle avait choisi la fuite. Lorsqu'elle lui avait révélé son douloureux secret, il avait fait preuve de bienveillance, de compassion, d'une immense gentillesse et elle avait failli croire que les choses pourraient s'arranger pour eux.

Au cours du mois écoulé, elle avait constaté qu'il avait toutes les qualités requises pour faire un bon mari et un bon père. Mais elle ignorait ce qu'il pensait ou ressentait réellement et cela resterait un mystère pour elle puisqu'elle ne pouvait pas se retrouver face à face avec lui. Plus maintenant. Ce serait au-dessus de ses forces.

Avec un profond soupir, elle resserra la couette autour d'elle. Du reste, il méritait une femme qui voulait des enfants et elle avait finalement décidé ce qu'elle allait faire. Et cette décision… lui arrachait d'autres pleurs.

11.

Ajoutée au fait qu'elle n'aurait pas supporté de rester seule avec ses pensées un jour de plus, la conscience professionnelle de Stephanie la poussa à reprendre le travail le mercredi matin.

Au son de la voix grave qu'elle entendit lorsqu'elle entra au centre médical, un nœud de la taille d'un poing lui serra l'estomac et ce fut sur des jambes en coton qu'elle traversa la réception.

— Gaby, je vous ai demandé de faire venir M. Leventhal ce matin, disait Phil d'un ton irrité. Pourquoi est-il encore inscrit au planning de cet après-midi ?

— Parce que cela ne cadrait pas avec son emploi du temps, docteur Hanson, répondit Gaby en gardant son calme. Oh, ravie de vous revoir à bord, docteur Bennett !

Il avait une mine à faire peur, constata Stephanie. Et depuis quand ne s'était-il ni rasé ni coiffé ?

Sur le point de tourner les talons, il avait pilé net en découvrant sa présence. Le regard qu'il lui lança lui coupa le souffle. Tout juste capable de le saluer d'un signe de tête, elle gagna son cabinet en priant le ciel qu'il ne la suive pas.

Comment allait-elle parvenir au bout de cette journée ? Et combien de temps allait-elle pouvoir continuer ainsi ? Bientôt elle retournerait à Palm Desert, mais auparavant il y aurait Noël et, bien entendu, elle devait assumer son remplacement jusqu'à son terme.

Elle venait d'enfiler sa blouse blanche et se surprenait, une fois de plus, à poser les mains sur son abdomen — son bébé devenait une partie intégrante de ses pensées — quand elle eut la surprise de voir arriver Maria Avila, laquelle marchait d'un pas lourd en se tenant les reins.

— Mais que faites-vous ici, Maria ? Vous devriez être chez vous en train de vous reposer, les pieds surélevés, la gronda-t-elle gentiment.

— Vous plaisantez. Chez moi, je devrais courir derrière deux enfants de moins de cinq ans. Je sais où je suis le mieux, expliqua Maria avec un petit rire, son visage s'éclairant de son habituel sourire communicatif. En plus, je dois rattraper la journée que j'ai manquée à Thanksgiving.

Tout en lui rendant son sourire, Stephanie secoua la tête, vaincue par cette logique imparable.

— Voici notre première patiente. Pourquoi ne vous en chargeriez-vous pas ?

— Génial ! s'écria Maria et son enthousiasme était tel qu'elle lui arracha presque le dossier des mains.

Toute la matinée, elle s'activa à ses côtés, se massant parfois le dos avec un soupir, mais sans jamais se plaindre du rythme soutenu qu'imprima Stephanie à ses consultations dans le but de chasser Phil et leur bébé de son esprit.

Durant la pause de midi, tandis que Stephanie restait dans son cabinet avec l'en-cas qu'elle tira de son sac, Maria se rendit à la salle de repos des infirmières.

— Je vais surélever mes pieds ! annonça-t-elle en sortant.

Cinq minutes plus tard, juste comme Stephanie finissait un petit sandwich, quelqu'un frappa à sa porte. Le cœur aussitôt lancé au triple galop, elle espéra que ça n'était pas Phil, mais ses espoirs furent déçus. Il entra, referma le battant derrière lui et, s'approchant de son bureau, fixa sur elle un regard pénétrant.

— As-tu décidé de ce que tu allais faire ? demanda-t-il de but en blanc d'une voix dépourvue de la moindre trace de compassion.

Puisqu'il voulait parler franchement…

— Je vais confier le bébé aux services sociaux pour qu'il soit adopté.

Elle voulait abandonner leur bébé !

Phil sentit le sang refluer de son visage. Dire qu'il avait été à deux doigts de lui déclarer sa flamme, le matin où elle était partie. Ensuite il avait vécu l'enfer en attendant qu'elle prenne sa décision, et maintenant elle lui annonçait l'une des deux issues les plus dramatiques qu'il avait envisagées.

Un choix qui lui paraissait incompréhensible. Insensé. D'un autre côté, il n'était pas à sa place. Il n'avait pas vécu l'horreur de perdre un enfant.

Il était anéanti, cependant il ne parvenait pas à être furieux contre elle. Parce qu'il l'aimait. Et elle, ressentait-elle quelque chose pour lui ? Le peu de cas qu'elle avait fait de ses sentiments tendait à prouver le contraire.

— Ce bébé est à moi aussi, tu te souviens ? Nous l'avons conçu ensemble. Quel égoïsme de ta part ! Tu ne m'as même pas demandé mon avis.

Un éclair de surprise passa dans le regard de Stephanie. Ainsi, il ne lui était jamais venu à l'esprit qu'il voudrait être impliqué dans toute décision concernant leur enfant ? Les choses semblaient encore plus mal engagées qu'il ne l'avait craint.

— Je suis désolée que tu penses ça. La décision ne retombe-t-elle pas toujours sur la femme ?

Se levant, elle le regarda dans les yeux pour ajouter :

— Tu as une vie libre et insouciante. Jamais tu ne m'as laissé entendre que tu étais intéressé par autre chose que de « bons moments » et soudain je suis supposée te consulter parce que je suis tombée enceinte ?

Il lui devait la vérité, s'avisa-t-il. Elle méritait de la connaître.

— Lors de notre première rencontre, j'ai été totalement séduit par ton physique, j'étais ébloui. Ensuite, au fur et à mesure que j'ai appris à te connaître, j'ai compris que tu avais vécu des choses dramatiques, que tu avais souffert. J'ai alors souhaité être ton ami, et peut-être ton amant si j'avais de la chance. A aucun moment je n'avais envisagé la suite.

— C'est-à-dire que je gâche tout en tombant enceinte ? dit-elle, une note de défi dans la voix.

— C'est-à-dire que je tombe amoureux de toi, corrigea-t-il doucement.

Stephanie se laissa retomber sur son siège. Un frisson la parcourut. Ses yeux s'emplirent de larmes. Si elle n'avait pas été enceinte, elle aurait été libre de l'aimer aussi.

— Phil…

— Je veux que tu saches où j'en suis.

Elle ne sut que répondre. Elle l'aimait, il l'aimait, pourquoi leur histoire ne pourrait-elle avoir une fin heureuse ? Tout simplement parce qu'elle ne supporterait pas de perdre un autre enfant.

— Si tu as l'intention d'abandonner le bébé, donne-le-moi.

— Te le donner… à toi ?

Elle aimait Phil et il voulait élever leur enfant. Elle ne doutait pas de son amour pour elle, il le lui avait prouvé vendredi soir, mais aurait-il voulu d'elle pour toujours si elle n'avait pas été enceinte ? Et si elle changeait d'avis et voulait garder le bébé, ne la détesterait-il pas ?

— Je ferai de mon mieux en tant que père.

Elle avait du mal à croire ce qu'elle entendait.

En le mettant dans cette situation, sans lui laisser le choix, elle ne saurait jamais s'il restait avec elle par amour ou par obligation et cette incertitude la tuerait et finirait par ruiner leur relation. Oh Seigneur, son esprit était tellement confus.

— Je t'en supplie, Phil, ne me déteste pas. Tu ne peux pas comprendre…

— Si. Perdre ton bébé a été une tragédie, une épreuve horrible pour toi, je n'en doute pas, mais tu es vivante, Stephanie, et tu dois la laisser derrière toi maintenant. Trois années se sont écoulées. Il est temps que tu ailles de l'avant.

Elle savait qu'il avait raison, mais elle était si engluée dans son dégoût d'elle-même…

Amy déboula en trombe dans la pièce.

— Maria a perdu les eaux et elle a des contractions !

Stephanie bondit sur ses pieds, la gorge sèche. Maria était en travail !

— Avez-vous appelé les secours paramédicaux ?

— C'est vous qu'elle veut, docteur.

Mais elle n'avait pas donné son accord pour ça. C'était écrit dans son contrat : pas d'accouchements.

— Où est-elle ? demanda-t-elle à Amy d'une voix mal assurée.

— Dans la salle d'intervention.

Tandis qu'elle suivait son infirmière, Phil l'accompagna en lui soutenant le coude.

— Tu sais comment procéder et je serai là avec toi, murmura-t-il. Nous traverserons ça ensemble.

Ses paroles d'encouragement lui allèrent droit au cœur.

Parvenue dans la salle, elle se précipita au chevet de Maria, Phil sur les talons.

— Maria, vous croyez avoir le temps d'aller à la maternité ?

— Non. Je sens que la tête du bébé est déjà descendue.

Claire passa la tête dans la pièce.

— Je suis dans les parages si vous avez besoin de moi, dit-elle.

Les nouvelles allaient vite !

Soutenue par Phil et sa « famille » professionnelle, Stephanie sentit renaître sa confiance en elle. S'approchant du lavabo, elle s'aspergea le visage puis se lava les mains et enfila tenue stérile et gants de latex tandis que Maria haletait, en proie à des contractions de plus en plus rapprochées.

— Voyons où en sont les choses, dit-elle, joignant le geste à la parole. Effacement complet. Dilatation dix centimètres. Votre bébé n'a pas l'intention d'attendre l'ambulance, on dirait, Maria.

Amy s'affaira à rassembler tout le matériel dont elles pourraient avoir besoin.

Par-dessus son épaule, Stephanie vit que Phil était toujours là. Il lui toucha l'épaule.

— Tu vas très bien t'en sortir. Maintenant je vais m'écarter de ton chemin, mais appelle si tu as besoin de moi.

Comme si un signal lui avait été donné, Maria laissa échapper un son guttural.

Stephanie vit l'abdomen de celle-ci se raidir. Le moment

était venu pour elle d'exercer son métier d'obstétricienne. Toute autre pensée lui sortit de l'esprit. Une demi-heure plus tard, positionnée devant l'entrée des voies naturelles de la parturiente, elle ordonna à celle-ci de pousser très fort.

Le sommet d'une petite tête aux cheveux sombres recouverts de vernix apparut, qu'elle guida ensuite lentement dans sa progression. Une fois la tête dégagée, elle vérifia que le cordon ombilical n'était pas enroulé autour du cou du bébé, puis elle encouragea Maria à pousser, pousser…

Bientôt le bébé tout entier glissa dans ses mains tendues.

Elle le tint comme s'il s'agissait de la plus fragile porcelaine. Se tortillant, la petite merveille vagit et essaya d'ouvrir les yeux. Une décharge d'adrénaline fit trembler ses mains. Et si elle le laissait tomber ? Elle avait la sensation que ses bras portaient tout le poids du monde.

S'approchant d'elle, Phil joignit ses mains gantées aux siennes autour du nouveau-né. Leurs yeux se croisèrent et elle vit dans les iris bleus la confiance qui lui faisait défaut en cet instant précis. Il croyait en elle. Il savait qu'elle pouvait y arriver. Jamais il n'avait douté d'elle. Elle eut alors la certitude qu'elle pourrait s'occuper de son propre bébé.

Elle se mordit la lèvre inférieure pour s'empêcher de pleurer.

— C'est un garçon ! Il est superbe, Maria ! Félicitations !

Un sourire éblouissant aux lèvres, Maria la remercia d'un signe de tête tandis qu'elle déposait son précieux fardeau sur sa poitrine.

Contre toute attente, Phil demanda à la toute nouvelle accouchée si elle l'autorisait à couper le cordon ombilical. Ce qu'elle accepta.

— C'est pour avoir un peu d'entraînement avant l'arrivée de notre bébé, murmura-t-il à l'oreille de Stephanie.

De nouveau ces paroles lui allèrent droit au cœur.

Elle procéda à la dernière phase de l'accouchement, puis, après que les ambulanciers eurent emmené la maman et le bébé à la maternité, laissant Amy nettoyer la pièce, elle regagna son cabinet — toujours escortée de Phil qui referma la porte derrière eux.

— Tu as été fantastique. Tu es capable de mener à bien tout ce que tu te mets en tête de réaliser.

Cet accouchement avait dopé sa confiance en elle et le soutien de Phil lui donnait des ailes.

— Nous allons avoir un bébé, Steph, dit-il en lui touchant l'épaule. Regarde-moi. Au cas où tu te le demanderais, je te veux toi et je veux notre enfant.

Son cœur battant la chamade et incapable d'articuler un mot, elle l'interrogea du regard.

— Je suis prêt à sauter le pas. Et c'est grâce à toi, mon cœur.

Si elle avait conservé le moindre doute quant à l'amour qu'il lui portait, celui-ci se serait complètement évanoui. Il était l'homme le plus merveilleux qu'elle ait jamais rencontré.

— Je t'aime plus que tout au monde, ajouta-t-il en l'étreignant tendrement. Et je veux partager ma vie avec toi — du moins si tu veux bien de moi.

Il lui avait ouvert son cœur, ne méritait-il pas qu'elle fasse de même ?

— Oh oui, je te veux. Je t'aime aussi, Phil. Bien plus que je ne saurais le dire.

Un sourire illumina son visage.

— Enfin, tu l'admets, murmura-t-il tout contre ses lèvres.

Après lui avoir donné un baiser qui la laissa pantelante entre ses bras, il s'écarta à demi pour la regarder.

— Tu dois t'accorder ton pardon, ma chérie. Il le faut. Ton ex-mari n'a pas été à la hauteur. C'était un imbécile et un triste personnage. Ce sont des choses qui arrivent dans la vie et, d'une manière ou d'une autre, il faut les évacuer pour pouvoir aller de l'avant. Je t'aime et je te promets de ne jamais te laisser tomber ni te faire souffrir. Je t'aimerai et je te respecterai toujours, mon amour.

Submergée par l'émotion et aveuglée par les larmes, elle s'effondra contre lui. De nouveau, il referma les bras autour d'elle et tandis qu'elle l'étreignait en retour elle fut envahie d'un sentiment de profonde proximité avec lui. Il était son âme sœur. Sa moitié d'orange. Et ils s'appartenaient, pour toujours. Forte de cette certitude, elle sut que leur amour l'aiderait à panser ses blessures.

— Alors que faisons-nous, maintenant ? lui murmura-t-il à l'oreille.

Comme il avait formulé tout ce qu'elle avait besoin d'entendre et qu'elle lui avait avoué son amour, il n'y avait plus grand-chose à dire ni à faire. Sauf…

— Allons acheter cet arbre de Noël dont tu as parlé.

L'éclat de rire qui lui répondit fut le deuxième son le plus merveilleux qu'elle ait entendu de la journée, le premier ayant été le vagissement du nouveau-né de Maria.

Le vendredi, veille de Noël, Stephanie avait attrapé un rhume et se sentait légèrement fiévreuse. Phil lui recommanda de rester couchée mais elle ne voulait pas manquer une minute d'une aussi belle fête, son premier Noël avec l'homme qu'elle aimait.

A la fin de l'après-midi, leur sapin décoré trônait dans l'angle de la salle de séjour, tout scintillant de lumière, abritant à ses pieds plusieurs cadeaux joliment emballés. Un fond sonore de chants de Noël était diffusé en sourdine tandis qu'un délicieux fumet de viande rôtie s'échappait de la cuisine.

Carl et Roma arrivèrent avec un petit Robbie plus excité que jamais qui les salua en se jetant contre leurs jambes — ce qui constituait sa version d'une étreinte affectueuse.

Puis son regard embrassa la salle de séjour dans son ensemble.

— Waouh ! Le Père Noël est déjà passé chez vous ? s'écria-t-il.

Et de s'élancer à travers la pièce en direction du sapin.

Daisy et Sherwood l'interceptèrent, sautant autour de lui et réclamant leur part d'attention. Facilement distrait, Robbie se mit à jouer en riant avec eux, à rouler sur le tapis en leur compagnie.

Tandis qu'elle le regardait, le sourire aux lèvres, Stephanie sentit une main se poser sur son épaule.

— Merci, lui dit Carl.

Croisant son regard bleu, si semblable à celui qui s'était plongé dans le sien à son réveil, elle imagina comment serait Phil trente ans plus tard. Et l'image lui plut.

— De quoi ? s'enquit-elle.

— De rendre mon fils heureux. De l'aider à grandir enfin.

Elle secoua la tête et étreignit Carl.

— Il fait de même pour moi.

Veillée de Noël, un an plus tard…

Enveloppée dans un plaid en mohair, et pelotonnée contre Phil sur le canapé, Stephanie admirait leur sapin dans la lumière tamisée de la salle de séjour. C'était vraiment le plus bel arbre qu'elle ait jamais vu. Les petites lumières multicolores et clignotantes qui le décoraient se reflétaient sur le plafond, créant une véritable féerie.

Leurs parents et amis venus partager avec eux le repas traditionnel étaient repartis et ils se retrouvaient enfin seuls. Tournant les yeux vers son mari, elle vit un sourire malicieux danser sur ses lèvres.

— J'ai une idée pour rendre inoubliable cette journée déjà parfaite, dit-il.

Et il déposa dans son cou un baiser appuyé qui fit fourmiller une douce chaleur au creux de son ventre.

— Vraiment ? balbutia-t-elle.

Il se leva et lui prit la main pour la mettre debout.

C'est alors que des gazouillis leur parvinrent de la chambre d'enfant par l'intermédiaire du babyphone. Couchés dans leurs paniers, Daisy et Sherwood dressèrent la tête.

Stephanie sourit à Phil.

— Nous attendons pour voir combien de temps elle mettra à se rendre compte qu'elle a faim ?

Ils échangèrent un regard complice.

— Non, répondirent-ils à l'unisson.

Phil l'entraîna dans le couloir et ensemble, ils regardèrent furtivement le cœur de leur univers — leur petite Emma de quatre mois.

Couchée sur le dos dans son berceau, celle-ci essayait gaiement d'atteindre les animaux en peluche suspendus à un mobile au-dessus d'elle. Quand son pied effleura un ourson, elle poussa un cri de ravissement.

Stephanie et Phil rirent tout bas. Ils adoraient tellement la regarder qu'ils voulurent profiter du spectacle encore quelques secondes avant qu'elle les remarque. Mais il était trop tard. Elle les avait aperçus et ses cris de joie redoublèrent tandis qu'elle agitait frénétiquement bras et jambes comme pour s'envoler vers eux.

S'avançant vers le berceau, Stephanie la souleva dans ses bras et couvrit son adorable frimousse de baisers, ce qui la fit rire de nouveau. Elle avait atteint une phase euphorique de sa vie et tout semblait l'enchanter.

Phil les étreignit toutes les deux tendrement.

— Comment vont mes filles préférées en cette belle nuit de Noël ?

Stephanie pressa sa joue contre celle de sa fille avant de relever les yeux vers lui.

— A merveille, *papa chéri*. Nous ne pourrions pas être plus heureuses.

Blanche

HARLEQUIN

Retrouvez en janvier 2020, dans votre collection

Blanche

Passion sur les flots, de Louisa George - N°1466

SÉRIE : MÉDECINS DES MERS - 1/2

En embarquant sur le *Poséidon*, un navire dédié aux opérations de recherches et de sauvetages en mer, le Dr Ethan Reid entend mettre ses compétences de pédiatre au service des plus démunis. Mais il ne s'attend pas à croiser à bord Claire, la femme avec laquelle il a vécu la veille une aventure torride… Engagée comme infirmière sur le bateau, elle sera sa coéquipière dans cette mission humanitaire ! Une surprise de taille car tous deux n'avaient pas prévu de se revoir après leur folle étreinte…

Un ténébreux sauveteur, de Sue MacKay

SÉRIE : MÉDECINS DES MERS - 2/2

Chase Barrington consacre sa vie à sauver celle des autres, en tant que chirurgien, parce qu'il n'a pu secourir son meilleur ami autrefois. Chef des opérations de sauvetage sur le *Poséidon*, il a réuni autour de lui une équipe de choc. Parmi laquelle compte le Dr Kristina Morton. Une femme aussi talentueuse que belle, pour laquelle il ressent aussitôt des sentiments troublants. Des sentiments qu'il est résolu à ignorer, car il a depuis longtemps renoncé à l'amour…

Liés par la vie, de Deanne Anders - N°1467

Sublime, talentueux… et intransigeant ! Si le Dr Ian Spencer fait battre le cœur des femmes à l'hôpital, Frannie est résolue à lui résister. Cet homme n'est-il pas trop arrogant pour être attirant ? Pourtant, quand elle découvre la terrible raison de son comportement, elle finit dans ses bras, puis dans son lit… Un moment d'égarement qui, bien malgré eux, les lie bientôt de la plus tendre façon qui soit…

Une mission en Thaïlande, de Dianne Drake

Une mission de deux mois dans un hôpital de la jungle thaïlandaise. Voilà une opportunité professionnelle passionnante pour le Dr Layla Morrison. D'autant qu'à la clé, se dessine pour elle un poste de chef de la chirurgie… Seul problème, et pas des moindres : il lui faudra travailler sous la direction du Dr Arlo Benedict ! Un homme qu'elle ne connaît que trop bien, puisqu'il était autrefois son ami, son amant, avant qu'il ne lui brise le cœur…

Leur mission : sauver des vies.
Leur destin : trouver l'amour.

Blanche

HARLEQUIN

Un retour, un mariage, d'Annie O'Neil - N°1468

Les vacances, très peu pour elle ! Jayne a travaillé dur pour devenir la meilleure cardiologue pour enfants et depuis des années qu'elle exerce à Londres, elle ne vit que pour son travail et ses patients. Aussi est-elle réticente quand elle est poussée à prendre des congés dans sa ville natale. Non seulement parce qu'elle n'aime pas être désœuvrée, mais surtout, parce qu'un retour à Whitticombe serait bien trop riche en émotions, pour elle. C'est là qu'elle a vécu le pire jour de sa vie. C'est là aussi que vit encore l'homme qu'elle devait épouser…

La nouvelle vie d'Olivia, d'Alison Roberts

Un voyage au bout du monde… Appelée au chevet de son père qu'elle n'a pas revu depuis l'enfance, le Dr Olivia Donaldson, chirurgienne esthétique, traverse la moitié du globe pour se rendre en Nouvelle-Zélande. Si elle ne sait pas trop à quoi s'attendre en débarquant dans le petit hôpital rural de Cutler's Creek, elle est choquée d'être si mal accueillie par le Dr Zac Cameron, l'associé de son père. Sans même connaître son histoire, celui-ci ose en effet la juger ! Et le pire, c'est que cet homme odieux exerce sur elle un attrait indéniable…

Un papa pour Jenny, d'Amber McKenzie - N°1469

Elle a un secret à lui dire… Jamais Erin n'aurait imaginé un jour avoir un enfant, et encore moins avec le Dr Ryan Callum, avec qui elle a vécu une relation aussi inoubliable que brève ; une relation à laquelle il a mis brusquement fin. Et pourtant, chaque jour, son adorable bébé de quinze mois, Jenny, est là pour lui rappeler que les rêves deviennent parfois réalité. Lorsqu'elle apprend que Ryan va devenir l'un de ses collègues à l'hôpital, Erin est bouleversée : comment pourrait-elle soutenir le regard du seul homme qu'elle ait jamais aimé, alors qu'elle ne lui a jamais révélé l'existence de Jenny ?

Sa femme idéale, de Louisa Heaton

Les opposés s'attirent, paraît-il… Quand son père, prêt à partir à la retraite, lui annonce qu'il a trouvé une remplaçante pour l'assister au cabinet médical, le Dr Oliver James est tout d'abord sceptique. Mais très vite la pétillante Lula Chance se révèle être une véritable bouffée d'air frais, à la fois pour la communauté… et pour le cœur d'Oliver. Car, bien que Lula soit son exact opposé, il est complètement subjugué par la jeune femme – qui, il le voit dans ses yeux, ressent la même chose pour lui. Alors, pourquoi refuse-t-elle de donner une chance à ce qui pourrait être l'histoire de leur vie ?

Leur mission : sauver des vies.
Leur destin : trouver l'amour.

HARLEQUIN
www.harlequin.fr

Blanche

Liaison secrète à l'hôpital, de Kate Hardy - N°1470

Que faire pour oublier l'échec de ses fiançailles, si ce n'est danser et boire du champagne le jour initialement prévu pour le mariage ? C'est du moins ce que pense Joni lorsqu'elle pénètre dans un club de salsa londonien avec sa meilleure amie. Mais l'idée est-elle si bonne ? Sur la piste de danse, elle rencontre le mystérieux Aaron, et succombe à son charme sensuel toute la nuit... avant de découvrir, dès le lendemain, dégrisée et redevenue parfaitement professionnelle, que son bel inconnu est le nouveau consultant du service qu'elle dirige à l'hôpital...

Un tendre engagement, d'Abigail Gordon

Tessa est sous le choc lorsqu'on lui présente le Dr Drake Melford, nouveau chef du service d'ophtalmologie de l'hôpital où elle travaille, – Drake n'est autre que l'homme qu'elle a follement aimé près de trois ans plus tôt, et qui l'a abandonnée pour poursuivre sa carrière à l'étranger... Son choc est d'autant plus grand qu'elle comprend immédiatement que, malgré la douleur qu'il lui a infligée, elle l'aime toujours. Pourtant, Tessa ne peut pas renouer avec Drake car, en son absence, elle a refait sa vie : devenue la mère adoptive de l'adorable petite Lily, elle doit avant tout veiller sur son bien-être...

HARLEQUIN

Leur mission : sauver des vies.
Leur destin : trouver l'amour.

Composé et édité par HarperCollins France.

Achevé d'imprimer en novembre 2019.

CPi
BLACK PRINT

Barcelone

Dépôt légal : décembre 2019.

FSC
www.fsc.org
MIXTE
Papier issu de sources responsables
FSC® C108412

Pour limiter l'empreinte environnementale de ses livres, HarperCollins France s'engage à n'utiliser que du papier fabriqué à partir de bois provenant de forêts gérées durablement et de manière responsable.

Imprimé en Espagne.

[illegible]

[illegible]

[illegible]

[illegible]

[illegible]